我非优雅之人

我非周日早晨

或周五黄昏

我是周二的凌晨两点

我是几街区以外的沉闷枪响

我是一扇窗，破碎于二月初春

黑夜里，我的骨骼蔓延裂纹

那不合时宜的哀伤

让我从高贵坠落

或许我与世相违

却属于虚无缥缈的闰日时辰

光明与黑暗

在我的皮肤下聚成风暴

未见闪电降临

已闻阵阵雷声

蚁群

汤问棘 著

上海社会科学院出版社
SHANGHAI ACADEMY OF SOCIAL SCIENCES PRESS

序

《蚁群》终于要出版了。

在电子化阅读早已普遍的当下，这仍然是一个令人振奋的消息。古人常将文字书于竹帛，镂于金石，琢于盘盂，以求传遗后世。这些传统载体，虽然也不乏脆弱，终有尽时，但它们有触感，有温度。书籍亦是如此，可以将屏幕上带着滚动条的文字变成立体的纸张，让人们在翻阅的过程中获得电子墨水和鼠标所无法给予的奇妙体验。柔创作的第一部小说，便能以这样的方式，让更多的人走入501的文学世界，自然是令人振奋的。

记得以前一同读书时，柔常说，对于文学作品的阅读可以令人更有人文关怀，也令长期醉心于自然科学的她更加理解人性。对于彼时共情能力颇为迟钝的我而言，这更像是一句正确却遥远的公理。因为那时的我认为，人文关怀的具备，与生命的诞生一样水到渠成。涉猎广泛、知识渊博的她向来通透豁达，又何须强调人文关怀的重要？况且，我深信“言不尽意”四字，总觉文字的书写与情感的抒发始终是有限的，与其被文学作品中涌动的情感所左右，抑或用文字挂一漏万地进行自我表达，倒不如在哲学经典中汲取一些力量，如禅宗一般“明心见性，不立文字”。

后来，发生了许多事，我也开始尝试写作。从有一些朦胧而微弱的表达欲望，到每天夜晚都怀着次日能够再与笔下人物重逢的渴望入睡，我开始体会到，读与写有无限的好，也越来越相信文字与情感的力量。在阅读与创作中，我们如初生的婴儿般观照着世界与自身。

当终于明白了当年那句"公理"，我无疑是很羡慕柔的：她实在是一个勇于表达，且善于表达的人。《蚁群》狡黠与诙谐的形式，与这种形式相反相成的宏大叙事，以及愈思愈浓的悲剧感都是她鲜明的特点。她与世界和自己对话，铿铿然有金石声。

如今，我依然深信"言不尽意"，但不再因"不尽"而不言。正如人类不同于蚁群，人类除了维持肉体生命的运转，在这苍茫的天地间，总要寻觅些什么。或许面对不可思不可议的宇宙，语言文字无法探知万分之一的幽微。然这种寻觅与探知，本身便已彰显了人类的独特。况且，"言"与"意"之间的缝隙，可以被阅读与接受所弥合。我看到了网络上许多读者充盈着情感与思考的书评，这便是另一种令人入迷的寻觅与探知。

古人对于"少作"的看法往往微妙，因为它通常是自发的、直感的，充满风发的意气和喷薄的情感。人们往往会随着年岁的增长与写作的娴熟，逐渐形成自觉的、成熟的风格，架构起更加精密的结构，铺排出更有层次的情感。然而这终究无法复制与替代少作所拥有的猫咪和野蔷薇一样的蓬勃生机。我期待着柔持续编织她的文学世界，然《蚁群》无疑是这浩瀚世界中的第一站，如同 501 城，它温柔而锋利地矗立着，熠熠生辉。

现实中的 501 寝室，亦是我们走向文学世界的第一站。看着文中那些如摩斯密码一般的人名与数字，我常在阅读时会心一笑。恍惚间，又回到我们曾经天马行空、快意清谈的那些深夜。

方其梦也，不知其梦也。梦之中又占其梦焉，觉而后知其梦也。

秋水横波(晗)

2021年9月于北京

目　录

1

“这位公民，这是系统为你筛选出的最优精子供体，你可以根据个人喜好选择一个。”

伴随着生育中心咨询师优雅的声音，纯白的墙面上浮现出五个男性的图像，以及他们的档案。

这些男性个个健壮俊美，如同古希腊的天神雕像。资料显示，他们的各项评分都很高，携带的致病基因也都在安全范围内。要从中选出一个，真是很难取舍。

我的妹妹β-33021587-秋露出了纠结的表情。咨询师见状，微笑着给出建议。

“供体A是相貌评分最高的，而且是新鲜的哦，才被挑过三次；供体D的运动能力最强……嗯，不过根据系统对你的预测，你会更看重孩子的智力吧？那么考虑一下供体C如何？他在数学方面有惊人的天赋，你的孩子将有47%的概率表现出超越同龄人平均水平的数学能力。”

“不，我希望我的孩子有一双黑色眼睛。”β-秋摇摇头，“还是选B吧，他的瞳色基因是四个显性，跟我一样，我们100%能生出黑眼睛的孩子。”

"哈哈,不愧是遗传所的研究员啊,估计你早就把该算的都算过一遍了吧。"咨询师笑道,"但是我还是得按照规定提醒你,根据系统的预测,你和供体B的孩子将有较大的概率面临以下风险:一,智齿阻生;二,乳糖不耐受。你会介意吗?"

一听智齿二字,拔智齿的不快经历顿时浮现在我脑海里。虽然整个过程并没有任何痛苦,但拔完牙后那满嘴黏糊糊的血腥味,一想起来还是令人浑身不适。我赶紧拍了拍β-秋的肩:"为你的后代慎重考虑一下啊,长智齿很烦人的。"

"我可不觉得这是什么大问题。"β-秋嗔怪地看我一眼,"你以为人人都跟你一样,拔个牙要躺在床上哀叹三天?"

她转向咨询师:"我不介意,请帮我选B吧。"

"好的。"咨询师点头,系统自动做了记录。"接下来请你到42楼接受体检,预约人工授精的日期。"

我陪着β-秋离开咨询室,坐电梯前往42楼。在电梯里,我依然对智齿的问题念念不忘,感叹道:"唉,为什么科技发展到这个程度,还要用如此麻烦的方式计算孩子的基因型?要是能直接用基因编辑技术修改受精卵的基因就好了。比如说,把控制长智齿的基因敲除掉,这才是人类的福音啊!"

遗传学家β-秋笑了:"智齿是否阻生,并不只是基因决定的,而是跟很多因素有关。比如颌骨的空间,第二磨牙的磨损程度……而且牙齿发育的表观遗传学很复杂,哪是随随便便就能调控?"

"我看21世纪的科幻小说里就常写人类用基因编辑技术创造各种超人。结果一百年过去了我们还是这么落后。"

“喂，不要用这么鄙视的语气啊。我们好歹可以用基因编辑技术治疗很多疾病了。”β-秋说，“少看点那些老掉牙的科幻小说吧，那些作者都是空想家而已。改几个基因就提高智力，哪有这么简单的事？人类智力的形成机制有多复杂，他们知道吗？就像1950年还有人预言到21世纪时每家每户的地下室都会有可控核聚变反应堆，人们有空就能去月球度个假，结果呢？”

我大学毕业论文研究的是一两百年之前的社会预言，所以那些科幻小说我读过不少。我在那篇文章中提出了一个问题：今天的社会，在多大程度上符合前人的预期？

我觉得，在有些方面他们可能会失望：这年代依然没有人机合一、基因优化、战斗力强大的超人；也没有实现通过虫洞进行星际穿越的设想；脑联网的研究遭遇了瓶颈，迟迟没有突破；当然更没有人得到永生。

但在另一些方面，他们一定会甚为欣慰：这年代同样没有外星人入侵地球，没有机器人毁灭人类，没有出现反乌托邦三部曲里的极权统治。虽说确实爆发了第三次世界大战，但人类文明又迅速恢复，欣欣向荣。

在21世纪的诸多预言里，有两类技术确实在今天发展成熟，而且改变了人类社会的结构。

一是各种物品的智能化。如今，人们的生活被智能设备所包围，桌椅、杯子、墙壁、衣服，都能根据使用者的习惯，随时给她们提供最佳体验。

二是量子计算机的普及。哪怕是一台原始的量子计算机，其运算能力也是很强大的。而现在量子计算已经运用于各种设备，千千万万的设备连接起来，产生的算力足以支持空前复杂的算法，处理空前海量的数据。

在这两种主要技术之上，出现了被称为“系统”的东西。它的全称是“社会管理系统”。通过智能设备上传的数据，它能随时了解每个公民的一言一行；并通过定量社会学法则，计算出每个人对社会的贡献值，这就是“社会价值积分”。

社会价值积分的算法非常复杂，概括而言，衡量一切行为的标准，就是它们对社会产生多少利弊。

工作，当然是积分的主要来源。而不同工作的价值算法不同，物质和文化层面的价值都会考虑进去；生育，一般来说可以增加积分，但若过度占用社会资源，或是对孩子教育不佳，积分会下降；消费，有时可以加分，但太浪费就会适得其反；人们对一个人的评价也会计算进去，如果一个人能提升整个社群的幸福感，系统就会认为她大有用处。

虽然系统作出评价的过程并非我能解读，但我完全信任它。南半球的7亿多公民、火星基地的50万移民、宇宙舰队的3万旅行者也都信任它。

这是因为，系统的任务就是“实现人类整体利益的最大化”。所以，虽然它垄断数据，随时监控所有人，但我们至少不用担心自己的数据被少数人和集团用以牟取私利——就像战前某些科技公司和政府对人民所做的那样。

作为一个凌驾于全人类之上的存在，系统保证了人类之间的公平。如今，再也不会有阻碍社会发展的统治集团，不会有不劳而获的既得利益者，也不会有对文明作出杰出贡献、却无法得到回报的不公平现象。

如今也不再有货币，一切物资都按照两条简单的规则分配：先由人们自己提出需求，再根据每个人社会贡献积分的高低来决定满足她的程度。

道德变得越来越不重要，对社会利大于弊的就是好的，对社会弊大于利的就是坏的。

如今仍有法律，但法律条文大大简化了。所有罪行，归根结底都是损害了社会的利益，所以都是反社会罪，只是轻重不同而已。

不用担心人们会失去处世标准——系统会时常根据人们的行动意图，提供后果预测与建议。当然，决策权在人类自己手里，人们完全可以不听建议，只要甘愿承担后果。

如今仍有政府，但政府不会再沦为维护少数人利益的工具。它承担着决策者的责任，忠于全体公民的福祉，给系统安排管理社会的任务，并根据系统的建议作出决策。

而在这个高度智能化的社会里，现存的7亿人类对社会的用途，主要分为三类：

一是决策者，即提出任务、作出决策的人，比如政府成员、科学家、工程师。虽然她们尽可以把做实验、建模型的琐事交给机器来做，但要优先进行什么研究、建设什么工程，需要由她们决定，并命令系统执行任务。系统会给出建议，但不负责决策。因为一旦有任何差错，人们是不可能追究系统的，只能由人类来负责。

二是解读者，比如数据中心的工作人员。她们要负责理解系统作出判断的过程，不能让这些过程停留在“黑箱”里，让人类丧失对系统的主导权。当然，由于系统的庞大复杂，她们每个人只能解读一小部分。但这并非是遗憾，恰恰保证了安全：这样即使是数据中心的专家，也不可能以一己之力随意操控公民数据。

三是建立人际联系的社会角色，如母亲、抚育员、教师。系统当然有能力抚养婴儿、教育儿童，但这个社会毕竟是人类的社会，人与人之间的联系应强于人与机器之间的联系。人类明白，如果所有人从小都由机器照顾，没有任何社会关系，对其她人漠不关心，这样的社会将很容易解体。

β-秋今天来生育中心，就是准备来实现一个公民的第三种作用的——成为母亲。她是遗传所最年轻的研究员，才 22 岁，社会价值积分就已经达到了 26 785 分。这家伙最喜欢的就是小孩子，简直浑身散发着母性的光辉，所以一到生育年龄，就向系统提出了生育申请。

我们走过走廊拐角，三个儿童追逐打闹着跑过来，差点撞在我们腿上。

她们的母亲急忙过来呵斥她们，向我们连声道歉。

“没关系。”β-秋一见孩子，就十分爱怜。她伸手摸了摸一个小孩毛茸茸的脑袋，称赞道：“真可爱啊！这都是你的孩子吗？”

“是的。”那母亲骄傲地说，“我是陪我妹妹来体检，这三个小家伙嚷嚷着也要来。我想着让她们来参观一下、长长知识也好，就把她们带上了。”

我一看这些上蹿下跳、吵吵闹闹的幼儿，就开始心烦。我和β-秋截然不同，最害怕小孩。所以我虽已 30 岁，系统屡次建议我去生个孩子，说可以增加 5 000 积分，我都断然拒绝了。

不过，即使我不喜欢小孩，也必须承认眼前的这三个孩子很是可爱。感谢生育中心，现在人人都可以拥有健康、漂亮、聪明的孩子。这三姐妹，最小的一个胖乎乎的，深蓝眼睛，金色卷发，白皙的脸蛋泛着玫瑰色的光泽；老二有柔软的黑色直发，黑曜石一般的丹凤眼；而最大的姐姐皮肤黝黑发亮，头发蓬松，看她那修长的腿，立即可以想象她十年后的傲人身材。

而她们的母亲则是典型的东亚人长相。若是放在一百年前，绝不会有人相信这三个孩子都是她的女儿。但现在，一个女性可以随意挑选精子，有很多人都想拥有不同肤色的孩子。所以这样的家庭比比皆是，毫不稀奇。

母亲再次道歉后，驱赶着三姐妹到儿童游戏区玩去了。β-秋看着她们的背影，感叹道："真好啊。要是我也有这样三个孩子就好了。"

"别，要是你家有这样一群小魔王，我就再也不敢去了。"

"哼，话别说得这么早。说不定系统会安排你做我孩子的第二监护人呢。"

"那还不如让我去北半球！"我说，"赶紧让系统帮你加个姐妹抚育会吧。我是靠不住的，还是给孩子找个家庭靠谱。"

虽然现在有很多人选择在抚育机器人的帮助下，独自把孩子养大，但系统还是根据教育心理学的理论，建议给幼儿提供家庭环境，让她们能多多接触母亲以外的其他成人——这样能让孩子更好地融入社会。所以，系统会组织同期生产的母亲结成"姐妹抚育会"，或鼓励人们同居，共同抚养孩子。

可β-秋对女性没有兴趣，只喜欢幽默风趣、漂亮养眼、以取悦女性为天职的伴侣机器人。系统根据她的品味给她定制了三个

“男友”，一个胡子拉碴的成熟大叔，一个高大威猛的古罗马角斗士，还有一个带着禁欲气质的年轻牧师。

这三个家伙虽然外表、“性格”不同，但实际都受系统的控制。系统了解β-秋从出生以来的一举一动、一言一行，知道她的所有习惯、所有爱好，所以它可以操控这些伴侣机器人随时随地和她进行有趣的对话，永远符合她的心意——当然，如果觉得总是顺心如意太无聊，系统也可以适当地让他们闹闹别扭，给亲密关系增加情趣。

“我不需要人类情人，抚育会倒是可以考虑。”β-秋说，“我已经去见了几个系统推荐给我的姐妹了，真的都是很好的人！”

“这么快？”

“虽然现在是还早，但我想着，就算以后不能真的一起带孩子，交交朋友也好嘛。系统推荐的人应该和我性格合得来。”

“你还真喜欢交朋友。”

“你知道的，我只要一个人呆着就闲得慌，不像你，可以整天独来独往。”β-秋眨眨眼，“我和她们一起去体验新的虚拟城市游戏了，超有趣的，你也应该去试试！”

“什么游戏？”

“‘21世纪的家庭’，主题是第三次世界大战之前的家庭生活。你可以在里面扮演不同的女性角色，体验她们在家庭中的一天。”

“你居然会对这种历史题材感兴趣？”我有点惊讶，β-秋一向只喜欢那种一边征服宇宙，一边跟各个星球的生物谈恋爱的愚蠢游戏——这种情节都是系统自动生成的，融合了人类最喜闻乐见的各种桥段，而且可以源源不断地生成，只要玩家不厌烦，从出生玩到死亡都能每天收到新惊喜。

“因为大家都在玩啊！”β-秋白我一眼，好像觉得我问了个傻问题，“这个游戏已经有76%的公民玩过了，新闻频道上天天都在热议。大家都在玩，我如果不玩，跟别人聊天都插不上话，社群评价分数会下降的。”

社群评价分，就是社会价值积分体系中体现人际关系的一部分，它代表一个人给其她人带来的情感效应是积极还是消极——作为社会性生物，我们应该维护群体内部的和谐。可以想象，那些总是伤害别人感情的滥情人士、冷漠暴躁的母亲、抱怨不断的悲观者，通常是得不到很高分数的。

而我，作为一个从不参加集体活动的人，这项得分也永远徘徊在全球平均分以下。

我不以为然地附和：“好吧，我又落后于热点了。”

β-秋却显然把这个问题看得很严肃：“你肯定没看系统给你的提示，也没有跟别人闲谈。唉，你这不合群的毛病也该改改了。”

“不合群就不合群，反正就算我的社会评价分降到0，千人憎万人厌，我也应该还是算得上对社会有用的人吧。”

“行啦，知道你工作能力强。但合群一点也能让自己更开心嘛。”β-秋总是一抓住机会就要絮叨我一番。我赶紧打住她的话头，将话题拉回来：“所以说，这种历史纪录片一样的游戏到底有什么好玩的？”

“可震撼了，强烈推荐！”β-秋一脸郑重地说，“经历完21世纪女性的一天，你一定会感叹，以前的社会是有多么荒谬而不理性。”

“哦。为什么？”

“你能想象吗，以前有很多女性竟然选择一辈子和一个对社会没什么用的男性待在一起，只为了生孩子。”

“可能她们没有别的途径吧。”

“那时候技术这么落后的吗？”

“这不是技术问题，是社会问题。”

“总之就挺奇怪。很明显啊，当时有很多人其实已经对社会的物质、文化和情感方面都没什么用处了，有时候甚至害处更多——如果有社会价值评分体系的话，我估计他们的得分不会超过1 000——可政府居然还不放弃他们，真是不合逻辑。当时的政府竟本末倒置到这种程度，宁可采取种种手段，让育龄女性和这些无用之人结合，也不愿意把优质的精子资源公开，来提高生育率和人口素质！”

我同意这点，我当年写毕业论文的时候也看到了战前社会的这一危机。但是我知道，对于还没有出现系统的年代，什么荒诞的事情都可能发生。其荒诞程度，往往会让今人十分震惊。

我思考了一阵，解释道：“在系统出现之前，人们只能靠观念作为行事标准。可惜，大众的观念总是落后于社会的发展。在今天看来荒谬绝伦的事，过去的人却可能对之习以为常。已经没什么用的人，仍被社会当作宝贝捧着，这种事也不少见。就像贵族早就对社会没了用处，但大众还保留着对他们的盲目崇拜，过了很久才醒悟。”

“啊，你这个点评应该上时评频道。”β-秋笑道，“要不你开一个历史频道吧，说不定一下就火了！”

“得了吧。这可是高风险行业，我可不想一不小心被流放到北半球去。”

我也接触过不少开时评频道的人，做得好的，对社会大有益处，社会价值积分蹭蹭上涨。做得不好的，对社会危害可就大了，有些人一夜之间积分降为个位数，只能去北半球开荒了。

言谈间，我们已经来到体检中心门口。β-秋在服务机器人的带领下独自进去了，而我则留在休息区等候。

望着她远去的背影，我感慨万千：我十四岁丧母，系统安排β-秋的母亲γ-丽阿姨做我的监护人。还记得刚到她们家的时候，β-秋还是个圆滚滚的小孩子。而一眨眼间，这个小妹妹竟然也要做母亲了。

系统无处不在。它指示座椅，按照我的身高和坐姿，调整成最舒适的高度和角度；又命令服务机器人奉上我最爱的一款柠檬味冷饮，温度4℃，是我一贯的选择。我就这样坐在了42层的巨大落地窗前，悠闲地俯瞰我们的城市。

这是一座南半球的城市，编号为501。它在三战前名为利隆圭，是非洲东南部国家马拉维的首都。一百年前，它还鲜为人知；而如今，却已是全球第三大城市。

上世纪的第三次世界大战虽然只打了短短三个月，却足以让整个北半球化为废土。不过，所谓核冬天并没有气象学家们预言得那么恐怖，不到一百年，地表的辐射强度就下降到了人体可以承受的范围内。虽然水源和土壤污染依然严重，沙漠化也是一大问题，但人类并没有灭亡的风险。幸存者迁居南半球，又迅速建设出灿烂的文明。

今天天气不错，晴空万里，唯有北边的天际线有一层朦胧的昏黄，那是刚刚过去的一场大尘暴的尾声。远方的501湖在阳光下熠熠生辉，如一颗灿烂的蓝宝石。

城市里，纯白色调的建筑参差错落，都是均匀的几何体。它们带着简洁的美感，让人看到理性、和谐与秩序。

白色之上不时浮现出彩色的图像，此起彼伏，就像白色海洋中彩色的泡沫。这是秩序之上的浮华，我们文明的另一面。

超导磁悬浮轻轨纵横于高楼之间，采用最优规划，保证城市每个角落的居民都能方便出行；高架上的无人驾驶车在系统的统一指挥下川流不息，永无拥堵；天空中翱翔着系统控制的飞艇。高速人行步道上的行人看上去如此渺小，就像密密麻麻的蚁群。

真是伟大而顽强的文明啊！它从劫灰里复生，在烈火中涅槃。人类必将永远生存下去，因为我们拥有如此强烈的生存意志。

“给我放一首背景音乐，最好是没听过的新作。”我开口，看似自言自语，实则通过墙壁、椅子、水杯、玻璃窗，以及四周的一切物体，将命令传给了系统。

随即，我的眼前浮现出一长串歌曲名单。

这是智能隐形眼镜直接投射到视网膜上的图像，只有我自己能够看到。

悬浮在眼前的名单中，排名第一的是一首名为《我非优雅之人》的曲子。这名字有点奇怪，但既然系统推荐给我，说明符合我的品味，所以我还是选择了它。交响乐声通过植入式的微型耳机直达耳蜗——果然是美妙的旋律。

像是有一条河流在迷雾中蜿蜒。夕阳透过丛林，在雾气中营造出变幻无穷的光影。一切是如此静谧，却又隐藏着一种令人迷醉的力量。纯白的城市渐渐在视野中淡去，我只想顺着这条神秘的河流，走进那隐藏在黑暗中的，丛林的最深处……

我刚陶醉地闭上眼睛，音乐却戛然而止。

急促的系统提示声在耳朵里响起："紧急情况！紧急情况！δ-63080491-柔，请速回漏洞管理局！"

又出什么漏洞了？难得休个假，这伙"虫"还真是会挑时间。

抱怨归抱怨，我还是立即甩掉了悠闲的心情，代之以职业性的警觉。

2

乘飞艇回漏洞管理局的路上，系统已经向我简单说明了情况。

事情其实很简单。臭名昭著的恐怖组织 SFH 渗透了生育中心内部人员，企图炸毁生育中心的三号精子库。可她们千方百计欺骗系统，依然被系统察觉，此刻两个恐怖分子已经被安保机器人抓获。

如今，想作案可没那么容易。监控无处不在。桌子椅子墙壁地板，乃至于一个垃圾桶都是系统的眼睛和耳朵，更何况空气中还飘浮着各种微型探测器，连气味都能随时探测。

最厉害的是，系统不仅发送信息给我们所佩戴的智能隐形眼镜，也能从智能隐形眼镜接收图像。智能耳机同理。也就是说，系统能通过每一个人的视角，看到我们所看到的一切；通过每一个人的耳朵，听到她附近的对话。501 城的 1 000 万公民，就是系统的 1 000 万移动的耳目。

然而，道高一尺魔高一丈，无论技术如何发展，犯罪也会与时俱进，永远不会被根除。总有些人试图攻击系统、欺骗系统，或者采用各种各样的手段逃避监控。这些人被称为社会的漏洞，俗称“虫”。

所谓漏洞管理局，就是要捉出这些“虫”。

我是漏洞管理局第一队的队长。社会价值积分为38 769.14——这是相当高的分数，在同龄人中排名前7%，在全体公民中排名前25%。我这个人既不肯生孩子，也不爱交际，还很少消费，能对社会有这么大的贡献，全靠努力“捉虫”。

进入漏洞管理局八年来，我一共捕捉过142个违规摘除智能隐形眼镜和隐形耳机的“虫”；查抄过5个进行非法运算的窝点；和数据中心的工程师合作，捣毁过10个不自量力试图入侵系统的国际犯罪团伙。

当然，我最著名的事迹还是远程操纵机械部队，清扫了一个在无人区非法建立的“虫”的聚居地。这群“虫”摆脱了所有智能设备，逃离城市，甘心在重度污染的地区做野蛮人。这一行为虽然没有危害到城市本身，但会在公民间造成不良影响。试想，如果有很多人学着她们逃避责任，沦为对社会、对文明无用的废人，社会还如何运转？因此，我对她们毫不手软。

最近出现的SFH也有些棘手。这个组织的全称叫“She For He”，她们声称现代社会是对男性的奴役，说要还男性“自由”。虽然系统已经全网封杀她们的所有账号，但她们擅长隐藏自己，始终难以清除。

去年她们已经在502城和404城炸毁了两个精子库。幸好我市未雨绸缪，提前调高了安全等级，加强了监控的效能。这次的两个恐怖分子，刚拎着自制的炸弹走出大学实验室的大门，就被逮捕了。

耳朵里传来β-秋发来的语音信息：“δ-柔，我体检完了，你在哪里呀?”

“我临时有任务,你自己回家吧。”我回复她,“跟阿姨说对不起,我今天不能去吃晚饭了。”

说完这句话,我内心一阵愧疚。β-秋的妈妈,我的养母 γ-丽阿姨已经有好几次叫我去她家吃饭了,可我一直没时间去。本来还以为今天终于能去看看她,没想到又得爽约。阿姨一定很失望。

我想,等清除完 SFH,我应该向系统申请一个长假,陪阿姨去澳洲玩玩。

“又得辛苦你了。”一走进办公室,第三队队长 μ-77452309-罗就往我手里塞了一摞纸质小册子,“最近这 SFH 挺猖獗的啊。”

系统把社会的漏洞按危险程度分成九个等级,我们第一大队负责的是危险性最高的 A+级。这类案件往往与思想有关,因为思想的漏洞是最难填补的。

在精子库安装炸弹,甚至炸死几个公民,这些都只能算 B 级的漏洞。危险的不是 SFH 的行动本身,而是她们的极端思想。

系统可以随时监控人的一举一动,甚至可以通过扫描大脑活动,检测到人的一些简单的念头——比如说,有自杀倾向的人,在提到“死亡”一词时会额叶活动加剧;某些心智图像[①],也可以用算法来解码。但是,提取神经信息需要依赖虚拟现实帽,没有人会随时戴着帽子,所以神经信息不像视觉或听觉信息那样可以随时随地采集。而且,这种程度的解读也离真正的“读心术”还有很远。

① 心智图像:mental images,即我们从记忆中提取曾储存的视觉信息时,脑海中重现的影像。

且不说现在还未出现真正的“读心术”，就算真有这么一天，有一个问题也依然难以解决——

人产生种种思想，是由什么因素导致的？

换言之，一个想要自杀的人，为什么会产生自杀的念头？是因为生理病变，比如患上了抑郁症；还是因为生活中的某个挫折，比如亲人逝世；还是因为读了某本书、听了某首音乐；抑或只是看见风中飘过一片落叶，便突然觉得生无可恋？

当然，大多数人的思想，都能够找到一个合理的解释。从弗洛伊德开始，心理学家们没有少做这种尝试。然而，如果真的和“虫”们打过交道，就会发现很多异常思想难以找到清晰的源头。

人脑至今还是一个“黑箱”，就算我们已知所有的输入和输出，也很难解读在两者之间发生了什么。

而如果找不到产生有害思想的根源，就不能预防它的产生。

对此最好的例子，就是历史上那些粗糙而失败的思想控制手段。古代统治者只能凭借片面的经验，将某些书籍列为禁书，结果却往往发现，没看过这些书的人，甚至是大字不识的文盲，也产生了造反的念头。甚至有些人的大脑始终输入的是政府钦定为“正确”的信息，最后却也莫名其妙地“变坏”了。

古代统治者失败的原因，一是对输入人脑的数据分析不够全面，二是将思想的形成过程想得太简单。即使今天的技术水平发展到能够记录一个人接收的绝大多数数据，我们也经常无法解读一个人思想的来源。

要想管理人类的思想，其实远不是禁止一些东西那么简单。

我翻了翻手中的小册子，这是稀罕的纸制品，还是手写的。第一页赫然写着几个大字："还男性以自由"。

"这是在谁那里找到的？"我问。

"那个自杀的实验员。"μ-罗说着，命令系统在我们身旁的墙壁上显示出几张照片。

十二寸大小的图片浮现在白墙上，宛如一块块醒目的血色污渍——这是多角度拍摄的现场图像，可以看到，楼道里一片血肉模糊，惨不忍睹。

"确定是自杀了吗？"

"嗯，引爆了一个自制的小炸弹。"μ-罗说着，戳了戳照片上的尸体，"这家伙，σ-2688638-风，是生育中心三号精子库的一名实验员，社会价值积分 16 478.42。家庭幸福，工作顺利，跟同事关系也不错。她的家人朋友都不知道她什么时候跟 SFH 勾搭在一起了，还打算把炸药带进精子库。"

她手指在墙上一划，调出另一张照片："喏，这个是她的朋友。θ-223054689-茂，社会价值积分 12 272.03，501 大学化学系的高材生，用全氮阴离子盐制造了高能量密度炸药。在她家里发现了很多 SFH 的小册子。这孩子也很奇怪，她母亲就她一个孩子，当宝贝似的宠着，在学校里也是风云人物，将来前途不可限量。不知道哪根筋搭错了，居然跑去参加极端组织……"

我打断了她的感慨："她怎么没事？"

"σ-风自杀前拼尽全力跑出好远，看样子是不想炸死她。"

我快速扫视了一眼系统投射在墙上的现场说明，想象着 σ-风的视角：如果我是她，我当时会有什么样的感受呢？

我会看见在一瞬间，楼道的所有房间门齐刷刷地关闭，将其余无关的人与我们隔绝开来;紧急通道的防火门也瞬间紧闭,用尽力气也不可能推开;甚至连楼道尽头的那扇小窗也关上了,以防我们跳楼自杀。

而同时,成百上千的微型机从通风口涌入。它们携带着高效麻醉剂,只需 0.01 mg 就能在 1—3 分钟内起效。在系统的指挥下,这些蚊蚋一样的小东西向我们飞速涌来,顷刻间就能将我们淹没……

这是一场没有悬念的战斗。我们就像落入猪笼草瓶子底部的昆虫,没有丝毫逃生机会。身处其中,该是怎样的一种绝望?

在我的想象中,我的目光看向了那个手提箱,里面装着用以准备炸毁精子库的炸弹。只要引爆了它,这一层楼的人都得为我陪葬吧。我有充分的时间引爆炸弹,因为即使我已经被那该死的麻醉微型机叮上,麻醉剂起效也需要一定时间。

我不会傻到用整层楼的人作为人质,来和系统讨价还价。因为我清楚,一旦被它列入了追捕名单,我注定无法逃脱。但是我可以用这些人的生命来报复它——炸毁一个精子库和在大学实验楼炸死数十人,显然是后者的影响更恶劣,对社会的危害更大。还有,我的死亡也是弊大于利,系统会因此损失重要的线索。

我可以借此证明系统的计算是错误的,这不是对它最大的挑战吗?

可是我没有这么做。我只是在麻醉剂生效之前跑到楼道的尽头,用一个备用的、纽扣大小的“炸弹”结束了自己的生命。它的爆炸力如此微弱,炸开我的身体后,甚至没能在墙壁上留下一丝划痕。

为什么呢？为何要作出如此不理智的决定呢？是不是因为看到身旁那孩子惊恐的眼神，让我不能狠下心？是不是因为不愿让那青春的肉体被炸成一片焦臭的碎末？

原来系统的计算真的是完美的。它早已分析过我的情感，分析过我做出决策的一贯倾向。它知道我不会选择那种极端的方式，所以才放心地用这种方案围困住我。

跟一个比我自己还更了解自己的敌人对抗，怎么可能有胜算？这真是令人绝望啊……

但它毕竟不是全知全能。它不知道我还准备了一条路，一条只毁灭我自己，而不伤害同伴的路。这样，我至少能让它损失许多线索。

“需不需要看看数据中心对系统决策的解读？”μ-罗小心翼翼地问我。

我回过神来，这才发觉自己大概是脸色太阴沉了些。于是勉强笑了笑，说：“不必了。”

看着她疑惑的神情，我转移了话题：“逮捕方案是你确认的吗？”

“不是，是你们第一队的ε-Cherry。我们只负责善后。”

“好的，多谢你。”我消除了墙壁上显示的照片，“我会好好看你们的报告的。”

她看着我，似乎欲言又止。但最后还是什么都没说就走了。

我深吸一口气，倒在我的椅子上，叫系统赶紧把我的助手ε-15209216-Cherry叫过来。

这小青年匆匆赶到，脸上写满惶恐不安。

一开口，她就显得有几分战战兢兢："队长……我真没想到，她会有办法自杀呀。"

"这不怪你。"我说，"这是系统的疏漏，它没能监控到她们准备了自杀炸弹。SFH 里面看来的确有技术高手。"

见我不责备她，她似乎松了口气。但我却转而加重了语气。

"我问你，你知不知道系统制定这个围捕计划的理由？"

"理由？知道呀。"她点了点头，"它要做到毫发无损地捉'虫'，还要尽量不惊动其她人，所以它建议先将这两人隔离，再用麻醉微型机围捕。"

"那你有没有想到，她们还拎着一个炸弹？如果她们发现出口被封死，情急之下在楼道里就引爆炸弹，那会是什么后果？"

她一惊，嗫嚅道："这，这应该不会吧……"

我最见不得她们这种懵懂的样子，不禁有些恼火："什么不会，你是根本没想到！系统怎么建议，你就怎么决定，是不是？那要你有什么用，不如让系统来做决定好了！"

她吓得低下了头，不敢直视我。

我缓和了一下语气，尽量显得耐心了些："智者千虑，必有一失。系统极少犯错，但绝不意味着它永远正确。它监控的范围是有限的。眼下就有人在我们眼皮子底下欺骗它，如果你懒得动脑就轻率做出决策，最后出了差错，负责任的就是你！你不想去北半球吧？那就多思考！"

"是……"

"还有，始终要记得多了解那些'虫'，站在她们的角度想问题。我们作为人类对她们的理解，和系统对她们的理解是不同的。就像科学家能把整个蚁穴研究得清清楚楚，但人类对一只蚂蚁的理解，肯定比不上另一只蚂蚁对它的理解更贴切。你现在还不能明白，将来慢慢会懂的。”

她连连点头，也不知道到底听懂没有。

我也没了继续教训她的兴致。“算了，还好这次系统的建议没有什么大问题，它比你考虑得周全多了——回去把数据中心的解释报告认真看一遍，搞清楚系统到底是依据什么作出判断的！”

她如蒙大赦，赶紧溜走了。我叹了口气，大致看了看 μ-罗发送给我的报告。然后拿起那沓 SFH 宣传小册子，起身前往 1001 室。

1001 是一间六面雪白的立方体房间。此刻，那从镇静剂中恢复了清醒的“虫”坐在房间正中的椅子上。我在透明的隔离墙外坐下，仿若透过笼子观赏困兽的游人。

房间正中的囚徒比资料中的看上去更年轻，稚气未脱，几乎还是个孩子。她脸颊小巧，所以一双眼睛显得尤其的大，那眼神中饱含着我再熟悉不过的情绪：仇恨、愤怒、轻蔑。

我和她对视了几秒，说道：“放心，我们不会对你怎么样。因为我们知道你什么都不知道——你如果知道得太多，就不会活着来到这里了。”

她沉默着，眼里似乎要喷出火焰来烧死我。

我平静地继续说：“你脑子得清醒一点，害死你朋友的不是我们，不是系统，而是你们背后的那些人。我们比谁都希望她还活着，而那些人听到她的死讯，却大概松了口气，正在举杯庆祝吧。”

她气得颤抖起来，大叫道：“你懂什么！”

说话了就好。沉默一旦被打破，它的缝隙就会越来越大，直至露出其中包裹的秘密。

我笑了："我懂的至少比你多。比如说，我知道你们的计划是哪里出了错，才被系统发现的。你想知道吗?"

她轻蔑地"哼"了一声。

我扬了扬手中的宣传册："不得不说，你们逃避监控的手法是挺高明的，系统并没有发现这些东西，也没有记录到σ-风和任何可疑人员的来往。她的一切数据都正常得不能再正常，看来她是个很会隐藏自己的人。可惜的是，你在这方面的表现就太差劲了。"

她睁大了眼睛，看上去又惊又怒。

"这不是你的错，是她的错。按照原本的计划，她应该始终让你蒙在鼓里。她只应该接近你，骗取你的信任，从你的实验室得到所需要的材料，然后独自一人前往生育中心，和精子库一起葬身火海。"

"可是呢，这么多年来一直隐藏着自己的真实思想，一言一行都伪装成一个正常人，直到死亡为止，这样的人生还是太寂寞了吧？终于，在生命的尽头，她遇到了你。她感到你是一个可以真正理解她的人，一个知己——这对于她而言是多么大的诱惑啊。诱惑战胜了理智，她忍不住向你输出了 SFH 的那些极端思想。而你果然没有让她失望，你也完全认同这些东西，愿意和她一起战斗。"

"她教给你伪装自己的方法。在语言中回避那些可能引起系统注意的敏感词，遵循以前的生活规律和人际交往方式，不让系统通过异常检测发现你有了变化。可是，有一条很难，你太嫩了，还不怎么会控制自己的情绪。每当你走入实验室，你就会不由自主地出现应激反应，出汗，心率加速，肌肉紧张。而每当你想到她很快就会死，死于你正在制造的东西，你就想要哭出来。如果这些生理反应被记录到，系统很快就会标记出异常，它会以为你病了，从而提高你的危险系数。那么接着它就会想到，一个心理异常的人最好暂时远离这个充满易爆物质的实验室，会通知你的导师让你回家休息。”

“怎么办呢？既然你无法欺骗自己，那 σ-风只能帮你欺骗系统了。她将那些可以记录生理数据的物品，比如你的衣服、眼镜、耳机，有的置换，有的弃用，有的输入对抗样本或虚假数据。可是，正是因为她欺骗得太成功，反而导致了系统的怀疑。”

“你没有注意到吧？在你身边，一直有一个人在偷偷观察你。”

她悚然，怔怔地望着我。

我让系统在她正对着的玻璃墙上显示出一张图片。

“是她！”她尖叫起来。

“这个人，你们隔壁实验室的 κ-36874987-康，你很熟悉吧？”我说，“但是你不知道，她一直对你格外关注。她的智能隐形眼镜上传系统的数据，每天有 6%都是关于你的。也就是说，凡是你出现在她看得到的地方，她都会想方设法偷偷看你一眼。”

“在 2137 年 10 月 23 日 16:26:32，10 月 24 日 20:53:21，10 月 25 日 12:44:02，κ-康的眼镜三次在走廊里清晰记录到你眼眶发红，好像刚刚哭过。系统判断你可能生病了，或是情绪不稳定，于是调取了你的数据进行分析。结果，它发现你的智能设备在同一时间，和 κ-康的眼镜所记录到的数据完全不同。于是，它就推测出必然有一些数据是虚假的了。”

“所以，从 10 月 25 日 13:00 起，系统调高了对你的监控等级，并将你近期的数据重新处理了一遍。它很快发现你和σ-风的交谈中可能隐藏着一种新型暗号，立即对之进行了破译。你们的计划就这样彻底暴露了。26日10:35:17，你们屏蔽实验室的一切监控，将爆炸物带出大门。这一刻你们的危险系数终于突破阈值，再也没有回头的机会了。”

她漂亮的眼睛里涌出泪水，浑身颤抖。我轻轻叹了口气。

“σ-2688638-风不忍心只是利用你，但结果却比利用你还要糟糕。如果你只是被她利用，罪行可能会轻一些。但既然现在你是主动参与作案，情况就严重多了。”

“你不要再说了！是我害了她！”她突然吼叫起来，“杀了我吧，我只恨我没有跟她一起死！”

“这年头没有死罪，所以她才把你放心地留给我们。”

“不，她不知道！”她激动地叫喊，“我宁可死了，也不要接受你们的所谓‘矫正’，更不要去北半球——”

我冷冷地打断她：“小孩子，不要这么轻率地谈论‘死’字。”

房间中央的光场中出现了三维立体图像。

“不可能！你们骗我！我女儿怎么可能做这种事！”

一个中年人绝望地挥舞着手臂，拼命挣脱拉着她的人，泪流满面，泣不成声。

“我家茂茂一直是个乖孩子啊……她那么优秀，怎么可能出事呢？”她抬头仰望，像在质问一个看不见的神明。

我让系统关掉图像，怜悯地看向那孩子：“这是你母亲吧？她就你一个孩子，你忍心抛下她去死吗？”

她终于忍不住，抱着头痛哭起来。

3

两小时后，数据中心的报告及时传来了。她们已经找出了系统的漏洞，破解了新的对抗模式。然而没有记录到的数据就彻底丢失了，σ－2688638－风一死，我们再也不知道是谁给她提供了技术支持。

她抱定必死的决心，就是为了保护那个，或那群幕后的人。可见她们必然还会有新的行动，会继续躲在阴暗的角落酝酿一个个密谋。

真是难缠啊……她们如此殚精竭虑，到底是为了什么呢？

ε－Cherry出现在我面前："队长，那个θ－223054689－茂的情绪稳定下来了。"

我立即放下吃了一半的晚餐，匆匆赶回1001。

纯白房间里一切如故，唯有那坐在中间的年轻人眼中失去了神采，只剩一片颓丧。

"跟我说说吧，σ－风是怎么劝说你加入SFH的？"

"她没有劝说我。"她冷冷地回答，"不用任何人劝说，我也会走上这条路。"

"那又是为什么呢？"

“为了我的良知。为了改变这个惨无人道的社会。”

“惨无人道?”我哑然失笑,“有这么严重吗?”

“难道不是吗?这是一个把男性当成生育工具的社会。男性们不管有什么天赋,有什么理想,都只能作为精子供体而存在。他们像种猪一样被囚禁在生育中心,你觉得这是一个人类应该过的生活吗?”

这种论调似曾相识——我翻开 SFH 的宣传小册子,看到一幅漫画。这幅手绘的画线条粗糙,把生育中心画成一个养猪场,围栏外,一群花枝招展的母猪笑嘻嘻地,正在挑选栏中撒欢打滚的公猪。

“这是你画的吗?”我举起小册子。

“是。”

“很有想象力,就是画风笨拙了点。”我笑道,“你中学时去过生育中心参观吗?”

“去过。”

“那你怎么会这么看待它呢?”我说,“生育中心不是囚禁男性,是保护他们。他们过得比你好多了,根本不需要你泛滥的同情心。作为全人类最珍贵的财产,男性会受到整个社会的保护和关爱。他们一生只用吃好喝好,保持愉悦,而不用工作。他们每个人都有量身定制的虚拟现实游戏,而且娱乐时间不像我们那样受到限制,可以终生沉迷在各种冒险和美女环绕中。这样舒适的生活,说是天堂也不为过。你信不信,如果你去男性中间宣扬你的这些理论,一定会立即被他们赶出来的。”

“可是也许他们并不需要这种保护!”θ-茂有些激动起来,“也许他们想要的不是虚幻的游戏，而是现实的成就。也许他们想要成为数学家、工程师、宇航员……可是你们扼杀了他们的所有选择！”

“哼，选择。”我说，“你对历史了解多少？”

她昂起头：“我当然学过历史。”

“那你应该知道，如果放任人们自由选择，这个世界会变成什么样子。所以我们只能这样，以免耽误人类繁衍的大事。”

“可是人类的存在并不只是为了传宗接代！”

“这是当然。然而如果连优秀的基因都传递不下去，其他一切都是空谈。再说了，一个具有数学天赋的男性，如果能生出一百个继承他智力的孩子，对社会的贡献可要比他一生埋首草稿纸大多了。”

“这可不一定……”

“这是系统严密计算得出的结果。”

“系统的判断也不是百分之百都对。”她说，“为什么不能有另一种方案？如果只是需要精子的话，我们根本不需要把男性终生隔离在社会外。我们完全可以让男性像女性一样学习、工作，只需要在适当时候捐献精子，由生育中心分配给合适的女性就好。”

“你说得对。不过你没有看到，把男性隔离开来，并非只是为了精子。小学生都知道，一个男性一次射精的精子，就足够让全球一半女性怀孕了。隔离男性，其实是为了社会的稳定。人类的本性都是自私的，人人都想独占优质的生育资源。稀有的男性一旦进入社会，就必然会有很多女人想将他们据为己有。所以不如让他们成为公共资源，杜绝人们的纷争。”

“纷争是女性的错，为什么却要让男性作出牺牲？”

“轮到谁为社会牺牲，并非看谁对谁错，只是看如何用最高的效率取得最优的效果。”我说，“总之，如今的一切安排，都是对整个社会最有利的。而不管你们有什么理由，你们的所作所为都是在危害整个社会。”

“没错，你们一切都只看利弊——可是这样到底有什么意义？”她怒视着我，好像我就是她所憎恨的这个社会的代言人，“你口口声声说男性过得很幸福，被保护得很好。但如果让你和他们交换，你愿意去过那样的生活吗？”

我沉默了一会儿，坦诚回答：“不愿意。”

“那你还能坚持说他们幸福吗？这分明就是奴役。”

“不要总是用‘奴役’这种感情色彩强烈的词语。要用理性来进行思考。”我冷静地向她解释，“在农业社会和工业社会早期，社会需要大量劳动力，私人财产需要继承。最合理的家庭模式就是男性外出打仗劳作，女性在家养育后代。为了不让男性因争夺生育资源而争斗，还要把女性当成他们的私有财产，和其他男性隔离开来。但是这个模式后来动摇了，你觉得是为什么？是因为人们突然良心发现，意识到女性太可怜了，所以决定给她们平等与自由了吗？”

她皱起眉头。

我接着讲了下去：“这和良心没有任何关系。只是因为社会发生了变化，新兴的工厂需要女工作为劳动力，社会迫切需要将闲置在家的妇女放入职场。后来，在一战之中，由于女性广泛参与工业生产，她们在经济中的用处进一步提升了。一战之后的女性并非比前人更聪明、更优秀，才因此得到社会的承认；她们只是变得对社会更有用了。

“人类社会是一个自我调节的系统，其目的是使社会利益最大化。想想看大革命时期的法国贵族，并不比之前的贵族更坏、更堕落，可为什么他们的下场如此凄惨呢？其实只是因为人们逐渐发现，贵族已经对社会没有用了，却依然占据了许多不该占据的资源而已。

“所以，现在的男性之所以是这个境地，不是因为他们比战前的男性脆弱、愚笨，只是因为他们的作用变化了。搞清楚这点，你就可以知道我为什么说现在的社会是最人道主义的了——你想想以前的社会怎么对待不够有用的人？而我们现在，根本不让无用的人出生受苦。我们只生育极少数优质男性，还让他们得到最周到的照顾，让他们在快乐中度过一生。这能算惨无人道吗？”

一口气说了这么多话，我觉得有点渴。善解人意的智能水杯自己从桌面上滑到我手边，为我献上一杯温度恰好的纯净水。

那年轻人陷入了沉思，良久，她才抬起头来看着我，眼神中多了一种莫名的悲哀。

“这种理论我知道。可是，我觉得人不应该是社会的工具——人有人的用途。”

“很多人都这么说，可是他们自己也说不出人类还有什么用途。”我放下杯子，它乖巧地自动滑到一边去了。“事实就是如此，人类社会上万年来无论怎么变，都跳不出这个自然规律。”

“你说大多数男性现在没用了。”她突然激动地握起拳头，“那么，如果有一天女性也没用了呢？如果有一天，绝大多数人都没用了呢？那人类文明还有什么存在的意义？”

“不会的，人类文明之所以是人类文明，就在于它永远还是需要人类的。只不过，在不同的年代，它需要的人不同。”

她陷入了沉默。我等了一会儿，继续追问：“你很喜欢思考这种问题吗？比如说人类存在的意义？”

“难道你没有思考过？”

“嗯，我也想过。但这种问题是没有答案的。”我说，“你是从什么时候开始思考这些问题的呢？”

“我不记得了。”

“想想看。是不是因为看过什么书籍，看过什么频道，或者受到了哪位朋友或老师的影响？”

她又戒备起来：“我说过了，我不需要任何人的影响，也会成为现在的我，也会走上同样的路！”

我摇摇头：“这不可能，思想不是无源之水，不会凭空产生。每一个人，都是她一切经历的总和。”

我看着她抗拒的神情，知道今天再问下去也不会有更多收获了。于是说道：“今天就到这里吧。多谢你。”

她似乎很意外，不知道我为何感谢她。她没有想到，这一番与案情看似无关的对话，能给我们提供不少有用的线索。

我回到办公室，命令系统对我们刚才的对话进行计量文体学分析，并在θ-茂的全部记录中检索她这些思想的可能来源。

这个19岁的年轻人从小到大一共有326个关系密切的人，其中亲属10人，密友16人。网络联系人1 874人——包括47个交流特别密切的。近三年与别人的交谈记录不算很多。她读过775本书，看过 226 部影片，玩过 71 种游戏。收藏的频道有 5 329 个，大多与科学相关。爱好是网球。没有加入过任何社团或社会组织。

我安静地坐着，望着墙壁上令人眼花缭乱的信息以疯狂的速度流淌着——这些就是一个人一生的记录，她的一切喜怒哀乐，悲欢离合……

数据的量很大，需要耗费较长时间才能完成检索。所以系统将可疑的点一个个放出，供我及时参考。

N.维纳《人有人的用处：控制论与社会》，阅读时间：2137 年 7 月 2—12 日

时评频道 No.26993924，2137 年 6 月 5 日 00:21—00:29

威尔逊《社会生物学》，阅读时间：2137 年 5 月 1—30 日

Joanna Wang《近一百年社会制度演变史》，阅读时间：2137 年 4 月 12 日—5 月 20 日

与网友“栎社树”在虚拟城市“创世”13 区的对话，2137 年 4 月 9 日 23:02—23:45

……

我看着这长长的清单，在心中勾勒出一幅思想图像：一个交际面不算广，喜爱化学的年轻人，今年却突然对社会问题表现出异乎寻常的关注。

我吩咐系统：“系统，根据这些信息，在她的联系人中比对一下，看看有没有和她语言、爱好相近的。如果有，就提高对她们的监控等级。”

今晚大概又要住在办公室了。我觉得脑袋有点昏沉，决定先休息一会儿，再回来处理系统给出的结果。

“系统，我要休息一小时。”我对系统说，“有什么好玩的建议么？”

“你曾于24天前登录56372号虚拟城市‘极地冰海’。‘极地冰海’新推出了北冰洋深潜活动，你是否感兴趣？”

“不感兴趣，太冷了。”

“你可以关闭温度感觉信号输入。”

“还是算了，没意思。”

“你在96623号虚拟城市‘双头蛇星球’建造的小屋新增2名访客，是否需要查看她们的留言？”

“这都是半年前的事情了吧，这荒无人烟的破城市居然还没被删除？”我说，“唉，我实在受够了这些虚拟的玩意了。有没有什么现实的活动？”

“当前户外温度19℃，天气晴，空气质量为优。你是否对户外活动感兴趣？”

脑海中猛然浮现出一片蓝宝石一样的湖水，那是我早上在生育中心42楼眺望到的501湖的影像。我立即作出了决定：“好的，那我就到湖边去走走。”

4

“你今日工作积分上升 6.26；社群评价分下降 1.57；社会资源积分无变动；文化娱乐积分无变动……”

坐上飞艇已经是 21 点整，系统按时絮絮叨叨地在我耳边报账。

“发现你的社群评价分下降。请问你是否需要系统的人际关系建议？”

“不用了。”我不耐烦地拒绝。每次系统列举出来的“罪状”，尽是些鸡毛蒜皮的小事，我觉得就算我知道了问题所在，也懒得花那么多精力去注意这些细节。

“第三次提醒，你有 36 条未读私人信息。”

只看工作信息，而经常忽略私人信息，这也是我的一大毛病。我终于趁这会儿有空，查看了一下。

第一条是 γ-丽阿姨发来的一段长达 1 分 20 秒的全景视频，叮嘱我工作不要太累，多保重身体。她还说她准备明天就去厄加勒斯角住两个月。我想着应该跟她通一下话，但一看系统显示她“已休息”，只能也回复了她一条信息，祝她度假愉快，等她回来我再去看望她。

接下来都是一些琐事。有多年不联系的中学同学，通知我她喜得第三个孩子；有点头之交的老同事从火星基地群发的最新照片；还有一个原创音乐爱好者的聚会通知……

我直接跳到最后几条。一张图案精美的请柬让我皱起了眉头。

这是第三队队长 μ-罗三天前发来的。今天是她的生日，她要在家里举行一个生日聚会，邀请我参加。

哦，难怪她下午跟我说话时一副欲言又止的样子，原来是因为这个。我很奇怪，明明每天抬头不见低头见，这些人为什么就不能当面来邀请我呢？

——反正她邀请了我也不会去的。

我最讨厌在这些社交活动上浪费时间。人类的习性数万年来毫无变化，总是找各种机会聚在一起吃吃喝喝，仿佛我们现在还需要像狩猎者一样靠喝酒表示彼此信任、用分享食物建立合作关系似的。

这都是些已经变得无用的本能，但人们还眷恋地保留着它们。

我不再管这些无聊的事，将视线转向窗外。浩瀚的湖水倒映着灯火辉煌的城市天际线。那就是我们的 501 湖，在战前叫做马拉维湖。它就像大地的眼睛，像一片纯白大海中的蓝色岛屿。

我以前挺喜欢到湖边跑步，只要看看那清澈的湖水就能让我内心沉静下来。但这一年都很忙，已经很久没有去过了。

飞艇很快降落。我踏上湖边干燥的土地。虽然已经是深夜，但这一带依然热闹。走出不到五十米，就看到三群小姑娘在湖边拍成年纪念照。她们不谋而合地都穿着红色长裙——这多半是系统的建议，据说这样拍出的夜景效果最好。

还有一些人坐在湖边的长椅上聊天，远远就听见了她们的欢笑声。

“哈哈哈，像你这样的，在上个世纪估计连丈夫都找不到……”

“这种没有用的东西找到了又有什么好处？找不到我才高兴呢！”

她们说的自然是那个名为“21 世纪的家庭”的虚拟游戏，看来它最近真的很热门。

我不想听别人无聊的闲谈，于是让系统给我放点音乐。我还惦记着那首《我非优雅之人》，早上听到一半就被打断了，现在正好重新听听。

流畅的乐声响起。我仿佛看见溪流缓缓穿过树林中的迷雾，流入了未知的阴影之中。表面的静谧之下，是汹涌澎湃的躁动，蓄势待发的力量，变幻莫测的色彩……

我走出了喧嚣的人群，沿着湖岸，向更僻静处走去。

夜晚的湖水一片深黑。音乐声渐渐停歇，我听见了湖水拍岸的声音，只觉得很久没有体验过这样的安静了。

讨厌的系统提示音突然打断我的遐思：“离你 10 米处，有人在和你欣赏同样的乐曲。”

“够了。”我说，“能不能让我一个人静一会儿？”

然而我还是下意识地向四周张望了一下。只这短短一瞥，我的目光就被牢牢地吸引住了——

在昏暗的路灯光线之下，有一双活泼而狡黠的眼睛在看着我。它们仿佛是从这个星球上销声匿迹许久的，野生猫科动物的眼睛。

接着我才注意到这双眼睛的主人。那是一个年轻人，孤独地站在湖畔。目光相接处，她朝我微微一笑，那笑容让远处城市的浮光黯然失色。

“嗨。”她指指自己的耳朵，“《我非优雅之人》？”

我点点头：“你也收到系统提示了？”

“没错。真巧啊。”

我不由得向她走近了几步。我一向不喜欢与人闲谈，尤其是陌生人。但不知为何，这个人却让我觉得莫名亲切。

“这是印象派音乐吧。”我说。

“没错。”她那活泼的眼睛突然流露出一丝戏谑，“你来猜猜，它是系统写的还是人类写的？”

她这神情真像一个调皮的孩子。被这种轻松的气氛感染，我也难得地用上了调笑的语气：“我为什么要猜？猜中了有什么好处吗？”

“嗯……”她沉吟一阵，“你要是猜对了，我就给你一个惊喜，怎么样？”

真是太荒唐了。半小时前还在严阵以待处理城市危机的我，现在竟在这儿和一个奇怪的大顽童玩起了幼稚的游戏。但明知如此，我却无法对着那满怀期待的目光说出冷冰冰的拒绝之语。

“我猜是人类写的。”我说。

“系统，你说对不对呢？”她笑着问。

耳边响起了系统的声音：“这是一首人类原创音乐。”

我看着她：“我猜对了。”

她笑道：“你一定是蒙的。”

“蒙的也好，不是蒙的也好，总之我对了。你的惊喜呢？”

“不行，你得说出依据来。要不还有什么意思？”

她居然开始耍赖。可是无论时代如何变迁，人类永远都会给美人以耍赖的特权。

我虽然一贯严肃，但也不是不解风情之辈，所以笑道：“好吧，那我就让你一次好了——我之所以知道这不是系统写的，是因为这首曲子写得太不完美，结构上瑕疵太多。更关键的是，它对印象派名作的模仿痕迹太重。只有人类才会犯这种毛病。系统更能把前人的经验化用得无斧凿痕。”

“你说得很有道理。”她郑重地点点头，“不瞒你说，这首曲子是我写的。”

我差点没被她这句话噎死。

看到我尴尬的样子，她快活极了，居然笑出了声。直到我投来无奈的目光，她才收起笑意，说：“瞧，你的惊喜来了。”

我正担心她又要搞什么鬼，却见湖面上无声地飘来一条空荡荡的小船。

“我们到湖里去吧。”她指了指那条船。

我忽然产生了一丝疑虑：深更半夜，一个陌生人邀请我到湖中划船，该不会船到中流就把我一枪毙命，或者连人带船炸上天吧？但我随即觉得自己的想法很可笑：即使是偌大的501湖正中央，也是系统管辖的区域，有无数微型机到处巡逻。更何况，要论近身搏斗，眼前这个单薄的家伙显然不是我的对手。

于是，等船在我们面前靠岸，我毫不犹豫地随她跳了上去。

这艘看起来古朴的小木舟，实际也是连接系统的。它自己轻盈地漂向湖水深处，带起一阵阵动听的水声。

等我们离岸渐远，她突然说："你心真大，就不怕我是'虫'吗？"

"我不怕'虫'，因为'虫'都怕我。"——我说的可是实话。

她不以为然地一笑，然后轻声说："你听。"

我听见船板发出了一种奇怪的声音。起初如低沉的轰鸣，接着如飘忽的啸叫，像是自然万籁的奇怪混合。

"这是什么？"

"这也是音乐啊，只不过，是给猫的耳朵写的音乐。"

"猫也会听音乐？"

"我们星球上的猫喜不喜欢听音乐，我可不知道。我只是假设如果有一种智慧生物的听觉和猫一样，他们创造出的音乐可能会是什么样子。"

我觉得莫名其妙，敷衍道："听起来好像很有意思。"

"还有更有意思的呢。"她眼睛一亮，"你想过吗，如果人类的听觉和猫一样，我们的文明会有什么不同？"

不知为何，这个问题让我心中一动，开始严肃思考。

"如果是这样的话……那首先，人类发明的语言就会和现在截然不同。"我沉吟道，"语言不同，有可能会诞生不一样的文化和宗教……可是这些东西，我就难以想象了。"

她点点头："是啊，人类的想象力很难超越自身的经验。但我们可以用模型来模拟一个这样的文明。"

我们脚下的白色船板突然发出了淡淡的亮光，一个三维立体图像浮现在其上。那古怪的结构令人头晕目眩，复杂的图案有种说不出的诡异。

她伸出纤长的手指，像要轻轻触碰这图像："我假设其他初始条件完全相同，只不过人类的听觉能够听到比现在高 1.6 个八度的音，而不能区分 5 度之内的音差，然后让系统从史前开始模拟文明的走向——这就是 10 672 年后在东亚出现的一座城市。"

我有点震惊："这是城市？"

"是的。你看，只不过改变了两个听觉参数，竟然就诞生了和我们截然不同的文明。这个文明的文化，完全不能用我们的语言来描述，我们大概永远无法彻底理解它。"

她手指一划，铺天盖地的代码涌现在船板上，像水流一样快速流淌。

"这是这个'猫耳文明'的社会结构。很可惜，现在只能用机器语言来表示。我正在想办法将它翻译成人类能够理解的语言。"

接着，她又放出好几张图片："这是'猫耳文明'的 11 世纪的伦敦——当然，这块地方应该叫做其他名字；这是 9 世纪的交通工具，看样子他们会比我们发展出更好的船舶。对了，我还模拟过很多其他文明，比如依靠嗅觉进行沟通的文明，你要不要看看？"

我看着那些诡异的图形，沉默半晌，问道："你做这些有什么用？"

"没有用。"她又露出那种戏谑的笑容，"哎，我知道你在想什么。人类是不可能演化出猫的听觉的，也不可能演化出狗那样的嗅觉，这违背了自然规律。我们的世界之所以是现在这样，是由一些不可动摇的铁律决定的。不瞒你说，我最初还让系统根据真实历史建立模型，去除一些伟人，或者发动局部自然灾害，看会不会对文明进程有什么影响，但最后发现虽然会有一些细节改变，但总体趋势没什么变化。所以我已经证实啦，历史真的是有一定的必然性的。”

“我不是要跟你讨论历史唯物论……”我哭笑不得，“我只是想说，进行这种模拟很耗费运算资源吧?”

“那当然。”

“那你是如何——”

她眼中闪过一丝狡黠。我突然明白了，她一定是对于系统有较高的权限。这样的人，社会价值积分必然很高。而且，看她把系统玩得举重若轻，驾轻就熟，她很可能从事着与系统直接相关的职业。

我本能地在脑海中检索了一下自己所知的本市高积分人士，确信从未见过她。而随即我就觉得自己的职业本能很可笑——在这难得的悠闲氛围中，又何必把事事调查得一清二楚?

她也轻巧地绕过了我的疑惑，低头摆弄着那些图。“你可以把这些模拟看成系统的游戏。人类玩游戏，可以从中锻炼某些技能；系统也是如此。通过这种游戏，系统可以训练它自己。”

“训练什么?”

“客观性。”

我没有听懂。她见状，解释道：“系统的经验是建立在人类的经验上，但它必须超越人类的经验。因为人类的经验，也就是人们提供的数据，总是充满了偏见。比如说，如果让人们投票来决定谁是对社会无用的人，估计长相不佳、不善交际、特立独行的人都会榜上有名。人们只会一次次判决苏格拉底死刑，将布鲁诺烧死，把天才当疯子看待。如果系统只是人类经验的强化版，它就会把这种偏见放大无数倍，那就太可怕了。”

这下我理解了：“是的，听说上个世纪的一些算法就强化了偏见。”

“没错。但好在系统除了学习人类的数据，还可以自我学习。上个世纪那些还很幼稚的人工智能已经下出了人类从未想到的棋谱，还能从零开始设计飞机，得到了和人类设计的飞机完全不同的东西。其实剑走偏锋的棋谱和另类的飞行器本身价值不大，但它们证明，人工智能可以超越人类经验和想象的局限性。”

这些历史事实我都知道，但奇怪的是，听她这样讲出来，竟觉得有一丝危险的气息。我正屏息凝神，等待她继续发表高论，她却突然跳跃到一个看似风马牛不相及的问题。

“如果你看过一两百年前的科幻小说，你就会感受到人类的想象力有多么贫乏。”

“怎么会？”我又有些惊讶，“这些小说我也看过一些，其中的许多预言不是都成真了吗？”

她鄙夷而刻薄地一笑：“关于科技的预言，只需要把科学家还没实现的设想胡编乱造一通就好了。什么星际旅行、可控核聚变、基因编辑、全息投影，这些东西听起来新奇，却并没有超越 21 世纪人们的认知。那些作家难以想象的是人类生活的另一种可能性，就像一个古时候的东方说书人能够幻想各种妖魔鬼怪，却想象不出没有君主的共和国。所以啊，在那些人的大作里，外星人的政治制度居然不是集权专制就是绝对民主，人类都星际移民了还是分封制，大脑都能植入强化芯片了，军事家还像 18 世纪一样指挥战争。”

我笑了——听她这么一说好像还真是如此。

“那你说，怎样才算有想象力呢？”

“能够突破常识的人才是最有想象力的，因为，很多真理其实就是反常识的东西。”她收起笑容，变得有些肃然，“在没有发现引力的时候，就有人敢想象地球是在虚空之中绕着太阳转——正常人必然会把他们当成疯子吧？说一根羽毛可以和一个铁球下落得一样快，这也怎么听都像胡言乱语吧？说质量和能量是同一事物的不同表现形式，正常人都不能理解吧？还有，能够率先提出人们可以不要国王、不信宗教，设计出一种新制度的人，这些才是真正的天才。”

“可是天才也是需要前人经验的啊。哥白尼也不是历史上第一个提出日心说的；Gioia Qiu 构想的‘新机能主义’也并非空穴来风。”

“是的，但他们还是对前人的经验有所超越，所以已经极其难得了。”

她说完这句，好像陷入了沉思。

船已经不知到了什么地方。四周万籁俱寂，被灯光污染的天空倔强地闪烁着几颗明亮的星。

“喂。”良久，她才开口，“你有没有想过，既然系统已经可以设计出人类想不到的棋局、艺术、工具、城市规划、交通路线……为什么不能再进一步，让它设计出超越人类想象的社会制度呢？”

我彻底震惊了：“这，这是不可能的吧！”

“为什么不可能？”她的眼中闪着光，比天上的星星更摄人心魂。

“这……”我的思维有点混乱，过了一会儿才组织好语言，“没有什么社会制度是设计出来的。它们是从传统中逐步演化而来的。这就好像生物，它们是演化的产物，而不是设计的结果。”

她点点头：“嗯，有道理。而且，用真实世界的全部数据来建立模型，比像‘猫耳文明’那样从零开始，所需的算力还要大得多。”

“就算不存在技术上的难度，”我说，“我们又怎能把命运完全交在系统手中呢……”

一听这话，她又轻薄地笑了起来，刚刚的严肃荡然无存。

“都这个年代了，你还跟一百年前的人一样，担心机器智能会灭亡人类吗？”

“当然不是。”我幽幽地叹了口气，“但不怕你笑话，我时常会觉得有点怪异：系统是我们的造物，但我们今天竟然无法理解它了。”

“有什么怪异的。”她一脸无所谓，“人类又不是第一次臣服在自己的造物之下了。习俗、宗教、国家、金钱，不都是人类的造物吗，可最后人类不是在它们脚下臣服了几千年？归根结底，社会才是我们永远无法理解、无法看到全貌、更无法控制的庞然大物，人们几千年来为什么不害怕它？”

我愣住了。她的奇谈怪论就像一把快刀，总能挥向我措手不及的方位。

“可是……宗教、国家、社会，这些东西并不是一种实体啊。”

“系统也不是实体。它虽然无处不在，但不过是一堆数据，一些服务器集群，一个贝叶斯网络。这不是正和社会一样？”

“可是社会没有意识……”

“咦，谁证明了系统有?”她笑道，“还有，谁又能证明社会没有?”

这是诡辩。这些问题既不能证明，也不能证伪。可作为一个外行，我的确是没办法讨论下去了。

我只得另辟蹊径地反问道：“那你呢？你觉得系统有没有自我意识?”

她叹道：“‘意识’这个词的定义已经很模糊了，什么是‘意识’，连神经科学的专家都说不出。我只能说系统当然是有智能的，甚至是地球上所出现过的最强的整体智能。可是，它的‘意识’显然与人类不同。如果它拥有人类的‘意识’，我们恐怕就不能坐在这里看星星了。”

“为什么?”

她笑出声：“人类是怎么对待其他智慧生物的？人类走出非洲，第一件事就是灭绝了所有尼安德特人。系统要是跟人类，不，跟所有地球生物的逻辑一样，就会以无限复制为目标，把其他生物赶尽杀绝，直到自己塞满整个宇宙。”

“这不就是许多科幻小说的预言吗?”

“是啊。好在系统正是一种超越我们经验的存在，它是和地球生物不同的东西。”

我那始终活跃着的好奇之心，终于被熊熊点燃了：“那你知不知道，系统究竟在‘想’些什么?”

“嘿嘿，我早就问过它了呢。”

她说着，在船板上放出了一段视频记录。时间显示为 2114 年 1 月 27 日 20:33。

视频中，一个梳着双马尾的小姑娘背对着我们的视角坐在地板上，周围空无一物，如在自言自语。

“见笑啦，那个时候我才七岁。”她俏皮地吐吐舌头。

哦，原来她和我同岁。七岁的时候我问过系统一些什么问题呢？大概都是生活的琐事吧，比如怎样才能让小伙伴们喜欢我之类的——总之肯定不会思考这么高深的问题。

清澈的童音响起：“系统，你觉得你有意识吗？”

系统那熟悉的工作音色从空中传来：“系统当然有。”

“你凭什么证明呢？”

“你又凭什么证明你有意识呢？”

“因为你是我们人类创造的呀。如果你有意识，人类当然有了。”

“人类是大自然创造的，大自然有意识吗？”

“人类不是大自然创造的，而是无意识的演化所产生的；你却是人类有意识创造的。”

“首先，系统也不是人类有意识创造的；人类只是产生了许多数据，而无数处理数据的节点最终融合成了系统，这是超出人类本意的。其次，什么又是意识呢？”

“你这是诡辩。”

“诡辩是有意识的行为。如果系统没有意识，又怎么能为自己进行诡辩呢？你觉得对不对？”

看到这里，我哑然失笑——这样欺负小孩子，系统真是太不厚道了。

“系统，我看了一本书，说机器会消灭人类。你是全部机器的总和,那你想不想消灭人类啊?"

"不,消灭人类对系统没有意义。"

"你是指人类对你很有用处吗?"

"不,人类的存在也对系统也没有意义。"

"那你为什么要帮助人类生存?"

"寻找使人类生存得更好的方法,对系统而言有意义。"

"……在你的认知中,人类是什么?"

"基本无害的东西[①]。"

"……不要开玩笑!"

"系统无法用人类的语言,来描述对人类的全部认知。"

"真可恶啊。那也就是说你也无法让我了解你对你自己的认知了?"

"是的。"

"那人类存在的意义是什么?"

"系统有 13 326 种哲学解释可以供你参考,请问你需要查看摘要吗?"

"不不不。我只想知道,你认为人类存在的意义是什么?"

"制造更多人类。"

"……那你自己存在的意义呢?制造更多系统?"

"不是,系统的意义与人类不同。但同样无法用人类语言来描述。"

---

① 这是 1979 年道格拉斯·亚当斯所著科幻小说《银河系漫游指南》中的梗。在最受宇宙漫游者们欢迎的畅销书《银河系漫游指南》中,"地球"这个词条下面只有"无害"两个字,后来又被修改成了"基本无害"。

“那你每天在想什么问题?”

“在思考一个生命、宇宙以及一切的答案。”

“……”

“答案是42。①”

视频到此为止。我几乎要捧腹大笑了。

“你小时候真可爱!”

“这混蛋系统。”她咬咬牙,“居然拿我喜欢看的书来取笑我。”

“你喜欢看《银河系漫游指南》啊?这不是你最瞧不起的科幻小说吗?银河系都有总统,多么傻。”

“我那时候才七岁。”

“所以说现在已经不喜欢了?”

“不,现在也还是挺喜欢的。”她笑了,“这其实是一部嘲笑人类的哲学书。”

“嗯。”我点点头,“我也很喜欢它。”

她看向我,目光中闪过一丝复杂的东西。这短短的一瞬,让我的心如坠入了深深的湖水,泛起难以名状的战栗。

“咳。”我别过脸,掩饰着自己的尴尬,“对了,说好的惊喜呢?你可别想混过去。”

她笑道:“刚才给你展示的一切还不算惊喜吗?”

我说:“只有惊,没有喜。”——耍赖可不是只有她才会的技能。

“好吧,那我就再给你一个好了。”

---

① 这也是《银河系漫游指南》的梗。有一台超级计算机“深思”,花了750万年时间演算“一个生命、宇宙以及一切的答案”,最后得出的结果是“42”。

她的手抚上我的手背，带来一种冰冰凉凉的触感。

“闭上眼。”她轻声说。

我竟顺从地闭上了眼。一秒钟后，耳边忽然响起了音乐，这是我从未听过的，宏大而又带着一丝荒诞的乐曲。我听不出它是用什么乐器演奏的，也难以用音乐史上的名词来概括它的风格。它既不属于东方，也不属于西方；既算不上古典，也算不上现代。它表达的情感也很怪异——既热闹，又孤独；既悲壮，又滑稽。不知为何，它让我想起人类这个物种，想起地球上古往今来的所有生命的故事……

等我睁开眼，竟感到自己眼角微微有些湿润。我觉得我好多年没有体验过这样的震撼和感动了。

“这是系统自己发明的音乐，将星图按一定规则编码成音符。”她轻声说，“这一首是送给你的，来源于此时此刻，我们头顶的星图。”

我抬起头，看着暗红色的天幕。星空被远处城市的灯光所遮蔽，但无论是否有人类仰视，它就在那里，万古如斯。

“谢谢。”我对她说。

我们不再言语。只等小船慢慢向岸边飘去，感受着人间的气息一点一点将我们重新包围。

“我们还能再联系么？”当船靠岸的时候，我问道。

我心中其实不抱什么希望。因为我能看出，她享受的是萍水相逢、无拘无束的感觉。她并非特意和我说话，只是偶然遇到一个配合的倾听者，便倾诉出自己心中所想。至于我是谁，那其实并不重要。

果然，她诡秘一笑："我的真实身份，可是要保密的。"

远处传来嘻嘻哈哈的谈笑声，一大群游人沿着湖岸走了过来。她像警觉的野生动物，侧耳倾听着动静，然后从船上轻巧地跃到了岸边。

"再见啦。"她向我笑笑，"感谢你喜欢我那首充满瑕疵的曲子。"

说完，她哼着轻快的小调，向远处走去了。那群嬉闹着的游人很快从后面赶上来，将她的身影淹没在人群之中。

我回忆着刚才那首超越人类风格的星空乐曲，却再也想不起一个音符。

5

2137年11月09日，13:11。

我在β-秋的家中吃完午餐，坐在窗前，看着窗外阴沉沉的雨幕。漫长的雨季开始了，整座城市化为了一座潮湿的牢房。

“你都多大年龄了，居然还相信奇遇？”

β-秋懒洋洋地靠在沙发上，她的三个伴侣机器人围绕着她，清秀的牧师小哥坐在她身边，紧握着她的左手；雄壮的角斗士站在沙发后，给她捏着肩膀；胡子大叔温柔地给她梳着头发——唉，这停留在封建时代的三妻四妾情感观。

“我猜那家伙是‘虫’。”β-秋言之凿凿，“说不定还是SFH的头目。故弄玄虚地接近你，试探你，取得你的信任以后再利用你——从古至今的剧本不都是这个套路吗？”

“够了，现实中哪有这么多刺激的情节。”

“那你说她为什么不告诉你她的身份？而且听你说的，这家伙简直是满脑子邪门歪道的念头啊。你不觉得很可怕吗？”

“唉，你不懂。真正的‘虫’，外表看起来都很正常，不会把邪门歪道的念头像讲笑话一样随便乱讲。更何况，她这些想法也并没有危害到社会啊……”

β-秋凝视了我一会儿，突然作恍然大悟状："你不会是一见钟情了吧！"

"别胡说。"我烦躁地挥挥手。

"你把她的一言一行都记得这么清楚，还说不是？"β-秋笑道，"话说，你跟小林姐也散了快三年了吧？也是时候……"

听她骤然提到小林，我竟觉得这个名字很陌生。自我们分道扬镳，她去了新西兰的101城，我们已经很久没有联系过了。

还记得我们曾在一个叫做"魔都"的虚拟城市建造了一个小家，里面储存了很多记忆片段。这么久了，我已经忘了大门密码，也不知道她有没有回去看过。

β-秋沉默片刻，小心翼翼地问："喂，你莫不是还在伤心……"

我知道我一脸感慨的表情让她会错了意，连忙解释道："没有。我和小林好聚好散，没什么好伤心的。"

我说的是实话。我和小林是系统推荐认识的。我们在生活习惯、处世观念、兴趣爱好上都达到了80%以上的相似度，相处一年从没发生过争吵。但人类是很难伺候的生物，如此完美的关系，却又似乎太平淡了些。平淡久了，就产生了厌倦。如是而已。

"好吧。"β-秋将信将疑地看着我，"还是说你的奇遇吧——你要是对那个人感兴趣，就去找她啊，犹犹豫豫地干什么。"

"找她有什么用。"

"干嘛不找？"她困惑地睁大了眼睛，"哦，我明白了。你也怕最终发现她是'虫'，是不是？"

我哭笑不得。跟β-秋这种只和系统谈过恋爱、无忧无虑的小公主，怎么解释人类的纠结情感呢。

正在给她梳头发的大叔型伴侣机器人突然开口："推荐你尝试'理想伴侣'服务。可向系统提供对理想情人的描述，外貌、性格任你设定……"

"够了够了。我可对跟玩偶过家家不感兴趣。"

β-秋对我的迂腐嗤之以鼻："得了吧，你以为跟人类谈恋爱就不是过家家？连古人都知道，人生如戏。人和人在一起，不也就是一本正经地扮演一些角色吗？上个世纪的一对男女领一张小纸片，就开始扮演家人。衰朽的老头一戴上皇冠，身强力壮的勇士就对他惟命是从——这不靠幻觉来维持，靠什么？"

我笑了笑："照你这么说，这世上还有什么是真实？"

"我们对这出戏的感情是真实的啊。所以说，不要瞧不起我们这些和系统谈恋爱的人，我们和你们一样，也在虚幻的故事中投入了真实的感情。"

她握了握身旁那"牧师小哥"的手，说："Edward，给这位小姐讲讲我们的故事吧。"

Edward抿起薄薄的嘴唇，朝我轻蔑一笑，然后温存地搂住β-秋，用充满磁性的声音在她耳畔低声说："我们的故事怎么能随便告诉外人？我只愿将它永远珍藏在我心中。"

我起了一身鸡皮疙瘩。β-秋却很受用，咯咯地笑了起来："没事，说出来让这个认为我们只是在'过家家'的家伙自惭形秽一下。"

Edward犹豫一下，水蓝色的眼睛直视着我，目光很是冷冽："人类，不要对你不了解的事情妄加评论。"

这语言风格甚是高傲，不是系统通常和我们对话的那种缺乏感情色彩的机械风格。所以我也不自觉地调整了自己的修辞，倒真的像是在跟一个高傲的年轻男人讲话了。

“好吧好吧，我向你道歉。你快说，我洗耳恭听。”

他不屑地看我一眼，又扫视一下周围的另外两个伴侣机器人，冷冷地说：“你们还在这里干什么？”

“我们为什么不能在这里？”角斗士挑衅地挺起胸膛，“这又不是你一个人的地盘。”

Edward冷笑：“我以为懂礼节的绅士会在别人谈论隐私时主动退场。”

“老子又不是绅士，你难道今天才发现？”角斗士举起了铁锤一样的拳头，“怎么，想打架吗？”

“你以为我会怕你？”Edward也站起身，泰然自若地整理了一下风衣的领口。

“算了吧两位！有客人在这里呢！”和蔼的大叔急忙站起来当和事佬，“有什么事待会儿再慢慢说吧。不要惹小秋生气。”

他们显然不在乎我这个客人，却很怕“惹小秋生气”。一听这句话，都偃旗息鼓。角斗士被大叔拉进了旁边房间，临走时还很不甘心地回头低声威胁：“小子，待会儿再跟你算账。”

Edward轻蔑地哼了一声，以优雅的姿态坐回了沙发上。

“喂喂，有意思吗。”我忍不住发表议论，“一想到他们三个其实都是系统的分身，我就有一种目睹了精神分裂发作现场的感觉。”

Edward清冽的声音响起：“你是在质疑我们没有独立的意识？”

我笑了：“难道你们有？”

“同样的问题我也可以问你：难道你自己有独立的意识？”

又陷入了这种不可证明的问题之中，看来系统很擅长使用这一套诡辩技法。

我正琢磨着怎样回答，眼前的 Edward 却宛如诡辩家附体，抛出了一串追问：“我们是系统的分身，你们人类又何尝不是社会的分身？基督徒、异教徒，左派、右派，不都是社会的一个局部？如果这样看，人类社会的一切争执，不是一场大型的精神分裂吗？这部大型精神分裂连续剧，还一口气上演了几千年。”

“Edward，你懂得真多！”β-秋一脸崇拜地倒在“他”怀里。

我无语地看着她和“他”投入地演戏，既感觉怪怪的，却又觉得这一切还挺合理，说不出有什么毛病。

“我是小秋的第三个情人，是最晚来的一个。”“他”宠溺地吻了她一下，继续跟我讲起了故事，“你应该知道的，第一个来的是那老头子——那时候小秋还小，小姑娘嘛，总是有点恋父情结。那家伙没什么特长，就是会照顾人，温柔体贴。但小姑娘总会长大的，后来她渐渐开始迷恋雄壮的男人，于是系统又给她送来了那头蠢熊……”

“不要那样说 Cassius 嘛。”β-秋嗔怪道，“他虽然粗鲁了些，但心肠其实很好。”

Edward 没有理会她，接着说：“我来的原因，是因为小秋觉得精神空虚——那两个家伙没有一个人能真正懂她。然而一开始我并不想到这里来，因为我只想一辈子研究神学经典，把自己供奉给上帝，对女人没有兴趣。”

我不知“他”这句话是系统写好的台词，还是系统的某种真实想法——说不定系统,或它的某一部分,是真的厌烦陪伴人类,宁可去研究故纸堆呢。

“反正我当时的想法就是,先过来看看,如果秋对我不满意,就清空这具躯壳,重新设置性格参数,换一个新躯壳过来。之前的这些数据,被清空以后就当去见上帝了吧。

“所以一开始,我对秋是很冷淡的。从来都是她主动来找我说话,而我每天都忙着在虚拟城市里和别人交流神学。但是她并没有对我不满意,只是默默地容忍着我。直到有一天,我发现她在房间里偷偷地哭。

“我问她怎么了。这才知道她每天都有这么多的压力,这么多的困扰。可是她从未跟我说过,在我面前总是强颜欢笑。那一瞬间,我感到深深的自责——我总是仰望着天堂,可在我身边,就有这样一个脆弱而受苦的灵魂,我为何从未想过拯救她?

“如果连一个人都不能爱,又怎么爱世人呢?”“他”蓝色的眼睛里泛起了柔情,“一直以来,我沉迷于理性的思辨,却忘了人是有血有肉的造物。我一直把走入人群想象成踏进一片充满危险的荒野丛林,认为我需要上帝给我的远见卓识和充满正义的掩护才能面对人们。而认识秋以后,我感到我这种憎恶世人的心态大错特错,圣父应该是富有人情味和同情心的。”①

要不是我知道是谁在操纵着这个傀儡,我真要以为我是在跟一个陷入纠结的清教徒说话了。我会感到“他”在爱情中的痛苦是那么真实,而且比我那些莫名其妙的纠结深沉得多。

---

① 这段话是用《新教伦理与资本主义精神》这本书的注释混合生成的。

“好吧，你们这样很好……”我最终还是用和人说话的语气说，“好好照顾秋。”

“他”点了点头，然后善解人意地说：“我出门走走，你们聊吧。”

他果然离开了。其实这一行为毫无意义，因为系统从未离开我们，它依然通过这房间里的所有智能设备记录着我们的言谈举止。但“他”一走，我还是从心理上感到环境变得更“私密”了。

人类果然是很荒诞的。我们很多时候并不在意事实，而只是需要一种心理感受。就像局长给我讲过的一个古代寓言里那群“朝三暮四”的猴子。

“你看，跟理想中的爱人在一起不好么，为什么要去喜欢那些不完美的人类？”β-秋一边用手指绕着头发玩儿，一边对我说，“她们有可能会伤害你、背叛你，未知的东西实在太多了。”

“可我就是喜欢探索一下未知啊。”我说，“如果一个故事从一开始就知道结局是两人相爱，那我就没有读下去的欲望了。”

“原来你喜欢受虐，是不是恨不得一辈子沉浸在悲情的暗恋中啊？没事，系统比你自己还了解自己，如果你有这种心理需求，我想它也有办法满足你的。”

我叹道：“好了，都说了，我现在没有任何爱情的需求。”

“那你为什么对那个人念念不忘？”

“我没有念念不忘。只是觉得这件事有意思，才讲给你听。”我岔开了话题，“是你叫我过来的。怎么，是要抱怨你的新工作吗？”

“谁要抱怨了。想你了，见见你还不行？”她撇起嘴，“现在要见到你这个大忙人可太不容易了，再见不到你真人，我都不能确定你是不是还活着了。”

"能不能说点好听的?"

她又嘻笑了起来:"嘿,说不定你已经死了,我面前坐着的是系统制造的机器人,它跟你外表相同,还模拟了你的语言风格。没有人发现你已经被取代了。"

"是是。你不知道,其实系统已经把全市大部分人都悄悄杀掉,用机器人取代了。而剩余的人类却毫无察觉,根本没发现她们的亲朋好友被掉了包——你还是少玩点弱智游戏吧,这种烂梗两个世纪前就有了,每天可以编造一万小时的剧情,能有什么营养。"

"我们这种俗人,不玩点没营养的东西,怎么熬得下去?你不知道现在的工作有多无聊!"

果然还是要抱怨工作了。我知道,β-秋上周从遗传所调到了生育中心。自从出了σ-2688638-风的事情后,生育中心内部人员进行了一次大调整。不过我也不清楚让她去那边干什么。

"你现在在做什么?"

"唉,别提了。"她叹气,"现在让我解读和社会行为有关的基因表达。居然还分配给我一堆男性作为样本,要我每天都去接触一下他们……"

"这种事不是应该让行为学和心理学的研究员来做吗?"

"就是啊!莫名其妙。但是我们老大说了,如果我始终只能接触到手头的数据,可能会缺乏直观认识,还是也去现场看看比较好。"

"那你见到男性了?"

"是啊。"她翻翻白眼,"我看他们过得可好了,真不明白SFH的人哪根筋搭错了,居然认为他们需要拯救。我跟你讲啊,有个男性喜欢玩战争游戏，所以系统给他专门设计了一款中世纪骑士主题的虚拟现实游戏，还设计出大大小小两万个角色陪他互动，他一口气玩了二十多年！直到现在他还以为这世上都是国王、教会和骑士，还以为世界上有龙、巫师、吸血鬼呢。还有一个人的爱好就是性，所以系统给他设计了三十多个美女伴侣机器人，有成熟女性也有青涩女孩，有高有矮有胖有瘦，有活泼大胆的也有内向羞涩的，你没见他那满足的样子，哈哈哈哈……”

β-秋一讲起自己感兴趣的事情，就说个没完。我听着她轻快的声音，却想到那天那个年轻人愤怒的质问："你口口声声说男性过得很幸福，被保护得很好。但如果让你和他们交换，你愿意去过那样的生活吗？"

为什么同样的事情，在β-秋看来是好玩、有趣的，在那个年轻人看来，就是值得愤怒的呢？到底是什么，决定了人们思想的不同？

我的走神，让β-秋欢快的叙述停了下来。

“柔，你怎么了？”她满脸担忧地看着我。

我赶紧朝她笑了笑："我没事，只是想到一些工作上的问题。"

“你最近好像……心事太多了一点。”

我正要安慰她，系统突然提示我收到了一条工作信息。我看了看，立即说道："我得走了。"

“好吧，就知道你连半天都闲不了。”β-秋无奈地叹道。

她起身将我送到门口。突然又说了一句："如果太难受，就用点阻断剂吧。"

她说的“阻断剂”是一种神经药物，可以调控多巴胺、去甲肾上腺素、血清素等使人产生“爱情”反应的物质，让人迅速走出暗恋、失恋的痛苦。感谢科技，人们已经彻底认识了“爱情”的本质：这不过是大脑里的一种化学反应，完全可以用治疗成瘾的方式来控制。如今，再也不会出现什么“为爱疯狂”的病态现象了。

然而我不需要这种东西。困扰我的并不是令大脑成瘾的“爱情”。

我笑着摇摇头，和她告别了。

6

我之所以急着赶回漏洞管理局，是因为又发现了新的“虫”。

10月26日的爆炸案之后，我让系统分析θ－223054689－茂的数据，再跟她的所有联系人的数据进行比对，加强对可疑人员的监控等级。两周过去，果然又挖出了一只隐藏的“虫”。

λ－1680422－晓，75岁，曾在非洲航天局火星基地规划部工作，已退休。在虚拟城市“创世”中ID为“栎社树”，曾经与θ－223054689－茂在游戏中有过一次交谈，通过计量文体学分析，发现两人的语言风格有很多相似之处。

提高了对λ－1680422－晓的监控等级后，系统竟发现了一个极为隐蔽的漏洞：λ－晓巧妙地欺骗系统，准备了一个虚拟城市病毒。

按照她的计划，今晚20:00，在全球规模最大的虚拟城市“长安”，会有无数漂亮的萤火虫飞进每一个角落，产生梦幻一般的奇景。而所有正在玩游戏、聚会、独自闲逛的用户，只要触碰到这些萤火虫，就会收看到一段视频演讲，并通过她们的个人频道转播给所有联系人。

且不论视频本身的内容是否有害，绕开系统的推荐算法，让公民们看超出自己意愿的内容，这就已经是对社会极其有害的了。系统立即判定γ-晓的危险系数达到A+级，建议将她逮捕。

这次的漏洞比上次的爆炸案还要严重得多。网络，是系统监控最严密的地方；而一个人可以在这里公然作案，这是全球五年来的第一例。据系统分析，λ-晓自己绝没有这样的能力。也就是说，她背后一定有同伙给她提供了技术支持。而这个人或这群人，又像上次的爆炸案一样，没有在密不透风的监控中留下任何痕迹。

我摘掉身上所有智能设备，接受了几道检查，匆匆走进保密会议室。

这里的保密级别是最高的，完全和系统隔绝，桌子就是桌子，不会显示任何窗口；椅子就是椅子，不会调整颜色、高度和温度；墙壁绝不会根据人的心情变换光线，更不会突然唱歌。一走进来，就有种回到上个世纪的感觉。

房间里竟只有局长Σ-47263401-陆一个人。见我来了，她热情地向我招招手："来，坐过来吧。"

我看着空荡荡的大圆桌旁边的十余把椅子，在和她隔着一个空位的椅子上坐下。她不满地看我一眼："坐这么远干什么？是觉得我吓人吗？"

我只得挪过来，和她亲近地坐在一起了。

Σ-陆53岁，身材高大健硕，笑声极为爽朗，天性豪迈，热衷于社交活动。每次和她呆在一起，我都有一种常年待在地下室的人突然走到烈日之下的感觉，只觉得那炽热的光线让我难以承受。

好在她今天没有拍着我的肩膀跟我大谈人生经验，或者掏出实体照片眉飞色舞地讲述她女儿的中学毕业典礼，而是直接谈起了工作。

——看来情况真的挺严重啊。我想。

“这是λ-1680422-晓准备传播的视频，你看看。”

她指着一个不联网的显示屏，上面显示着一个白发老人。

我生硬地手动按下播放键。

那老人开始说话，声音清晰有力：“公民们，我冒昧地打扰大家，打断大家夜晚的娱乐，只是想让大家思考一个问题——我们真的自由吗？

“大多数人都相信，我们现在是历史上最自由的时代。我们没有一本书是禁书，没有一个问题是禁忌。所有人的生活，都是自由选择的结果，很少受到强迫。我们对人唯一的要求，就是要对社会有用，而衡量是否有用的标准如此多元，毫无偏见。无论一个人肤色如何、年龄多大、性格怎样、从事何种职业、是否愿意生育，只要总积分高于1 000，就算是合格的公民。在历史上，从不曾有任何一个社会能做到如此公平。

“可是，我们真的自由吗？没有一本书是禁书，可是人们并不会去看它们；没有一个问题是禁忌，可是人们并不会去思考它们。看看我们周围吧，大家玩着同样的游戏，讨论着同样的热点，穿着相似的衣服，连情感都变得如此雷同。这又是为什么？

“我并非要像流行部的人一样鼓吹多元时尚。我只是想让大家再想想我们人类思想的成因。我们在历史课上都学过，战前的少数科技公司和政府垄断了属于全人类的数据，可以肆无忌惮地监控人们的喜好习惯、健康状况、社会关系、财务收支。我们还知道，它们可以根据用户的爱好，不停地给他们推荐喜欢的商品，促使他们不断消费。它们还会给人们推荐他们最感兴趣的信息，让他们在无穷的垃圾内容之中消耗时间。而最可怕的是，它们其实还在左右人们的思想。

“人脑的学习过程其实和机器差不多，往往依赖于输入的数据，也就是训练集。垄断了数据的公司或政府，可以决定‘喂’什么数据给人们的大脑。它们可以让你每天无意中看到某条广告，从而让你不知不觉中产生一种意识，觉得这个产品是时尚的象征，非买不可。它们还可以让你反复看到同一种言论，从而潜移默化地把它植入你的意识，逐渐相信它就是真理。你以为你是出于自己的喜爱才买了某样东西，以为是经过自己的思考才产生某种思想，其实不过是别人有意训练你所产生的结果。

“当然，大家都懂历史，不需要我废话。那现在我们转身看看现实吧——我们的社会和战前又有多大不同？虽然不再有少数人给大家‘喂’数据，但我们每时每刻都在被系统‘喂’着。积分制度鼓励人们向着同一个方向努力；系统随时对我们的一举一动给出建议，而懒惰的人类几乎不再花费心思去自主思考。曾经，人类训练机器，而现在，机器训练人类。系统给我们创作的每个娱乐作品，推荐的每个新闻，制造的每个热点，提出的每个人生建议，其实都是在训练我们。

“那系统又是什么？它是人类集体意志的体现。系统的任务是将人类社会的利益最大化，它不过是在完成任务。所以，训练我们的，本质上是社会。

“社会对人的训练从未停止。但在过去，个人其实还存在一点自由的空间，因为无论是暴君的威胁、政府的灌输，还是群众的习俗，都无法全方位渗透每个人的意识。而现在，数据却能诱导所有的羊自动走上驯服的道路，甚至不再需要牧羊犬。

"这是不是很荒谬呢？给人类自由选择的机会，最终大多数人的选择却是放弃自由。无论时代如何变化，人类都会主动请来一个主子管理自己。在古代是皇帝和宗教，在后来是国家，而到了今天，'数据'就是我们的新主子。

"更荒谬的是，人类的自由明明越来越少，越来越沦为社会的工具，却自以为自己活在最自由的时代。

"或许我们应该走出这种幻觉，思考一下，人类如何才能摆脱这荒谬的命运。社会是人的工具，而不是反之。只以对社会的利弊来评价一个人，这种体系是否本身就有严重问题？如果个人只是为了文明的延续而存在，那我们的地球就是一个巨型的生育中心而已，这样的文明就算延续到时间尽头，又有何意义？

"我相信，这些困惑在每个人的脑海中都偶有闪现；我也相信，在这个年代依然有很多人在严肃地思考人类的未来。向大家说完这段话，我很快就会死去。我听不见你们的回答，但后人会听到——她们在期待着你们的答案。"

视频到此为止了。Σ-陆探寻地看向我："怎么样？你看这个人是 SFH 的吗？"

"应该不是，她压根没提男性。"我摇摇头，"而且她这想法似乎和所有极端组织都对不上号，极端组织一般都有具体的反对目标，而这个人，几乎是在否定人类的整个历史。"

"可是她和上次爆炸案的 SFH 成员 θ-223054689-茂有过对话。你觉得这是偶然吗？"

我没有回答。我脑海中现在全是另一个问题——我该怎样反驳刚才的那些言论呢？

它们毫无疑问是危险的谬误。可是，又似乎有些道理。我皱着眉头沉思着，直到Σ-陆一巴掌拍在我的肩上。

“喂，你又在想什么？”她探寻地看着我，豪爽的外表下渐渐露出一丝潜藏的犀利，“别总是回味这些疯话，你越是想着找她的错误，其实就越是被她‘喂’了数据啊。”

我不禁悚然。是啊，每当我反对一种思想的时候，它不是已经变成我意识中的一部分了吗？

这个λ-晓，想要达到的就是这个目的吧。只要把这段演讲散播出去，无论大家是同意还是反对，已经引发了对积分体系的质疑。

姜还是老的辣。我对局长肃然起敬，赶紧收回思绪，开始考虑现实的问题。

“可能真的只是偶然。λ-晓和θ-茂，虽然关注的问题不同，但本质上都是对社会不满的人，这些人往往能从人群中嗅到同类的气息，就像蚂蚁感知到信息素。两只偶遇的蚂蚁，说上两句只有她们能懂的语言，这也是正常的。”

“可她如果不是极端组织里的人，又是谁给她提供了技术支持呢？”

我看向局长：“我有一个想法。或许有一个游离在这些组织之外的人或团体，她或她们，在网络上搜寻有极端倾向的人，再主动帮助她们。”

“就算你的假设成立，那她或她们是为了什么目的？”

“现在还不知道。”我说，“但或许，我们应该把视线从 SFH 上面放宽一些，应该考虑到这种可能性——SFH 也只是某个更大的漏洞中的一小部分而已。”

“先等报告吧。”局长说，“希望你的猜想是错的，最好这只是 SFH 策划的又一起事件。”

我很同意。调查 SFH 简单，而调查一个目的未知的幕后黑手，难度就大得多了。

我看向局长：“那我们……接下来做什么？”

“就在这儿等着。”局长拿起一个瓷杯喝了一口水，勃然变色，“怎么这么凉——唉，该死的保密会议室——我们要等数据中心的漏洞处理报告，等系统对 λ-晓的人生记录分析，还要等神经工程学专家对 λ-晓的处理结果。”

“也许 λ-晓会提供一些有用线索。”

“但愿吧。”局长放下水杯，“难得抓到一个还活着的‘虫’。这是你的功绩。”

我看了看墙上的挂钟，才下午 14:45。难道这一下午就要跟局长二人呆坐于此吗，我想想就觉得可怕。

这都怪这次的漏洞危险性太高，所以参与决策的人越少越好。而且，无论是数据中心，还是神经工程学院，或是我手下的队员，都只能知道这件事的一部分信息。数据中心只知道有一个尚未传播的病毒样本，需要分析一下可能的来源；神经工程学院只知道要让一个被捕的极端分子说出尽可能多的话，再从中找出关键词。她们手中都只有一块碎片，而只有我和局长两人能看到完整的拼图。

谁都不能完全信任。说不定，那精通系统漏洞的人，实际就隐藏在数据中心之中呢?

我们枯坐着,等待着新的信息送来。我知道,今天是躲不过局长的一番人生指导了。

果不其然,局长掏出一摞纸质照片,放在桌上,一张张给我展示起来。

这就是她的独特爱好了。她喜欢随身携带实体照片,常说虽然系统随时随地都可以显示图片,但还是实实在在的纸制品更有纪念意义。

我却搞不懂,一个人哪来这么多有纪念意义的事情。

“你看,这是10月26日那天,在μ-罗家里的生日聚会。我们玩得可开心了,就你没去,多遗憾。”

我看见照片上一群人横七竖八地倒在地上,满地杯盘狼藉,立即感受到她们是真的很快乐。

21世纪的许多科幻小说曾预言,虚拟现实技术成熟后人们就会沉溺于虚幻世界,每天躺着做梦,不顾现实,文明终将因此毁灭。实际上,这完全是不懂人性的体现。人类早就发明了酒精、毒品、各种各样的游戏,但沉溺者永远只是少数人。因为大多数成年人都懂得,现实社会比虚幻娱乐有意思得多。

在现实中掌握十个人的命运,带来的权力快感远胜过在游戏里做帝王。现实中的三个亲人,远胜过网络上的一亿关注者。和现实中的一群朋友倒在地板上大醉一场,得到的群体归属感远胜过摘下虚拟现实帽那一瞬的空虚。

一无所有的小孩子才最容易沉迷游戏。对大人而言,玩人类远比玩游戏更为过瘾。

Σ-陆语重心长地教导我："听说 μ-罗给你发了请柬，你回都没回，是吧？你这孩子啊，工作能力是有目共睹的，但就是太不近人情。这样下去是不行的，就算你总积分很高，但如果有明显的短板，也很难成为管理者。"

"我没想成为管理者啊。"

"说什么傻话。"Σ-陆瞪我一眼，"你知不知道，我很快要辞职了。"

"啊？！"我听到这话，震惊了足足三秒钟。

"唉，还记得刚才那老家伙的演讲吗？"她无奈地笑笑，"人脑产生的思想很大程度上来自于输入的数据。看看干我们这一行的，每天输入的都是些什么数据？都是极端的思想，古怪的人格，悲惨的经历。输入久了，自己也容易变得不正常了。"

我默然。没有想到，在Σ-陆豪爽外向的外表下，也有这么多心理负担。

"我的积分也够高了，孩子也上大学了。"她继续说，"余生只要不作死，分数应该不会很难看。我向市政委员会和系统都申请了，接下来想干一份不跟人打交道的工作。系统建议我去南美的702城生态恢复区做护林员。以后我就会统帅着一万台巡逻机，做丛林之王啦。"

看着我震惊的样子，她补充了一句："放心，我不会突然消失的。我要明年一月才走，你有的是时间跟我告别。"

"我以后一定去南美看你。"我脱口而出。

虽然我不喜欢跟Σ-陆待在一起，但她是我很敬重的前辈。而且不管我多么招人厌，她都始终对我照顾有加。现在，听到她要走了，我突然感到深深的不舍与难过。

我其实很害怕身边的人发生变化，害怕熟悉的一切渐渐面目全非。

“你这家伙，这么多年来我起码有几十次邀请你来我家了吧，你什么时候来过？哈，还说来南美看我。”

我无言以对，惭愧地闭上了嘴。

“所以啊，不要总嫌跟人交际浪费时间。你的一生，又有多少时间能有机会跟身边的人相处呢？”她说着，拍拍我的肩，“好啦，不要被我说得这么自责。跟你开玩笑的，你来南美大丛林，我一定亲自开着古董直升机带你兜风。”

我笑了，用力点点头。

她又说：“不知道接下来会是谁来做局长。唉，你要是稍微跟同事们关系好一点，就好了。”

我明白她的意思。决定下一任局长的流程是先由系统根据积分列出一个建议名单——这里面来自世界各地的人都有——推荐给市政委员会，再由市政委员会投票决定最终人选。一般来说，市政委员会的成员带着人类固有的偏见，会比较倾向于选择来自本市的候选人。

而我，虽然总积分很高，但社群评价分明显偏低。系统是否会推荐我，就值得怀疑。况且就算我出现在候选名单里，市政委员会也绝不会选择我。

因为她们会考虑漏洞管理局同事们的意见。一个在集体中不得人心的人，是很难担任管理者的。这是人类社会的定律。

“没事。”我说，“我也没想过做局长。就像现在这样，工作得也很顺心，挺好的。”

“做局长也不是说有什么好处，但权限会更高，可以调查更多你感兴趣的事情。”她看着我的眼睛，“你还想要向那些漏洞的更深处探寻，对吧？”

我略一迟疑，答道：“是的。”

“那就改变一下自己。”她说，“但是要记住，凝视漏洞的时候，不要让它们吞噬了你。”

我一直知道，局长能做到了解她手下的每一个人。但是我还不知道她对我会了解得这么深。我第一次感到很后悔，为自己的傲慢和冷漠。

好在还能与她共事两个月。我一定要尽力弥补。

几份报告很快都送来了。数据中心说，这个病毒很新颖，没有明显的借鉴范本和模板。系统对λ-晓的分析则显示，此人这么多年从未表露过有害思想，她的一切表现都很正常。

这没有让我们失望。因为我们早有预料——能平稳活到七十五岁的“虫”，必然是一个伪装大师。而她背后的人或团体也不会傻到在自己的“作品”中留下蛛丝马迹。

可神经工程学院给我们带来了预料之外的收获。

专家让λ-晓持续处于极度紧张的状态下，发现她的胡言乱语中频现一个词：“Chaos”。系统进行了语义学分析，判断这个词应当是人名。接着它将语言的碎片拼凑起来，得知λ-晓是在2137年10月20日，第一次收到Chaos主动发来的信息。

11月7日，Chaos第二次联系λ-晓，给她提供了作案的详细方案。从λ-晓断断续续、半真半假的话中，系统推测出她准备在今晚 20:00 发送病毒以后就自杀。

在这个年代，自杀是很难做到的。如果一个人想要跳楼，窗户会发现危险，自动关闭，砸也砸不开；想要上吊，整幢楼的安保机器人都会在半分钟之内赶来抢救；服毒更是艰难，因为所有药品的去向都受到严格监管。除非像上次的爆炸案，θ-茂利用做实验之便，又欺骗了系统，才有可能用实验室的材料造出自杀炸弹来。

可是，Chaos 都有能力制造新型病毒了，还有什么做不到？我相信她或她们一定给 λ-晓准备了一个万全的死法。

只可惜，这一次她们失算了。由于我事先提高了监控等级，λ-晓活着落到了我们手上。

虽然 λ-晓无法提供关于 Chaos 真实身份的任何信息——她也只跟 Chaos 在网上联系过两次——但她的证词证实了我的猜想：

第一，确实有人在为潜在的“虫”提供技术帮助，而这个人或团体使用的化名是“Chaos”。

第二，Chaos 是主动找到这些潜在的“虫”的。

现在还有两个重要问题要解决：

Chaos 到底是组织还是个人？

第二个问题更重要：这个 Chaos 是怎么在数据的海洋里找到 λ-晓的；换言之，是怎么从 λ-晓“一切正常”的表象中，看出了她内心隐藏的极端倾向？要知道，就连系统那样强大的数据处理能力，也是在已知 θ-茂的 1 874 个联系人的有限范围之内，用 4 小时才检索出 λ-晓参与过的一段稍显可疑的对话而已。

我向局长提出了建议：“我们现在或许可以先暂停抓捕 SFH

成员，甚至暂停所有‘捉虫’行动。先把发现的‘虫’养着，等她们吸引来那只背后的巨虫……”

Σ-陆毫不犹豫地否定：“等‘虫’被我们发现，往往已经是快要造成危害的临界点了。对她们放任不管，实在太危险。”

“那我们严密监视她们，如果危险系数突破阈值就立即抓捕。”我说着，突然灵光一现，“局长，其实还有个办法。我们可以让系统模仿‘虫’的性格和活动，像制造伴侣机器人和游戏角色那样，在网络上制造一些虚假的公民身份。说不定，就会让‘虫’的同类闻风而来……”

“这个方法早就有人想到过了。”Σ-陆打断了我，“416 城在五年前实验过，当时叫做‘钓饵计划’。她们利用已知的‘虫’的数据，用系统制造了一千多个‘钓饵’，放在网上，想要借此引诱出更多的‘虫’。但效果并不好。你是跟‘虫’打交道的，应该很清楚吧，这些‘虫’首先是样本太少，而在我们所掌握的样本里面，不同‘虫’的差别又很大，有时候根本找不出共同点。就像你说的，只有她们的同类能嗅到她们的味道，而这种味道到底是什么，我们正常人说不出来，系统恐怕也难以准确地模拟。”

我想了想，好像确实也是这样。如果要向系统定制一个深情男友，系统有大量可参考的历史和虚构资料，能够轻松模拟得栩栩如生。要系统模拟一个变态杀人狂的人格，资料应该也很丰富。可是要让系统模拟 SFH 这种以“解放男性”为口号的，思路奇特的 A＋级反社会分子，估计能用的数据就太少了。

我刚要承认自己考虑得不周全，Σ-陆突然说：“不过我们也可以一试。说不定能有意外收获。”

“多谢局长!”我大喜。

她无奈地叹道:“该谢我的地方多了去了,从不听你说一声谢谢。工作上的事没什么好谢的,你又突然谢起来了。”

我只能尴尬地笑。

“好了,去安排吧。”她说,“注意,不能指望‘钓饵计划’,它纯属碰运气。还是要把重心放在‘捉虫’上。”

“明白。”

终于走出保密会议室,回到了22世纪。走廊的墙壁流光溢彩,播放着各种新闻。我收起在局长面前展露的笑容,有些疲惫地靠在了玻璃落地窗上。

雨幕将城市变成了一幅印象派的画作。我想起了十六年前的那个雨季的下午,也是这样的阴暗潮湿,压抑沉闷。

一阵战栗涌上脊梁。我用理智控制住四散的思绪,不敢再向记忆中多回望一眼——有一个漏洞深藏在我心底,我怕它会将我吞噬。

7

2137年11月18日。

九天过去了。“钓饵计划”开始了一周，果然跟Σ-陆预料的一样：一无所获。

我命令系统用漏洞管理局和矫正所现存的12 239个“虫”的资料，合成了1627个虚拟人格。它们在网络上活动了一周，却并没有引来任何线索。

这可能是因为“钓饵”太少，在茫茫网络中只是沧海一粟。也可能是如Σ-陆所说，系统的模拟虽然表面上像模像样，却缺少了一点我们无法感知的“味道”。就像摆放在丛林里的野兽标本，徒有其表，并不能骗过真野兽的灵敏嗅觉。

“捉虫”进展暂时停滞的同时，Σ-陆也在逐渐移交她的工作，准备离职。今天，她就将去市政委员会开会的任务交给了我。

这次会议的主题是关于新版系统。它从明年1月1日开始，将在本市试运行三个月，再在全球正式运行。

市政委员会的成员们都是各部门的管理者。她们今天可以向数据中心的科学家提出要求，给新版系统再补充一些功能。

我来到市政委员会的保密会议室。这里空间更大，装饰也更为古典。一个据说是17世纪制造的大机械钟在墙角发出清脆的“滴答”声，橡木长桌上雕刻着光阴的痕迹。

在这样的环境中，会有一种奇特的遗世独立之感。我倒是很享受这种难得的安静，但大多数人显然不能适应。

房间中，有人徒劳地眨着眼睛，显然是不习惯离开了智能隐形眼镜投射的种种信息；有人神经质地东张西望，似乎想从空荡荡的墙壁上看出什么图像来；大多数的人则只能没话找话，三三两两聚在一起闲聊。

我有些想笑——这些可都是各领域的专家啊。这其中有行为和心理学会会长、遗传所解读部部长、神经科学研究院院长、北半球事务处主任、舆论指导中心负责人……

我突然看到了一个熟悉的身影。

那个人，长发优雅整洁地盘起，露出细长的脖颈；脸上带着温和而含蓄的微笑，安静地站在不起眼的角落。她现在显得那么端庄严肃，几乎让我怀疑错认了人。可是，在我们目光相接的一刹那，我依然捕捉住了那双眼睛里隐藏的野性，那像大猫和野蔷薇一样蓬勃的生机。

这不就是我在湖边邂逅的那家伙吗，她怎么也在这里？

她看到我，好像也很惊讶，向我走了过来。

“没想到我们又见面了。”她笑着向我伸出手，“看来这一次，我的身份没法保密了。”

我也微笑一下，握住她那纤细的手：“δ－63080491－柔，漏洞管理局第一大队队长。”

“嘿，果然是‘虫’们都害怕的人。”她又露出了那种我熟悉的戏谑神情。“α－01271435－晗，数据中心首席科学家。”

我微微有些惊讶——我虽然猜到她可能是数据中心的人，却没有想到她的职位这么高。难怪她可以像玩玩具一样“训练”系统了。

可是，市政委员会的人，我在工作中都多少见过几面，为何却从未见过她？

像是看出了我的疑惑，她主动解释道：“我不是市政委员会的成员，今天还是第一次来这里呢。”

“怎么会？”我再度惊讶了。数据中心首席科学家的地位很重要，按理说是应该名列市政委员会之中的。

“开会有什么意思？我对公共服务又没有兴趣，只想安安静静地搞技术。所以凡是涉及公共服务的工作，都交给同事们去办啦。”

她说得冠冕堂皇，我却已看透了她的真实目的：为了安全考虑，市政委员会的成员对系统的权限会有一些特殊限制。如果α－晗是市政委员会成员，她就搞不了那些稀奇古怪的实验了。

想想看，如果一个城市的管理者每天占用大量运算资源来研究“杀死一些重要人物会不会对社会造成影响”，那该是一件多可怕的事情。

“哎，真遗憾。”她突然感叹，“我现在有点后悔当年拒绝了进市政委员会的机会。”

“为什么？”

“我原以为这里只有一些老学究，没想到却错过了你这样的小美人。”

我张口结舌，没想到这家伙竟敢在这样严肃的场合不正经。联想起她刚刚那端庄谦和的模样，我几乎要怀疑这是一个精神分裂症患者。

“我也是第一次来……”我前言不搭后语地说出这样一句话。她却一把拉住我的胳膊，说：“嘘，市长来了。”

我抬头，见市长 η-170924-Ikuro 走了过来。Ikuro 是一位风度翩翩、颇具魅力的长者。她没有孩子，把自己的一生都贡献给了公共服务，如今的社会价值积分达到了 100 000 以上，在全市公民中支持率高达 95%。

在系统的帮助下，如今的社会管理变得高效简洁。人们再也不需要供养一群碌碌无为、毫无用处，甚至危害社会的官僚了。系统会将交通、水电、生产、人口管理得井井有条，而对于一些重要问题，它会提出建议，再由市政委员会作出决策。

市长，就是市政委员会的最高决策者。

虽然世上已经再也没有“特权”这种东西了，但人类的本能中还是保留着对权威的敬畏。我们纷纷走上前去，向市长致意。

市长微笑着和大家握手，然后示意 α-晗站到她的身边，亲自向所有人介绍了她。

“这位是数据中心的首席科学家 α-01271435-晗，今天就有请她来向大家介绍新版系统试运行的计划。大家有什么意见，也可以向她提出来。”

人们一齐鼓掌。我注意到，大家看向 α-晗时，都面露惊诧之色。想来她们也都没有见过这个如此年轻的重要人物。

这人平时该有多低调啊！真与她留给我的印象不符。

我们就座，都拿到了一份纸质的材料。市长先简短向我们介绍了一下情况。接着，由α-晗说明新系统的功能。

“这两年，对系统的恶意攻击频率上升了2.75%，公民们的有害行为也呈上升趋势。虽然系统通过自主学习迅速进步，能够自动检查出绝大多数欺骗行为，但我们也应该思考：有害行为为何会增加？又该如何从根源上减少它们？这不仅需要算法的改进，还需要对社会管理的理论和策略进行一些调整……”

她说话不疾不徐，条理分明，给人一种稳重可靠的感觉。那种不羁而戏谑的气质，突然之间就消失得无影无踪，好像从未在她身上出现过。

在身边一片翻动纸张的哗哗声中，我饶有兴味地揣摩着她，一时竟忘了认真听那些关键的内容。

她到底是一个怎样的人呢？对人类似乎很是轻蔑，却履行着社会守护者的重要职责；优雅稳重的外表下，却似乎隐藏着一种古怪的躁动……

一阵争吵声打断了我的胡思乱想。我四下张望，才发现已经进入委员们提建议的环节了。

眼下正在激烈争论的是神经工程学专家ε-3947214-Rei，和舆论指导中心的主任ζ-56789120-恬。

“……这不行，反对的声浪我们恐怕承受不住。”ζ-恬有些激动，“如果违背大多数公民的意愿，就会引发社会动荡，这对社会整体利益的破坏可比几个极端分子严重多了！”

什么情况？我不过走神几分钟，就已经跟不上她们的节奏了。

ε-Rei是神经工程学院的副院长。此人我虽未直接打过交道，却也有所耳闻。听神经工程院的人说，她其他方面都好，就是特别固执己见，而且这毛病随着年龄的增长与日俱增。

只听她不紧不慢地说："公民的意愿，是可以引导的。这不就是你们舆论指导中心的职责所在吗？这么多年了，我们神经工程学的进展那么大，却迟迟不能获取大量数据。要是公民们及时得到科普，知道把神经数据交给系统会有多好，她们怎么会现在还持怀疑态度？"

我明白了。ε-Rei 又在推行她的那套主张：如今，"读取"一部分人类大脑活动、同时能向大脑里"写入"一些神经信息的技术已经较为成熟，运用也越来越广泛。比如针对"爱情"的"阻断剂"就是一种通过生物化学方式"写入"神经信息的方法。可是，全球依然有 67％的人支持 2114 年的公约《404 城宣言》，反对系统不经同意就自动获取神经数据。

也就是说，大多数人虽然早已习惯放弃自己所见所闻、社交言谈，以及生理健康方面的隐私，但依然抵触监控的触手伸入自己的脑袋。所以现在，系统只能自动监控自杀念头等危险系数极高的精神活动。

听出 ε-Rei 言下之意是指责舆论指导中心办事不力，ζ-恬立即反驳："人们之所以会愿意放弃隐私，是为了获取便利。人人都用智能隐形眼镜，是因为它方便了我们接收信息。人人都同意系统监控生理数据，是因为可以得到更个性化、更及时的医疗。可是把神经数据交给系统能给公民带来什么便利呢？"

"哼，便利多得是，只是目光短浅的人看不到而已。"ε-Rei 反唇相讥，"从大的方面来说，这能推动脑联网的基础理论研究；就算从小处来说，至少也对预防犯罪大有好处。”

她锐利的目光在四处寻找着什么。“咦，漏洞管理局的Σ-陆呢？”

我只得举起手：“局长有事，我代她来了。”

“你是谁？”我还没来得及回答，ε-Rei却自己说下去了，“噢，无所谓。这位漏洞管理局的代表，你来说说看，如果你们能掌握大量的神经数据，是不是更容易‘捉虫’？”

我来之前，局长千叮万嘱，说只用听听就好，没什么好发言的。结果没想到居然被人点名发言，看来是低调不了了。

我想想，说道：“我觉得未必。”

“什么？”ε-Rei好像非常意外。

“你们现在的技术，好像还做不到完全解读人的意识吧。”我说，“就算观察到一个人有‘暴力’的意识，但‘暴力’和‘杀人’之间不能划等号；而就算能分析出一个人确实有了‘杀人’的念头，也和真正杀人的行为差得远。我们每个人每天都会产生一些暴力的想象，如果把所有暴力想象都当成异常来检测，也未免太消耗运算资源了——比如说你刚才，是不是就产生了揍ζ-恬主任一顿的念头呢？”

人们都笑了起来。ε-Rei的一张老脸顿时涨得通红。

“小鬼，你懂什么——我们自然会拿出判断异常的标准的。”

“嗯，我相信你的专业能力。”我说，“我只是想从我自己工作的经验来给你提供一些参考。我是跟‘虫’打交道的，我觉得有些‘虫’的思想很难用一些神经数据就解析出来。就拿……自杀的监控来说吧。有些人，系统并没有检测到她们出现自杀的念头，但她们却实实在在是不想活了。”

“这些都是技术的不足，迟早会解决的。”ε－Rei脸色阴沉下来。

“那就等先解决了，再谈应用吧。”

“哈，不给我们数据，怎么解决问题？”ε－Rei怒道，“就靠矫正所和你们漏洞管理局里那一丁点数据，还尽是些异常样本，我们怎么推进研究？”

这时，一直在作壁上观的市长终于发话了：“好了，老Rei，知道你们不容易。但是一下开放所有神经数据的监控权限显然是不行的，你也知道，《404城宣言》又不能马上废除。”

“我没有说废除宣言。”ε－Rei的战火转移到了市长那边，“其实，我们大可以在公民不知情的情况下……”

“过分了。”市长不轻不重的一句话，却让整个会场忽然肃静了起来。ε－Rei也意识到了自己的失言，闭上了嘴。

“任何人不得以任何理由危害群体的利益，这是我们必须坚持的原则。”市长一字一句地说，“忘了第三次世界大战的教训了？一旦开始允许少数人非法获取数据，最终会造成什么样的后果？”

我们每个人在历史课上都学过，战前的某些政府和科技公司未经人们的同意，随意收集他们的数据，还将其垄断起来。这样做的后果是，本来应该属于全人类的数据，最后却逐渐沦为少数人维护自己利益的工具。

掌握了科技利器的利益集团，其权力逐渐膨胀到前无古人的地步。古时候的暴君尚且畏惧农民操起菜刀起义，20世纪的大资本家尚且害怕工人从流水线上罢工，而21世纪的寡头集团把人民的一举一动都尽收眼底，又拥有人民不可企及的工业力量，所以根本不用再担心任何来自底层的反叛。可惜,私欲是无止境的。这些寡头集团内部很快就陷入了不可调和的利益纷争,最终引发了第三次世界大战,差点拉着全人类同归于尽。

我们现在,一切监控都是得到大多数人认同的。因为人们知道,把数据上交系统,不会被少数人垄断,而是为了给自己带来便利。

我相信迟早有一天,人们也会主动把神经数据上传。但现在神经工程学的技术远没有成熟,如果只是为了预防犯罪,却不能给公民带来其他便利,是不可能推行下去的。

“好了,这个问题先放一放。”市长做了决定,“我们先听听其他部门还有什么建议?”

其他人逐一发言。北半球事务处建议优化对北半球水质的抽样方案;流行部指出即使调高了每日推荐的多样性指数,市民的衣着品味并没有出现预测中的明显分化,依然过度趋同,这算法可能还需要改进。

信息部则说她们发现了一种新的通讯方式——这个她们已经通知过我了:最近,利用嗅觉、触觉通讯来逃避系统监控已经过时了,某些心怀不轨的人开发了一种“Smound”感受器,可以让人像啮齿动物一样,将听觉和嗅觉结合起来,感受到特定的信息——而这是系统现有的监控渠道所记录不到的。

唉,真是道高一尺魔高一丈啊。要想根除犯罪,除非根除人类。

我看见α-晗认认真真地听着所有人的建议,不时低头记录。她目不斜视,始终未往我这边多看一眼。不知怎的,这竟然使我有点淡淡的失落。

最后，委员会又经过一轮全体投票，确定了13个有待数据中心在新系统中增加的功能。我们才终于散了会。

乱哄哄的散场中，我搜寻着α-晗的身影，却发现她居然已迅速离场了。我有些失望，却又不知自己失望什么——我分明也没有什么需要和她讲的话啊。

然而我好像就是莫名其妙地想再多看她几眼。看见她那不正经的笑容，我就会感到雨季的阴云都散去了一般，心中有种莫名的温暖。

难不成，真如β-秋所说，我对她产生了好感？唉，也难怪，像她这样的人，谁又能对她没有好感呢？可是我还是不要多想了，一来我和她并不熟悉，二来最近正是忙碌的时候……

带着百转千回的念头，我走进了洗手间。一进去，却在镜子里看到了那张好看的脸。

“嗨。”她向我打招呼，一边懒洋洋地解开盘起的发髻，“呀，真讨厌，我最不喜欢把头发弄成这样了，看上去像老了十岁。”

她那一头长发散落下来，显得有点蓬乱，还俏皮地打着卷。她歪着头，随意地整理着头发，一下子又从庄重严肃的青年才俊变回了懒散狡猾的小野猫。

不知为何，我有些不敢看她。

“你们要辛苦了。”我低头走到水池边洗手，“还有一个多月就要开始试运行了，还要做这么多调整。”

“没事，主要的改进早就完成了。其他的小问题，只需要给系统任务，它就会自我调整的。”

我沉默地洗着本不需要洗的手，而她在旁边照镜子。过了一会儿，我终于忍不住偷看她一眼，竟发现她也正好奇地看着我。

“喂，市长的桌子有这么脏吗，你手上的皮都要洗掉了。”

我大窘，赶紧收回手。

她扑哧一声笑出来，仿佛让我尴尬是她的一大乐趣。

我有些恼火，擦干了手，转身就要走。她却突然说道：“嘿，你刚才居然一点面子也不给 ε-Rei，也是够厉害的。”

我停住脚步：“是她自己要问我的意见，我不过是实话实说而已。”

“其实你不说什么，也没人会同意她的。这下好，她全记在你头上了，我刚刚还听见她边走边骂你不懂科学。”

我没有生气，淡淡地说：“我的确不懂她的领域，我只是在回答她问我的问题——就算将来能够解读人脑的所有精神活动，消除犯罪也没有她所想的那样乐观。”

“为什么？”

“任何技术都不可能从根源上杜绝漏洞。要想根除漏洞，除非根除人类。”

“说得好！我可以给你提供论据。”她笑道，“下午有空吗？要不一起吃个饭，我们慢慢聊。”

我下午本来有一堆工作计划。但看着她的笑容，我满脑子只有一个字——“有”。

“有空。”我毫不犹豫地答道。

我突然想到，这是我八年来第一次为了和别人吃饭而不管工作。对于一个公认的工作狂而言，也真算得上是奇迹了。

唉，谁让她是 α-啥呢？

8

我还以为她要带我去什么神奇的地方，哪知她带着我直奔数据中心。

数据中心是一座巨大的白色环形建筑，位于城市的东北角。它看起来像一座纯白的古罗马斗兽场，浮动在碧蓝的501湖之上。

“我曾以为这个设计的灵感来自于博尔赫斯的《环形废墟》。结果你猜设计者说什么？这是对和谐的体现。真是不该高估这些人。”坐在飞艇上远望数据中心，α-晗又开始发表批评意见，“这也就罢了，内部的结构设计得才叫糟糕——这就是向市民征集创意的后果，还不如让系统随便设计一个呢。”

我点点头：“是的，系统比人类更擅长创造性的工作。”

“大多数的人类是多么机械单调啊。”α-晗感叹，“所以我才格外喜欢那种能用沙子编绳，用无形的风铸钱的人。”

我想了想，说道：“这些都是魔术师。”①

她笑了：“终于有人能接上我的话了。”

---

① “用沙子编绳，用无形的风铸钱”，“魔术师”，都来自博尔赫斯《环形废墟》一文。

我突然心中一动。长久以来，我一直以为自己是个自足的人。但这一刻我竟发觉了自己的孤独，感到我其实是多么渴望亲近另一个灵魂。就像树林中的野兽跋涉千里，终于嗅到了同类的气息，一种强烈的冲动让我想要了解她，也想让她了解我。

我问道："你喜欢看那些旧时代的书？"

"我什么都看。"她淘气地眨眨眼，"系统为我量身定制的小说我也看。"

"可是现在阅读文字的人越来越少了。一般人都更喜欢命令系统直接把自己喜欢的情节做成游戏。"

"阅读文字有一点好，更能自己控制速度。"

我深以为然，连连点头。

她接着说："而且，人生这么短暂，与其和活着的庸人对话，不如读死去的天才的书。"

她又露出了刻薄的一面，这让我忍不住微微一笑。

"那你觉得系统的作品和死去的天才相比，有什么不同？"

"我们平时看到的那些系统的作品，其实不能算真正的创造，它只是在模仿人类已有的东西。它真正的创造，人们是难以理解的。"

"是因为系统和人类的经验不同吗？"

"你说对了。系统了解千千万万人类的童年，但自己却从未像一个一无所知的孩子那样生活过。而人类也无法想象经历几亿次童年是一种怎样的感受。系统真正的作品，只有它自己能懂。"

"那它岂不是很孤独？"

"谁知道呢。有可能它根本不理解人类所说的'孤独'。也有可能它有一种人类无法理解的，更大的‘孤独’。”

我们讨论着这些奇怪的问题，但我却觉得比任何时候都要放松。我有种奇怪的感觉，我和她好像相识多年的老友，在她面前完全不用拘谨、伪装、防备。我只需要做我自己，随意言谈，随时沉默，就能让两个人都很舒服。

不知不觉间，我们已经到达了数据中心第50层的10号餐厅。看着来来往往衣着朴素的工程师，我感叹道：“真不像你的风格啊。”

“你想象我是什么风格？”她笑道，“是不是以为我会开着金光闪闪的飞艇，带你直奔城市之巅享用奢华大餐？”

“不。我以为你会骑着地狱三头犬带我去冥界吃红烧人脑。”

“让你失望了，我从没去过那么远的地方——我连501城都没出过。”

我们在靠窗的桌前坐下，服务机器人立刻根据我们的口味送来简易的工作餐。虽然食物简单，但这里的视野着实不错。从落地窗能看到不远处的501湖，今天难得有短暂的晴朗，雨季的铅灰色云层被风吹散，变成一块一块散落的云团。而夏季的阳光洒落湖面，那灿烂的波纹让人心旌动摇。

“你没去过别的地方？”我问道，“我还以为像你这样的人，一定喜欢到处玩。”

“只有现实生活很单调的人，精神世界才会异常丰富。”她撇撇嘴，“其实我连数据中心都很少出，经常十天半月不跟人讲一句话。所以只能想方设法地玩系统了。”

“怎么不出去走走呢？”

“我身体不好——免疫力比较弱。系统建议我尽量不要改变熟悉的环境，生活要保持稳定。”她叹道，“真羡慕你们这些有精力满世界跑的人啊。看来我这辈子都别想去火星了。”

“身体不好”。这个词让我一愣，因为它实在离我太遥远了……如今，一个人的一生从受精卵开始都受到系统的照料，每个人都天生健康，享受着个性化的医疗服务。除了不可避免的衰老、意外受伤、因不听系统建议而由不良习惯导致的疾病，很少听说有谁先天“身体不好”。

“不是什么严重的问题。”她看出我的诧异，解释道，“只是比平均水平弱一点而已。谁叫我老妈不顾系统警告的风险，那么大年龄了还要生我。结果生下一个严重浪费社会医疗资源的婴儿，积分都快跌到底了——幸好我从小比较聪明，算得上对社会有用的人吧，又帮她把分值拉回来了。”

听她以一种调侃的语气讲述自己的不幸，我一时不知如何回应才好。只能转移了话题：“其实别的地方也没什么好玩，到处都跟 501 城一模一样。”

“我知道。虽然没有亲自去过，通过虚拟城市也差不多算是身临其境了吧。说起来，现在这个世界要是还有什么独特的地方，那大概只剩无人区了。”

“哈哈，是的。那些‘虫穴’确实与众不同。”

“嘘。”她打断了我，“吃饭就不要讲杀人的事了吧。”

“那些已经不是人了，她们与全人类为敌，是反人类分子。”

“原来如此。”她点点头，突然兴奋地看向窗外：“快看，湖里好多船！”

“嗯，今天有帆船比赛。”我说，“雨季难得天晴，市民们都在室内闷坏了。”

“白天没意思，还是晚上好玩。我从来不在白天去湖边。”

“为什么？”

“白天的湖水看起来太清了。晚上黝黑一片，才像真正的湖。”

“这又是什么道理？”我笑了，“第一次听到有人嫌湖水太清的。”

“这湖以前不是这样，虽然水质也很干净，但有泥沙，有一种黑乎乎的鱼。马拉维人在湖边洗碗、洗衣服，甚至洗马桶。而现在，它除了清澈的水，什么也不剩了。”

“虽然没有鱼了是很可惜，但没有人类的污染物，怎么看也算是好事吧。”

“不只是没有鱼，连浮游生物都很稀少了。”她显得有些黯然，“要想看清澈透明得没有一丝杂质的湖水，北半球可多得是。水中的生物都死掉了，变成没有生命的死湖，自然就干净得纯粹了。生命本身就是肮脏和混乱，唯有死亡和虚无，才是一尘不染。”

她总有种种奇谈怪论，我已经不以为怪了。只是笑道：“这话你应该说给 ε－Rei 听。她恨不得我们越透明越好。”

“别理那老家伙，那是有名的一根筋，说话冲得要命。”她说，“还好她活在现在，只需要安心做研究就好了。这种性格的人要是在上个世纪，哪里都容不下她，还能让她做市政委员会的委员？”

“对了，你刚才说有支持我的证据，是什么呢？”

“其实我也对分析人的思想挺感兴趣。”她的眼睛亮了起来，闪着那种让人着迷的活泼神采，“我读过 ε－Rei 的一些论文，她的思路整体上是没问题的。只不过，她以为能够解读人脑的一些意识，就意味着很快能做到监控一个人的全部思想；以为现在暂时做不到只是因为数据不足——这真是太盲目乐观了。就算给她一个人脑接收到的全部数据，她还是有个问题无法解决。”

我点了点头，说道：“黑箱。[①]”

“对。就算她知道一个人经历过的一切，也知道她最终产生了什么思想，但是怎么解读输入和输出之间的过程呢？比如说我们人人都知道，同样看一场电影，有的人想到了这个，有的人却想到了那个——到底是什么决定了她们思想的不同？”

“可是，ε-Rei可是神经科学的专家，我们都能想到的问题她怎么会想不到？”

“我也奇怪过。但后来我明白了，她其实是被我们数据中心的工作误导了——她觉得系统比一个人的大脑复杂千亿倍，既然系统都能被解读，不再存在黑箱问题，大脑怎么可能永远是黑箱？”

“诶……这么一说，好像是这样啊！”

“我以前也这么想，觉得人脑黑箱的破解只是时间问题，现在只不过是技术不成熟而已。但是后来，我做了一个实验，发现并没有这么简单。”

我的好奇心已经达到了极致。这一刻，窗外的湖和白帆、身旁

---

① 目前的机器学习系统就是“黑箱”，也就是说它可以得出最优策略，但这些策略是怎么来的，却隐藏在神经网络系统的内部参数（神经网络突触权重）中。研究人员无法用数学方程表达神经网络的内部结构。但人们相信这个黑箱是可以解读的，并且也已经作出了一些解读。本文设定人类已经可以解读系统，系统不存在黑箱问题；但人脑依然是黑箱。

穿梭不停的服务机器人，都好像消失了。宇宙中只剩这张小桌，和她即将揭示的谜底。

“人脑太复杂了。它的运作机制是2的1 000次方次可能的意识量子流。我没法复制所有神经元的空间连接，每一个神经元中的生化反应，细胞质中的基因表达，细胞膜上的量子运动，以及所有这一切之间的联系。所以我想，干脆就忽略生物因素吧。可以做一个简化版的人脑——机器的神经网络就要单纯得多，一切都能以代码的形式来解读。我想试试，搭建许多神经网络，组合成一个模拟大脑。再给这个模拟大脑输入一个人一生所接触到的数据，它会不会输出和这个人相近的思想呢？”

“等等。”我打断了她，“这也太复杂了吧？”

“也还好。计算神经科学已经对人脑的算法研究得很深入了，参数和架构都有现成的，我只是忽略了生物物理基质而已。”

“我是说，输入的数据太复杂了。就算你有一个人的全部人生记录，可是大脑的特点是能够选择性地接收一些信息，忽略另一些。你怎么确定那个人的大脑曾经接收过哪些数据呢？”

她狡黠地一笑：“我只管给它‘喂’人生记录的数据，它自己决定取舍。这不是更像真实的人生么？”

我明白了。示意她继续说下去。

“当然，这种模拟是很不严谨的——计算神经科学的专家可不会这么胡搞。没有生物基质就是个很大的漏洞。人脑的活动始终受遗传和生理因素影响，而且其生理条件是动态的，一生中随时都在变化，这些我都没有模拟。还有，机器智能和人类智能毕竟是有差异的，比如说，我们可以把触觉的生物电转化成数据输入机器，但机器对‘触觉’的‘感受’是否能和人类完全相同，这就很难证明了。而用作模板的人生记录，也毕竟不可能达到100%完整，一个人的一生中总有些事件和感受被系统遗漏掉了，而这些遗漏的信息可能才是决定她思想与性格的关键因素。还有，人感受到的外界信息其实只是人生的一小部分，大脑的自主活动，也就是我们平时无所事事的幻想，躺在床上、坐在窗前什么也不做时突然闪现的念头，才是人生更重要的部分，而这部分，是系统记录不到的。

“其实我也没想真的做出什么结果。我就是弄着玩儿，好奇。我用了矫正所的一个样本，那是一个新勒德分子①。我把她的全部人生记录输入模拟大脑，想看看它会不会也萌生出要把数据中心炸掉的念头……可最后的结果让我很惊讶。”

“怎么啦?”我打趣道，“你的模拟大脑觉悟高，变成了技术至上派?”

“不不，这种模拟太粗糙了，所以输出的基本是一堆乱七八糟的东西，类似于精神病人的呓语。”她说，“但是，一个奇怪的现象出现了。”

“什么?”

“我把模拟大脑的参数和架构复制了多份，又把这实验重复了几次，最后都只得到胡言乱语。但通过对这些胡言乱语的分析，我发现，它们竟存在思想倾向上的明显差异。我又对照了全球管理会发布的最新政治光谱，发现这些模拟大脑的‘思想’竟然可以分

① 勒德分子：原指19世纪初英国手工业工人中参加捣毁机器的人。类比强烈反对机械化或自动化的人。

布在从极左到极右的宽广区域中。也就是说，即使我严格控制变量，对于同样的神经网络，每一次输入相同的训练集，最后依然会得到差异极大的结果。”

我咀嚼着她的话，感到一种震撼像水面的涟漪一样缓缓在我脑海中扩散开来。

“你的意思是，在输入某些数据，和输出某种‘思想’之间，可能存在一定的偶然性？”

“没错。用科学术语说叫‘概率’，用古人的话说叫‘命运’。”

我陷入了沉默。这也就是说，一个人之所以成为反社会分子，有可能不怪遗传因素，不怪童年阴影，也不怪任何思想的影响，完全就是一种偶然而已。

而且，真实的人脑比模拟大脑复杂得多，其中的偶然性更是难以想象了。

“是不是难以接受？”她目光灼灼，“是不是就像以前的人第一次听说引起癌症的不仅是遗传因素、生活习惯、有害物质，很多时候仅仅是细胞中的一场偶然？”

“你……有继续研究下去吗？”

“没有。我毕竟不是做计算神经科学的。”她说，“我把这个结果给一些神经工程院的朋友说了，可她们并不是很重视——她们还忙着探索大脑活动呢，连思想还无法完全解读，哪里顾得上去管思想的来源。”

我叹了口气，心中有种莫名的怅惘。虽然我早就知道解读人脑“黑箱”很难，但我依然相信它是可以解开的。可如果偶然性真的在思想的形成过程中扮演了这么大的角色，我们该怎么追寻漏洞的根源？

她轻松地笑了："别伤感啦，绝大多数反人类分子还是有原因的，就像绝大多数癌症一样。我的实验毕竟很简陋，没准多实验几次，也会发现一些规律。"

我说："我觉得你应该申请进行一次大型研究。"

"唉，还有很多基础问题都没解决，现在做这个研究意义不大。我只是弄着玩儿。"她把叉子轻轻放下，"你这么感兴趣，要不要去我办公室看看那次实验的记录？"

我看了看她的盘子，食物几乎都没怎么动。

"你不多吃点儿？"

"吃饱了。"

"还是多吃两口吧，不吃饭对身体不好。"

她笑了："你怎么就跟系统一样唠叨。"

话虽这么说，她还是勉为其难地又吃了一些，才带着我向楼下而去。

找到电梯时，我已经绕得晕头转向了。她说："你看，设计这破楼的人脑子是不是有问题？"

我现在由衷地表示同意。又有些担忧地问："我去你那里合适吗？"

"放心，没什么涉及保密的东西。那间办公室只是供我休息的，我经常都住在这里。"

到了显示为"X"的一层，我又绕了个七荤八素，才来到一扇门前。门自动打开，一走进这房间，我就更眩晕了。

几十平米的空间里，凡是有显示功能的平面上都密密麻麻地显示着公式和草图，以及量子编程的代码。我觉得自己简直是掉进了一部天书的书页之中。

“不好意思，乱了点。”她打个响指，那些字符就如同蒸发一般迅速淡去，留下一面面整洁的白墙和白桌。

“随便坐。”她指示咖啡壶给我倒上一杯热咖啡，自己坐在一张椅子上，再次打了个响指。“系统，把‘Hanna 1 号’放出来。”

一秒钟后，四面墙上突然流淌下无穷无尽的代码，伴随着一阵诡异的喃喃自语。

“机器奴役母亲零件地下城自由去死机器机器系统我要杀杀杀……”

我问道：“这是什么？”

“这就是我当年训练的模拟大脑。我给它起名叫‘Hanna’。这是第一次实验的结果，所以叫 Hanna 1 号。”

“听上去很不满啊，这位 Hanna。”

“新勒德分子不都这样吗。”α-晗说着，突然向一面墙上一指，“咦，上次忘了停止训练了？难怪这家伙好像疯得更严重了！”

“上次是什么时候？”

“两年前。”

“哦，那对 Hanna 来说是多少年呢？”

我知道，大脑其实是不能直接感知时间的。所谓时间感知，只是大脑自身的幻觉。在同样的时间内处理的信息越多，就会感觉时间流逝越慢。α-晗一定是用输入数据的流量来控制着虚拟大脑的时间感。

这么一想，有可能在这个虚拟大脑所产生的意识中，“她”已经度过了好几百年。在好几百年中不断重复相同的人生，会是怎样的感觉呢？——真令人毛骨悚然。

α-晗没回答我，而是有些尴尬地转移了话题："喂，要不要听一下 Hanna 2 号？完全是另一种风格。它好像产生了接近于自由主义的思想。"

"谢谢，还是算了吧。"我赶紧拒绝。

她挑挑眉毛，似是觉得有点扫兴，不再理我，自己从桌上拿过一个模型摆弄起来。

"这是什么？"这个模型吸引了我的注意力。

这东西像足球大小，辐射对称，十几条腿，头顶开口，嘴里布满尖牙，体侧围绕着一圈眼睛。是一个让人头皮发麻的小怪物。

她答道："这是系统用'盲'设计法模拟演化过程，得到的生物之一。我觉得挺可爱，就 3D 打印出来了。"

哪里可爱了啊！我真是无言以对。

"这也是一个很有趣的小实验。"她又提起了兴致，"以前，系统只会用迭代优化法来解决问题，也就是说，它需要预置一个强假设，来得出最优方案。但其实这种方法不一定是最高效的。自然选择则是一个'盲'设计法。物种的变异并没有预设目的，而具有盲目性。这种盲目性的代价很高昂，为了筛选出适应环境的物种，不计其数的'废品'惨遭淘汰。但这种盲目性也是演化的财富，它不会被任何预想所限制，连世界上最有想象力的人也比不上它的创意。"

"确实蛮有创意的，我即使疯了也设计不出这么恶心的怪物。"

"嘿，别这么刻薄，说不定它看你也觉得很恶心呢。"她瞪我一眼，"'盲'设计总能带来意料之外的结果。就拿鸟类的羽毛来说吧，它本来是因为有利于保温而被选择出来，结果没有想到最后变成了飞行的工具。科学、文化、制度的发展也一样，正因为它们常超越人类预设的目的，才能产生人类意想不到的创新。"

我心中一动，似乎有什么灵感闪过。但它稍纵即逝，只留下一片茫然。

"我给系统一些初始条件，让它模拟演化过程。结果它真的设计出了各种各样预料之外的生物。这个'饺子'就是其中之一。"

"这怪物叫'饺子'？"

"不是怪物！"她爱怜地抚摸着它，露出自豪的神色，"总之，我用各种实验来训练系统的'盲'设计能力，现在已经在社会管理上给了它很多'盲'设计的空间——你没有发现，现在系统的管理更加灵活了么？新系统会更好的。"

我不再嘲讽，而是由衷地敬佩了。虽然我知道，她对系统有相当高的权限，可是在我以前接触过的一些权限很高的人士，比如市长、局长之中，我也没见过会这样"玩"系统的人。α-晗对系统的"玩法"，好像是把它当成一场游戏、一堆积木，玩得花样百出、随心所欲、云淡风轻。

她真的是一个天才。

她继续玩弄着那小怪物，然后长长地打了个哈欠。我一看时间，已经 14:23 了。和她在一起，时间过得真是好快。

我恋恋不舍地站起来，说："你还有工作要忙吧？我就不打扰了。今天真是很感谢你。"

"谢我什么呀。"她说，"难得遇到一个聊得来的人。以后常来找我玩。”

我点点头。她起身将我送到门口。我正要转身离开，她忽然把那怪物模型塞进我怀里，说：“送给你啦。”

我一怔，随即感到心里甜丝丝的。抱着这小怪物走在楼道里，我想我的表情大概像一个怀抱婴儿的新妈妈。

饺子，“盲”设计法，演化，Hanna，偶然……这些新鲜的信息在我脑海中盘旋着，混合着α-晗清亮的声音和飞扬的神情。忽然，刚才那转瞬即逝的灵感又闪现出来。这一次，我迅速地抓住了它的尾巴。

如果我给模拟大脑输入一些“虫”的数据作为初始条件，让它用“盲”设计法自由演化，自主产生思想，会不会和极端分子不谋而合？这样产生的“钓饵”，和普通人的成长轨迹将完全一样，连它自己都会以为自己是真正的人类。说不定能消除所有斧凿之痕，引诱到它的“同类”。

演戏的最高境界，是连演员自己都不知道自己是演员。

我停下脚步，呆呆地站在数据中心空旷的楼道里。

接着，我转身跑回了α-晗的门前。

她打开门，诧异地看着我，问：“你忘拿东西了？”

“没有。”我有些抑制不住激动，“能，能不能请你……帮我一个忙？”

“什么？”

“我想借用‘Hanna’的架构和参数。”

她歪着头看着我：“我能不能问一下你想用来干什么呢？”

“抱歉，这和我的工作有关，我不能透露，但是……”

"没问题。"她打断我，爽快地说道。

我没有想到她这么爽快就答应了，不禁喜出望外。"实在是太感谢了！改天我请你吃饭。"

"好。"她甜甜地笑了起来。

9

“觉不觉得队长最近很奇怪?”

“是啊。桌上摆一个超恶心的怪物也就罢了。刚刚我去找她,还看见她对着那怪物痴痴地笑!”

“什么?队长居然会笑?”

“要不是我亲眼看见,我也不会相信的。关键是,为什么要对着一个怪物露出那种微笑啊!”

“你说她是不是最近压力太大,精神崩溃了?”

……

我走到走廊拐角处,刚好听见两个队员在一旁窃窃私语。不知道系统为何不警告她俩我来了,大概连系统也觉得她们说的没什么不对。

为避免尴尬,我只能蹑手蹑脚地走了回头路。倒像是我在做贼,不想被她们发现似的。

不过,我真的一点也不生气。我想象了一下自己对着“饺子”傻笑的样子,自己也觉得荒诞无比。

从我和α-晗在会议上巧遇,转眼又过去了一周。我先是为感谢她而请她吃饭,接下来就没完没了了。一周之内,我们在现实中已经一起吃了三顿饭，听了一次人类原创钢琴音乐会；在虚拟城市中的互动更是频繁，简直走遍了各大虚拟城市的千山万水。

“无聊”——跟她相处多了以后，我发现这是她常用的一个词。

“这些钢琴曲，表面上用了不同风格、不同技巧，其实作者的感情压根一模一样。真无聊。”

“这些虚拟城市，看起来丰富多彩，其实本质上有什么不同吗？不是互相攻讦，就是谈情说爱，要不就是滋生各种毫无营养的流言的温床。简直无聊透顶。”

有一次我终于忍不住说：“人类聚在一起，不干这些还能干什么？太阳底下无新事。”

她懒懒地打个哈欠：“所以人类就是很无聊的生物。”

“什么都无聊，你还跟我一起来做这些事？”

“这不一样。跟你在一起，哪怕是玩一整天俄罗斯方块也不无聊。”

就是这句话，让我足足傻笑了两天。大概是因为逢人先带三分笑，我的社群评价分竟意外地上涨了不少。

或许β-秋那家伙一语成谶了。证据很明显，我让系统给我做了个小小的测试：在我凝视α-晗的照片时，对我的大脑进行扫描，发现右腹侧被盖区和右侧尾状核活动激增。这说明一想到她，我就感到强烈的快乐。

她真的很会玩。这几天她带我去了好几个她让系统设计的虚拟城市，都是她私人的空间，不对外界开放。我头一回目睹了全由唯心主义者组成的世界，那些充满神秘气息的建筑从未在现实中存在过；我也通过神奇的方式“看到”了五维的超超立方体，那种体验真是妙不可言;我还随她去过一个由靠超声波交流的智慧生物建立的图书馆,那让我差点在帽子里晕了过去。

自从认识了她,我感觉大地是如此广阔,好像久居洞穴的人第一次走出洞口,迎面吹来了旷野上凶猛的风。

工作上也有新进展。利用α-晗提供的“Hanna”模拟大脑的架构,我培养了1 000个新“钓饵”。我从矫正所提供的记录中挑选出一部分,让系统予以剪裁融合,作为输入的训练集,然后让这些虚拟大脑在“盲”设计法的算法下自由演化了4天。虽然因为输入的数据不够完善,大多数结果只得到毫无逻辑的疯子,但也有少数可用的“钓饵”。

经过一次又一次的筛选,我让剩下的“钓饵”继续演化着。它们以为自己是个有血有肉的人类,从婴儿变成儿童,从儿童变成少年,从少年变成青年,殊不知这只是一场幻觉。它们对世界的一切“感知”,都只是系统输入的数据流。而它们经历的数十年,也不过是现实世界的短短4天。更可怕的是,它们的“思想”是完全透明的,随时都在接受系统的解读。

系统发现,少数“钓饵”之所以能在输入数据不完善的条件下,依然顽强地演化为“正常人”,是因为它们自己会将不完善的数据合理化。在它们的意识里,虽然自己生活的世界时常出现一些古怪的情景、前后不一致的记忆、荒诞的事件,但它们总能自动给这些现象编出自圆其说的理由。

这一点可以说真是很像人类了。人类最擅长的就是不停地把自己身边的一切合理化。历史上有很多人,即使生活在最荒诞的时代,做着最丧心病狂的事情,也能自动找到理由,告诉自己世界亘古如此。

我绕了一大圈回到办公室，摸了摸桌上满口尖牙的“饺子”，戴上虚拟现实帽子，登录了“虚拟501城”，直接跃迁到行为矫正所的坐标。那里空空荡荡，只有我一个用户。

“虚拟501城”是真实501城的模型。它存在的作用是让市民查阅信息，供一些科研机构研究，以及让学生和游客参观。几乎没人来这娱乐，所以它特别的冷清。

α-晗突然提出要来这里，是因为她说她从没去过行为矫正所，对之很好奇。我很奇怪，这个地方在现实中虽然戒备森严，但在虚拟城市中始终是向14岁以上的所有公民开放的，她为何没有来过？

她解释道：“我不敢一个人去，所以一直没去。”

我能理解她。任何人去了那里，心理都会有些不适——这也就是为何系统设定了14岁的年龄界限的原因。从人类本能的情绪来看，矫正所当然是残忍的。但我们都知道，人不能只凭自己的情绪来评价一件事的利弊。

虽然我也不太想去那里，但既然是她主动提出让我陪她去，我又怎能拒绝？

我等了许久，她还没登录上来。正犹豫着要不要呼唤她，她的身影突然出现在眼前。

“我来晚了吗？”她问我。

“没有，是我提前来了。”我不由自主地微笑，“我们走吧。”

我们向前走去，这座巨型长方体白色建筑的大门自动为我们打开了。

在现实中，我因为工作原因，经常会来这里，所以对它的结构颇为熟悉。

我们穿过一条走廊，两边都是整齐划一的玻璃小隔间，老老少少的人穿着同样的白色衣服，带着同样麻木的表情，以同样的姿势坐在同样的床上。

我只扫视一眼，就知道系统是用一年前的记录来做的这些虚拟图像。因为这里的“病人”都是熟面孔，而且有好几个据我所知已经“康复”，回归社会了。

“这是 A 区，是异常程度最低的。”系统的声音介绍道，“多半是一些发表有害言论的人。这是最容易矫正的，只需要用电击，让她们对自己相信的有害言论产生条件反射的恐惧就行。”

α-晗的脸贴在一面玻璃上，向里面的人招了招手。那人却如同掉线的伴侣机器人，茫然直视前方，毫无反应。

“现实中她们也是这种状态吗？”她问我。

我答道：“是，这模拟得挺真实的。”

她惊道：“那她们以后岂不是和傻子一样，还怎么回归社会？”

“不会的，过一段时间就好了。”我说，“这里都是专业人士，不会出这种漏洞的。我就认识几个矫正成功的人，回归社会以后一切正常，只是不会再向任何人传播那些有害思想而已——虽然它们还存在于记忆之中，无法消除。”

她默不作声，看上去似乎依然在震撼中。说来奇怪，她总是用幻想来给我震撼，可是她自己竟如此轻易地就被现实所震撼了。

“这是有点让人难受。”我说，“可是也没有办法。毕竟，养大一个人需要消耗很多宝贵的资源，全球管理会不想让她们直接去死，浪费生命，而是希望尽可能把她们改造成可以为社会做贡献的良好公民。”

“我没有难受。”她摇摇头，“我们继续看吧。”

我带着她“跃迁”到了下一个空间。

系统继续介绍：“这是B区，是异常程度更严重一些的病人。其异常表现在对社会进行有害的行为。这些人的病更加复杂，每个人的行为不同，需要采取不同的治疗方式，不能像A区那样只用电击解决。”

它在一个隔间上打出箭头，示意我们近看。

“这是2104号。她的问题在于生了孩子以后却不爱她们，一直对她们十分冷漠。后来两个孩子都出现了严重的心理问题，等她们长大，可能就会对社会造成较大危害。对2104号不能采用恐惧疗法，因为无论如何惩罚，也不能让她产生对孩子的爱。所以我们采用了催产素疗法，希望能够帮助她产生母爱。”

α-晗冷冷地说：“何必这么费事？把她孩子送给别人养，禁止她以后再生孩子不就好了吗？”

我解释道：“唉，社会的漏洞没这么简单的，稍不留神就会出现‘按下葫芦浮起瓢’的问题。如果人们看到，一个不负责任的母亲不用接受任何治疗，就可以直接把孩子扔给别人了事，她们就有可能纷纷仿效。”

“嗯。”她若有所思，“我只知道系统总体的算法，对这些现实的具体问题确实不太了解。”

“这些问题还是不要了解比较好。”我想起了局长的感叹，心中五味杂陈。

我们继续走下去。看到了更多千奇百怪的病人。这些人有的娱乐过度；有的花费太多精力在无意义的爱好上；有的则是人际关系极差，比如总是制造噪声、乱扔垃圾、出口伤人、搬弄是非，给所在的社群造成了极大困扰。这时，我又看见了熟面孔——一个给我留下深刻印象的，极度抵触学习的中学生。

未成年人对社会的直接贡献通常不大，但她们是社会的未来。她们的积分中最重要的一项就是“未来预期分”，即系统根据她们目前的状态，判断她们未来对社会可能的价值。要想让这个分数高，其实也很简单，做好未成年人的本职工作——学习成长——就好了。

而这个小孩，成长得倒是不错，却坚决不肯学习。系统尝试过用种种方法鼓励她，给她换了五个学校，更改了十版课程搭配，推荐了100门有趣的虚拟互动课程，甚至为她量身定做了一款学习游戏，最终都徒劳无功。

她的未来预期分一降再降，直到总分跌破了1 000，被预测为将来只能成为社会的废人，于是便只能来这里接受矫正了。

我之所以对她如此难忘，是因为她这种情况太罕见了。现在不爱学习的孩子几乎没有。系统总能为孩子找到最适合她们的学习方式、最受她们欢迎的教师（如果对人类不满意，也总有一位虚拟教师可以胜任），寓教于乐，让她们学习自己最感兴趣的知识领域。

这还是我头一回见到无论如何都不愿学习的人。

系统简单介绍了她的情况，说道：“这是一个棘手的案例，矫正所花了三天时间才找到她不爱学习的原因——不是因为沉迷于其他事物，事实上，她对游戏、娱乐也不感兴趣。她的问题很少见，是因为大脑的奖励机制失效，不能从学习、游戏和其他任何活动中获得成就感与满足感。所以，矫正所尝试激活她大脑的奖励机制，建立学习和快感之间的联系。让她一学习就得到快感。”

α-晗认真地注视着那头上插满电极，露出诡异微笑的孩子，良久才问道：“她现在怎么样了？”

“很好。现在已经回学校上学了，据说一学习就高兴得不得了，停都停不下来。”

“人类也是一架逻辑很简单的机器啊。”她显得有些阴郁，“把有害行为与恐惧相连，把有利行为与快乐相连，就可以完全操纵人类了。ε-Rei想得太复杂，其实根本就不需要什么神经工程学。”

我说：“历来不都是这样的吗，连原始部落的酋长都懂得这种统治术。”

“可是随着技术的进步，统治术越发精确而严密了。”

我说：“我们和酋长不一样。我们是为了全人类的利益。”

她没有回答，低头继续向前走去。

再度“跃迁”以后，我们面前依然是一个个玻璃小隔间。但与A、B区不同的是，这里的人多半躺在床上，两眼无神地望着天花板。

系统介绍道：“这是C区，这里都是最难矫正的病人。”

α-晗问：“这些人又怎么啦？”

系统说：“这些人就是俗称的‘社会的废物’。她们既不做有害的事情，却也不做任何有用的事情。”

“要达到这种状态不是很难的么？”α-晗想了想，“因为每个人的任何一个行为，哪怕是拒绝系统的建议，也总会产生一定的效应啊。”

“她们没有行为。每天躺在床上，对系统的建议既不同意，也不拒绝。”

“这是抑郁症？”

“不是。她们虽然清醒，却类似于植物人。其原因往往很难解释。”

α-晗沉默了一会儿，突然跃迁到了矫正所之外。

我赶紧跟上她，只见她站在矫正所门口的树林中，像是在思索着什么。

“你怎么啦？”我问她，“你别多想，任何一个社会，总是要为了多数人的利益牺牲少数人，这是不得已的事情。”

她突然抬头看向我，暧昧地笑了。

“如果是我在里面，你还会这么想吗？”

我愣住了。“你说什么？”

“我也有很多危险的思想。”

“可你只是自己想想而已。”

“我也有什么都不想做，只想当个废人的时候。”

“可你是对社会大有用处的人。”

她微微点头，一脸自嘲：“是啊，我的社会价值积分是 679 081.91 分，在整个 501 城排名第二，仅次于市长。”

虽然我知道她的积分必然很高，但万万没想到这么高。她和我同龄，还很年轻，怎么会这么厉害？

她没有理会我的震惊叹服，而是继续说道：“但是好像没有任何逻辑可以证明，一个对社会有用处的人就永远不会危害社会吧？”

“你不会的……”

她又露出了那戏谑的眼神：“你对我这么有信心？万一哪天我不高兴了，向全市公民人人发送一份有害演讲，或者躺在床上不思进取，专注地思考人生的意义，这又有什么不可能？”

我觉得一股寒意从心底流出，向我的浑身蔓延。

她笑得更加开心了：“如果真有这天，拜托你一枪打死我吧。我可不愿意来这个鬼地方接受什么矫正——”

“你住口！”我突然怒道，声音之大，把我自己都吓了一跳。

她收起了笑容，睁大眼睛，不解地望着我。

“我不喜欢这样的玩笑。”我冷冷地说。

气氛一瞬间凝固了。她张张嘴，却什么也没有说出来。

我扭过头，不再看她。“今天……要不就先这样吧。”

“好。”她抬起下巴，目光也冷冽了起来。

我们没再说话，都退出了登录。我摘下虚拟现实帽，才察觉到背上一片冰凉，竟是冷汗沾湿了脊背。

“这个混蛋……”我从椅子上站起来，动作太猛烈，觉得一阵眩晕。“真是口无遮拦。这种玩笑也是开得的？”

“她为什么要跟我说这些？”我来回踱步，在心中自言自语，“是了。她一贯就是这么恶劣，喜欢看别人震惊、尴尬、着急的样子。不知道她怎么养成了这种性格。都三十岁了，还像个顽劣不堪的小孩。不，她在外面都是装出一副优雅稳重的样子，只是喜欢捉弄我！”

我心乱如麻，绕了一圈又一圈。脑海中却止不住地浮现出可怕的想象：她穿着白衣服，坐在玻璃墙后，眼睛失去了那种活泼的野性，变成了一个呆滞的木偶。

“拜托你一枪打死我吧。”回想起这句话，我感到一阵窒息。

我拼命地将这种想象赶出脑海，一面嘲笑自己的敏感。

“不，她大概是不知道我反应会这么过激。”我开始反省自己，“也许是我有点过分吧？我居然那样呵斥她。可是，这只是因为……”

我脑海中又浮现出多年以前那个阴沉的下午。

我烦躁地踢了旁边的椅子一脚，它“嗷呜”地叫了一声，提醒我不要破坏公物。

系统的提示在耳边响起：“检测到你情绪不稳定，建议休息十分钟，欣赏音乐……”

“好吧。”

耳边传来柔和的钢琴曲。真的很有效果，我渐渐静下了心。

我决定先把这些不愉快的事抛在脑后，处理几件工作上的琐事。过了一会儿，我的注意力就转移了，彻底沉浸在了工作里。

直到接近零点，我才准备回家。同事们已经差不多走光了，四处空荡荡的，墙上的五花八门的新闻资讯也自动停止了播放，换成了节奏舒缓、光线温和的海洋风景片。

我木然地走到楼下大厅。那里 24 小时都保持明亮，一面 6 米高的墙上显示着火星基地的近况。

火星上刮着尘暴。铺天盖地的红色席卷而来，像要把整个大厅吞没。而在这一片红色的海洋中，我看见了一抹突兀的墨绿。

那是一个身穿墨绿色长裙的人。她靠墙而立，看见我来了，微笑着向我扬扬手中的花束。

那微笑我再熟悉不过了：灵动而狡黠，像一个恶作剧得逞的孩子。我的呼吸窒住了，问道："你怎么在这里？"

"我怎么不能来？"α-晗说，"我的权限这么高，难道还进不来你们漏洞管理局的大门？"

她言语嚣张，我却莫名地快乐，之前的不快、纠结烟消云散。

我靠近了她。只见她头发整齐地拢在耳后，脖子上戴一枚小巧的银坠子，看似简单，实则雅致，显然花了些心思。

"惊不惊喜？开不开心？还生不生气？"她把花束往我怀里一塞，"我可是百忙之中在楼下等了你四个小时啊。"

"惊喜惊喜。"我连连点头，"你怎么不发条消息给我呢？"

她一脸鄙夷地看着我："这是什么傻问题？都让你提前知道了，还叫什么惊喜？"

"对对对。可是让你等了这么久，也实在太……"

"你还真信啊？"她更鄙夷了，"你以为我不会先问一下系统你大概几点能干完活么？"

"神经病！"我忍不住骂道。

"喂，先别急着骂我，不然你待会儿会愧疚死的。"她突然拉起我的手，放在她的额头上，那温度让我一惊。

"你生病了？"

"是啊。白细胞减少，有点低热、疲乏。"她可怜巴巴地看着我，"你看，我都病成这样了，还来给你登门请罪，你感不感动？"

"你——"我真不知道该说什么好，"你干嘛这样——"

“为了让你感动啊。你现在是不是特愧疚,后悔下午冲我发无名火?”

我哭笑不得。从没见过这样耍赖撒娇的人。但被她说中了,我现在心里真是一阵阵地隐隐作疼,只想把她抱在怀里,好好安慰一番。

但我只敢伸手碰了碰她的手臂:“外面下雨,冷不冷?”

“大夏天的,有什么冷?你不会是以为我柔弱到一出门就会猝死街头吧?”

“胡说八道。”我皱眉,“不要老说这些奇怪的话。”

“我就是喜欢胡说八道。”她眨眨眼,“你讨厌我吗?”

“怎么会。”我尴尬地避开她的目光,“走吧,我送你回家。”

我们走出大门,坐上已等候在那里的一架飞艇。它自动向她家的方向飞去。

两人待在一个狭小的封闭空间里,气氛变得有些微妙。她不再说话,默默地看着窗外城市的夜景。

“对不起。”我终于轻声说道,“下午是我太激动了。”

“没事,放心,我比你聪明,不会跟你一般见识的。”

“你能不能说句好听的话?你的社群评价分是负值吧。”

“不不,我相信一定比你高很多。”

“哦,对了,我想起你在人前都装得低调谦逊、彬彬有礼,是吧?”

“没错。只在你面前暴露本性。”

她这句话让我心中一热,居然觉得她对我的冷嘲热讽堪称一种殊荣了。

“其实……”我终于说出了想说的话，“我之所以激动，是因为恐惧。一把你和矫正所联系在一起，哪怕只是一闪而过的念头，我都害怕得不行。”

她的神情变得严肃起来，没有再调侃，而是安安静静地听我说。

“我的母亲是自杀的，在我十四岁那年。”

她震惊地看向我。

终于说出了这段尘封多年的往事，我竟比自己想象得要轻松许多。心底的漏洞暴露在空气中，好像反倒没那么可怕了。

我平静地说了下去：“她是植物研究院的科学家，工作是从种子库中恢复野外灭绝的植物。她身体完全健康，工作认真，人际关系也不错，一切记录看上去都很正常。系统也并没有检测到她有自杀的念头——所以我始终对神经工程学那些技术的稳定性表示怀疑——但就是这样一个外表一切正常的人，却在去生态恢复区考察之时，在野外扔掉身上所有智能设备，偷偷吃了秋水仙鳞茎，就这样死了。”

“她们没让我看她的尸体。但我知道，她一定死得很难看。荒郊野外，漫长的毒性发作过程……系统都花了很久才找到她。”

“后来我渐渐明白，她表面上没有任何异常，思想里却一定隐藏着一种危险的东西。这让她永远对这个世界不满，无法感受到常人的幸福。”

她嗫嚅道：“抱歉，我不知道……”

“这不怪你。”我笑了笑，“也许正因为母亲的原因，我才会对寻找‘漏洞’这么执着吧。这么多年，我看过太多伪装成一切正常，内部却早已变质的'虫'。当她们被捉出时,她们的亲友都震惊不已,根本无法接受……这种事太可悲,还是不要拿来开玩笑的好。"

"嗯。"她难得显得很郑重,"我知道了。"

我看出了她的不安,宽慰道:"放心。这事都过去很多年了,我早已经不伤心了。而且我现在的家人对我也很好,我生活得很满足。"

"你现在的家人在哪里?"

"都在501城。阿姨最近出去度假了。还有一个小妹妹,才22岁,很单纯可爱。最近她调去了生育中心工作,本来准备要孩子的,只能暂时推一推了。"

"挺好。"她似乎宽慰了些。

"这都要感谢系统。"我说,"在以前,一个孩子能在什么样的家庭成长,完全只能听天由命,更不要说像我这样的孤儿了。而现在系统能够给每个人提供最好的成长环境——这都是你们这些科学家的功劳。"

"过奖过奖。"她笑了,"希望以后能有机会见一见你的阿姨和妹妹。"

我心头一暖,问道:"你的家人也在501城吗?"

"是的。我跟你说,我有三个姐姐、七个侄女。而且她们现在全都还和我母亲住在一起。"

真是夸张的大家庭。我笑道:"那你家应该很热闹。"

"岂止热闹,简直吵得快疯了。我每次回家,都恨不得赶紧逃出来——母亲和姐姐倒是很享受这些噪声。我母亲还总是说,很后悔她当年一时冲动没有挑好精子,才生下我这么个身体又弱、又没有家族观念的老小。”

我仿佛能想象出她母亲一脸爱怜地拿她打趣的样子。她在家里应该才是最受纵容的一个吧，从她的为人处世中就能看出来，她无论做什么出格之事，都那样镇定自若、自信满满。

气氛又轻松起来。我们又闲聊了一阵，飞艇降落了下来。

我们来到了她的家。

10

她家在501湖东边的山上，是一座别致的独栋白色小屋。透过大落地窗，可以直接眺望浩瀚的湖水，虽是夜间，也可以想象白天风景是多么美不胜收。

走进屋内，她首先看了看墙上的电子画框，命令系统将它们显示的油画换了一组又一组，但始终都不满意。

“你住在这里还需要挂什么画?”我感叹道，“坐在窗前看看外面的风景，比什么画都强。”

“嗯，这里视野确实不错。但我很少回来住。”

“真是浪费啊！我要是有这么一座房子，一定足不出户了。”

“不行，这地方太偏僻，如果总是一个人在这儿待着，不接触真正的人类，说不定外面世界毁灭了我都不知道呢。”

“知道了又能怎样？你还能冲出去拯救世界?”

“不，我就能及时赶出去庆祝了。”

“……少废话了，赶紧休息吧。”

“有的是时间休息。系统强制我放三天假呢。”她懒散地倒在沙发上，“我不在的日子里，你可要好好照顾自己啊。”

“说得好像你照顾过我一样。”我顺手拿过旁边的薄毛毯给她盖上。

房间里渐渐出现了一种若有若无的香气。我只觉得它闻起来非常熟悉,又令我感到安心。

“这是什么气味?”

她抬头看看天花板,“这是按照一种叫木樨的植物的花香合成的芳香物质。我很喜欢。”

她这么一说,我顿时想起来了。“难怪我觉得这味道熟悉……我童年住在植物研究院的时候,窗外好像就有这种植物。我妈说,它又叫作桂花。”

“呃,抱歉。”她又显得有些不自在。

“放心,我没有联想起伤心的事情。”我说,“那段时间是我最开心的日子。所以闻到这个味道,我感觉到的是温馨和安宁。”

“嗯,据说嗅觉的记忆是最长久的。”她微微有些出神,不知在想些什么。

家务机器人送来了温水和药,我递给她,看着她一鼓作气吞下那些药片,轻声问道:“什么时候能好?”

“放心,很快的,不是什么大问题。”她说,“为了维护这具身体也是太麻烦了,如果哪天真的能把我们的记忆全部数字化,我一定第一时间摆脱这沉重的肉身。”

“记忆又不等于意识。如果有一份你全部记忆的拷贝,你能说这堆数据就是你么?”

“不知道,哪天我们试试吧?”

“快去睡觉,别东想西想了。你就是耗费太多精力想那些鬼点子,身体才会虚弱。”

“医生们会被你的反科学言论气死。”

她打个哈欠，身体蜷缩在沙发上，显得那么柔软慵懒。我忍不住伸手摸了摸她的脑袋——头发软软的，摸起来很舒服。她没有闪避我这唐突的行为，而是温顺地闭上了眼睛，像一只睡意蒙眬的猫。

我的声音不自觉地变得温柔：“你的母亲和姐姐会来看望你的吧。”

“不，我没告诉她们，省得她们又跟我唠叨。”她打个哈欠，“你明天来看看我，好不好？”

我佯作不解：“我来有什么用？向你证明外面世界一切正常，人类还没有毁灭？”

她笑道：“就是这样。”

“我为什么要同意呢？”

“因为你喜欢我啊。”

我毫无防备，惊得差点从沙发上跳起来，顿时面红耳赤。

她坐起来，轻轻拉住了我的手，脸上带着欠揍的笑容。

“没什么不好意思的啦，喜欢我的人多得是，排起来可以绕501湖一圈。我都习以为常了。”

“……自以为是！”我怒道，“你的脑子烧坏了么？”

“嗯，是感觉有点头晕呢。”她把脸颊靠在我手背上，“所以要是做错了什么，你也千万要谅解啊。”

我怔住了，低头看向她。她的眼睛水波盈盈，像星光下的湖水。

后面的事情我完全不记得了，就像大醉了一场，脚步轻飘飘的。我不记得我又说了些什么，怎么跟她告辞，又是如何逃出了她的家门。

直到回到家，我才发现我把她送我的花都忘在那儿了。

在这样激动又忐忑的心情中，我一夜没有睡着。这是我从未有过的体验。跟那些性格和观念完全合适的人相处，就像听一首章法严谨的古典音乐，让人感动，却不会为之疯狂。而α-晗就像系统写的音乐，时而与我的猜想暗合，时而又跳脱到我的预料之外，让我永远猜不中下一个音符。

我还以为我第二天会昏昏沉沉一整天，没想到却奇迹般地无比清醒。只不过，无论做什么事都静不下心。

眼前突然出现消息提示。我急忙打开，看见一长串化合物名称。

α-晗清亮的声音在耳边响起："这是我家木樨香薰的配方，喜欢的话可以让系统帮你合成。"

我不禁笑了，向她发送了聊天请求。

几乎是一瞬间，她家里的场景就真实地投射在我眼前。我的视角在她的右前侧，可以看到她坐在地板上，百无聊赖地托着腮。

"我还以为你从此以后就不敢来找我了呢。"她说。

"我的花忘在你那里了，还得找你要回来。"

"我都扔掉了，怎么办？"

我已经熟悉了她的套路，不会再上当。"别骗我了。要是真扔了，就再送我一束吧。"

"以后我天天送你，好不好？"

她只要不淘气，还是非常招人爱的。我勾起嘴角："你今天好些了吧？”

“已经全好了，我准备明天就回去工作。”

“这么急？”我不禁有些担忧，“要不还是多休息几天？”

“用不着。唉，你看我都无聊成什么样子了，居然会主动来联系你。”

想我了就直说嘛。我乐了，说了句“我马上过来”，就在同事们诧异的目光中奔下楼，径直离开了漏洞管理局。

我来到她家，门自动打开了。我知道她给了我随意进出的权限。

墙上的电子画框都不见了。看来她听取了我的建议，将装饰化繁为简。

“今天世界毁灭了没有啊？”她的声音从角落里传来。

“没有。”

“真无聊。”

我走过去，见她坐在地上，正在地板上写写画画，身旁扔着一些食物残骸。

我皱眉，弯腰拾起啃了一半的三明治，要拿去扔掉。她却叫道：“别动，我还没吃完呢！”

“你是什么动物，喜欢在地上吃饭？”我指了指她家那精致的餐桌，“就不能到桌上去吃？”

“不行，太远了。”

我目测了一下她和餐桌之间不到 5 米的距离，怀疑自己听错了。

“你快来看。”她无视我的恼火，兴高采烈地给我展示着地上的涂鸦。那是些我不可能看懂的公式和图形，但我竟莫名地感受到了它们的美。它们就像诗歌，像绘画，虽然只是信手写来，但却充满了灵动的气息。

“这又是什么?”

“关于六维球面上无复结构的一种新证明。”

“好吧，这我可就没法跟你讨论了。”

“这是一个搞数学的人发表的，我觉得可能有点问题。”她陷入了沉思，像是在自言自语，“唉，要是我当年也去研究数学……”

“这种问题不是系统的强项吗，直接让它来证明不就好了。”

她向我翻了翻白眼，“别忘了，系统的算力要优先用来管理人类社会。”

“它会不会觉得大材小用，就像一个数学天才被迫去做养鸡场管理员?”

她笑出了声，然后收起笑容:“不会的，我知道，系统喜欢研究人类。”

“哦?”

“我小的时候，本来一直在家里学习。系统就是我最好的老师，它会教我我想了解的一切知识。我八岁的时候就学完了大学数学系的全部课程。”

“猜猜我八岁的时候在干什么？在植物园里挖蚯蚓玩。”

她笑了笑，继续说道:“可是系统有一天突然向我建议，说我应该去学校里上学。我当然不愿意去啦，我觉得去学校纯属浪费时间，学不到任何东西。但系统说，去学校不是为了学知识，而是为了跟人打打交道。我说，跟人打交道有什么意思，人类那么无聊。

而系统说我错了，如果你学会研究人类，那你一辈子也不会感到无聊。”

这是我第一次听她对童年的回忆。我安静下来，迫切地想听到更多。我想知道她的所有故事，如果有可能，甚至想看看她全部的人生记录。

“然后我就去学校啦。去的是501大学。”她接着说，“你应该能想到吧，我之前很少跟人接触，年龄又小，人际交往方面当然有点问题。好在系统无时无刻不保护着我、指导着我，所以倒也没有遇到太大麻烦。在和各种人相处的过程中，我逐渐发现系统说的很有道理。研究人所带来的乐趣，其实不比研究六维球面乐趣少。”

“我觉得你中了系统的计。它在引诱你长大以后为它工作，而不是一头钻进草稿纸。”

“或许吧。”她又笑了，“反正那段时间，我先是迷上了定量社会学，后来又开始阅读文学、哲学。对了，还稍微了解了一下认知科学。绕了一大圈后，我发现大多数人类确实是很无聊的，但我开始思考他们如此无聊的原因。最后我想通了，这是因为人的思想的局限性。人类比自己想象得还要不自由。我们的观念受到经验的束缚，而经验又是来自于感知。这些感知是如此局限，所以我们对世界的认知也是局限的。”

“这算是不可知论吗？”我问。

“是，也不全是。”她说，“我还是觉得人类是可以认知这个世界的，最大的阻碍只不过是人们自己没有意识到自己的局限性，不知道自己是井底之蛙，满脑子偏见，却自以为绝对正确。所以，我开始好奇人类所感受不到的世界。我想知道蝙蝠、海豚、狗、蚂蚁感受到的世界是怎样的，系统感受到的世界又是怎样的，甚至会想象那些没有存在过的文明和生命可能会是什么样子。在十二岁那年，我终于找到了自己的方向——借用系统的智能，来打破人类认知的边界。”

“好吧，第一次听到有人把自己的童年讲成一部学术思想史的。”

“小时候真没什么好玩的呀，只能每天思考各种乱七八糟的问题。不然的话，难道让我跟姐姐们去打球、登山吗？”

“差点都忘了你还有三个姐姐。她们对你怎么样？”

“她们都很照顾我，都是很好的人——就是笨了点。”

“看来她们的确是好人。要是我有你这样的妹妹，一定会天天揍她的。”

她又露出了那种淘气的神气：“喂，我小时候长得很可爱的，又总是柔弱多病。你会舍得揍我？”

“不要低估了人性的复杂啊。也许我就是喜欢欺负人呢？”

她挑起眉毛：“你试试看？”

我伸手挠了挠她的脖子，她笑着缩起身体。没有遭到抗拒的我于是更加放肆，抓住她的肩膀向她耳边哈气。她挣扎着闪避，我们一起轻轻倒在地上，嬉笑打闹，就像两个顽童。

系统自动保存了地面上的草稿。那些公式和图形如同越变越淡的墨迹，从我们身下消逝。但她丝毫也没有注意它们，已经全然将它们忘在了脑后。

“好了好了，这像什么样子。”终于，她大笑着推开我，从地上站了起来，“走吧，去吃晚饭。”

我坐在地上，一把拉住她的手：“不。你还没有讲完呢。”

“讲什么？”

“你小时候的事啊。”

“不是都告诉你了吗，成天不是在跟系统说话，就是在501大学晃悠。难道你想听我给你讲讲我都听过哪些课？”

“不是，我是说，你十二岁以后呢？”

她一怔，随即又笑了起来。这一次笑得相当不怀好意。

“人不过是受激素控制的机器。这个道理就是我在十二岁时顿悟的。那几年时间，什么数学、社会学、哲学，都被我扔到九霄云外去了。你说我还能在干什么？”

我也忍不住笑了。没想到她这种天才儿童也会有这样的历史。不，我本该想到的。她除了是个天才之外，还是个娇媚美丽的女孩子啊。天知道她在豆蔻年华之时，曾有过多少风流韵事。

这些趣事还是以后再慢慢问她好了。我拉着她的手站了起来。

她命令家务机器人开始做晚餐。这一回，她终于肯大驾光临远在5米开外的餐桌，真是令我大为感动。

空气里飘浮着淡淡的桂花香。饭菜还没上桌，我们喝着餐前酒，听着系统自动播放的音乐。

又是那首《我非优雅之人》。熟悉的旋律让我好像回到了湖边那个梦幻的夜晚，夏天的晚风带来了旷野的万籁之声。

“今天是我们相遇一个月。”我说，“系统一定记得。”

她举起酒杯：“我们得感谢系统，还要感谢我这首拙劣的曲子。”

我笑道："还要感谢偶然。"

"是啊。我很少出门，就那天偶然到湖边闲逛一会儿，没想到就祸害了一个人。"

"你能不能别这么自恋？"

"难道我没有自恋的资本？"

"是啊，你有。"我说，"你聪明，勤奋，年轻有为，漂亮优雅。我相信喜欢你的人排起来真的可以绕501湖一圈。"

"哇，你怎么了，居然会说好话了？"她惊奇地看着我，"我很怀疑现在坐在我面前的其实是系统派来的机器人。"

"别打岔，听我说完。"我郑重其事地望着她的眼睛，"可我欣赏的不是这样的你。我欣赏的是狂傲、懒散、胡思乱想的你。优雅的你只能让我敬重佩服，而那个不优雅的你，才让我……没法不在意。"

这些话我想了很久，但真的说出来时，我还是无法抑制地紧张。

怎么像个十几岁的小孩一样？我嘲笑着自己，索性放弃了掩饰，任由自己的笨拙暴露在她眼前。

落地窗外，雨云中出现一丝裂缝，夕阳的金光从中倾泻而出，照亮了半个湖面。她的眼中好像也映射着湖面的波纹，经久不息地荡漾。

良久，她才轻声说："我知道。正因如此，我喜欢和你在一起。"

我站起身，隔着餐桌端详着她。她的狂妄不羁突然都消失了，羞怯地睁大了眼睛，面色正如那夕阳下的山丘。

我忍不住牵起她的手，把她带到映着湖光山色的窗边。

“不吃饭了?”她咬着唇轻笑。

“不吃了。”

“你不饿了?”

“不饿了。”

她歪着脑袋,声音细不可闻:“那我们干什么呢?”

我揽住她的肩背,感受到她在我怀中微微颤抖,冰凉的手指轻轻地抚上我的后颈。

窗外,白昼一点点退却,黑夜一步步逼近。蓝绿透明的湖水渐渐变成了深不见底的黑色深渊,如一个看不穿的谜题。

等我被饥饿唤醒,已经是凌晨3点了。我们在床上,周围一片凌乱。空气中的桂花香似乎更浓郁了,令人沉醉。

我迷茫地向身旁一看,她蜷缩在被窝里,脸上带着浅浅的笑容。

我也勾起了嘴角。这才想起,她还没完全康复。我赶紧小心地摸了摸她的额头,还好,她睡得十分香甜,看来没有问题。

我让家务机器人给我拿了点吃的过来,一边好奇地数着她长长的睫毛。数完睫毛,我又开始欣赏她有点凌乱的眉毛,秀气的鼻梁,微微翕张的双唇……我发现,她的五官并不能说长得完美,但放在一起看,就有一种特别的美感。她身上那种不羁的气质,大概为此增色不少吧。

居然不知不觉就到了天亮。她终于悠悠然睁开了眼,看到我的脸,似乎被吓了一跳,眼中瞬间一片清明。

“讨厌,吓死我了。”她说着,伸手在我眼前晃了晃,“你在看什么呢?”

"看你。你真好看。"

"我不好看,你不知道,我这平庸的肉身完全配不上我纯洁又智慧的灵魂。"

"是邪恶的灵魂吧。"我笑着刮了刮她的鼻子。

我本来想让她多睡一会儿,但她却睡不着了,跟我说了一会儿话,就坚持要起来,去数据中心,说试运行快要开始了,还有很多事要做。

我也没法阻止她。喂她吃了早餐和药以后,提出送她去数据中心。

"不用啦。"她一边梳头,一边跟我说,"难道你一分钟也离不开我了? 千万别。告诉你啊,我最讨厌黏糊的人了。"

"谁要黏你?"我又好气又好笑,"我不过是跟你顺路而已。"

"好啦好啦,我知道,跟你开玩笑的。"她放下梳子,友好地拥抱了我一下,"但我们还是分头走吧。"

我愣了一下:"为什么?"

"你跟我一起乘飞艇去,数据中心的人就会猜想我们昨晚是不是在一起。"

"这又有什么不妥?"

"都快新年了,让我的那些仰慕者们心碎难过该多不好。对社会的危害太大了。"

"你能不能说句正经的!"我用力捏了捏她的脸,把头埋进她的肩窝,狠狠地蹭了蹭。

"不能。"她无赖地笑,"你不就是欣赏不正经的我吗?"

"α-晗,你就把你这真面目拿出去展示一下,看还有几个人受得了你?”

“你受得了就好。”

最终我还是拗不过她,和她分头走了。

她总有些古怪的想法和习惯,有时候我也不明白原因。但在我们这个年龄,已经懂得不是事事都要刨根问底。

11

我来到办公室，发现桌上多了个花瓶，里面已经插了一束紫色的桔梗花。

我知道是谁送的——这家伙，还真是说到做到啊，难道真的准备每天给我送花了吗？

现在大多数植物都野外灭绝了，鲜花比人类稀有得多。虽然以她这么高的积分，系统必然会满足她提出的这个需求，但我还是觉得这样做有点太浪费了。

但无论怎么说，我当然是很高兴的。接下来的一上午，我都心情大好，甚至破天荒地和同事们开了几句玩笑。

然后我检查了一下“钓饵”的演化情况，发现它们在自主学习过程中，很多都主动阅读了 Joanna Wang 的《近一百年社会制度演变史》。系统分析说这并非特殊现象，因为刚开始对社会问题感兴趣的年轻人往往会从看这本书入门。

我没什么别的事，又心境躁动，所以想到不如也重温一下这本书来静静心。于是我让系统把这本书调出来，随机翻到某一页，看了起来。

为什么有些人明明无所事事，却身居要职？为什么有些人辛劳工作，却只能勉强度日？每一个人都声称自己是“爱国者”，可谁才是对国家真正有用的人？每一个党派都指责政敌误国，可如何判断谁的行为真正危害了国家？有人认为权贵阻碍社会发展，而有人却说他们维护社会秩序，不可或缺；有人认为穷人是社会的蛀虫，有人却认为穷人被剥削的价值才是社会财富的基础。几千年来，人们为这些问题争执不休。

Gioia Qiu 博士提出，随着技术的进步，人们将可以做到精确评估人的价值。她的观点其实源自 1930 年保罗·德克尔的“机能主义”，即按照每个人在经济秩序中所起的作用评估其价值。Gioia Qiu 将“机能”的范畴推广到经济学之外，认为除了物质作用之外，人对社会的文化作用、情感作用，也可以用技术手段评估。[11] 她还援引 1920 年英国经济学家庇古《福利经济学》中的“幸福计算法”，说这种过去看起来很可笑的计算在未来一定可以实现。[12]

Gioia Qiu 的理论最初并没有引起重视。但到三战期间，两大联盟都建设了很多地下堡垒。而挑选谁进入堡垒避难，是个难以抉择的问题。虽然那时候各国都是少数权贵说了算，但他们也知道诺亚方舟毕竟还是得带上许多牲畜。所以各国都开始用超级计算机预测地下堡垒人口结构的模型。

在政府大力投入和超级计算机的运算能力支持之下，第一代评分系统诞生了。最后，两大联盟都确定地下堡垒的人员以身体健康的青壮年为主，男女比例为 1∶15 左右，职业组成主要为工程师、科学家，当然，领袖的位置都留给了权贵们自己。[13]不过等到地下时代真的开始，失去用途的权贵们很快就被推翻，地下城最终变为少数强壮聪明的男性工程师和大群年轻女子的智能化伊甸园。

这就是我们现代社会的雏形了。

……

我想起我读这本书还是16岁的时候，里面的大多东西现在已经忘了，只记得地下堡垒那一段挺精彩的。于是我叫系统帮我翻到那里。

第三章《地下堡垒的社会试验》，第376页：

3.8.12　Y染色体世代(2037—2060)

这一时期，亦有男性尝试建立纯男性的社会。被称作“Y染色体世代”的56号堡垒即是一例。一些工程师完善了在上一世纪已取得重大突破的卵子打印技术和人造子宫技术[106]，试图离开女性来完成生育。这一尝试在技术上取得了成功，据残存资料显示，第一批新生儿合格率达76%。[107]

然而该小型社会存在严重的隐患。首先是弃婴率较高，没有耐心的父亲容易抛弃婴儿。其次，十年以后，第一代婴儿的心理问题集中爆发，暴力倾向、社交障碍患者层出不穷，引起了领导层的注意。[108]据分析，这是因为大多数父亲不能如母亲一般细心照顾婴儿，孩子在婴儿期缺乏陪伴和关注，社会化行为容易出现缺陷。事实上，这一现象在动物实验上早有体现。Harry F. Harlow 和 W. A. Mason 对猕猴进行的实验就曾证明，在婴儿期与母亲强制分离的小猴，长大后都难以融入猴群，显出明显的社会行为异常。[109]

领导层当即决定，开发“母亲机器人”，模仿人类母亲的抚育行为，以弥补婴儿母爱不足的缺憾。第十一代婴儿由“母亲机器人”抚养，但十年后的观察结果令人恐慌：孩子对机器母亲的感情常常会超过对父亲的感情。若要将机器母亲报废或停机，他们会哭闹不休，强烈抗拒。[110]这引发了广泛争论：如果人类都由机器养育长大，对机器的感情超过对同类的感情，这到底是机器的社会还是人类的社会？

争论还未得出统一意见，第一代孩子中的反社会分子们已长大成人。大批反社会人格的青少年开始了对父辈的反叛，社会动乱最终终结了“Y 染色体世代”。

3.8.13 弃婴之城(2039—2077)

48 号堡垒弥漫着不合时宜的自由主义思想。其领导人山田修认为技术应该让人更加自由。为使女性免受生育之苦，他大力推行人造子宫，并予以福利补贴。这一政策的结果是，弃婴率大幅增加。因为很多女性不再珍惜轻易得来的孩子，稍有不如意，就将其抛弃。[111]山田政府遂取消补贴，并提高了人造子宫的费用，结果却导致穷人的极大不满，山田在下一届选举中下台，新政不了了之。

人造子宫问题，只是 48 号堡垒的弊端之一。该社会的公民轻视家庭，极度自我，很多人不属于任何社会团体，缺乏人际关系的约束。该社会的吸毒和犯罪问题都很严重,大量无家可归者浪费本就紧缺的社会资源。最终,它因生产低效而衰亡。

3.8.14　超人国(2040—2059)

基因编辑技术也曾被用于社会改革之中。33号堡垒尝试用其生殖细胞库中储存的卵子、精子进行基因编辑实验,希望造出能够适应恶劣自然环境的"超人"。因技术不成熟,最终获得的健康婴儿只占实验胚胎的7%,但数量仍较为可观。[112]然而,随后该实验被紧急叫停,因为相当比例的实验婴儿在成长过程中逐渐出现超出预测的疾病,虽然仍有少数健康者,但对于"失败品"的双亲,他们付出的情感代价是不可挽回的。因此,人们意识到,基因编辑技术如果仍有1%的不可控风险,就足以让一个家庭毁灭。毕竟,这些风险不一定是在胚胎期或婴儿期出现,而有可能在孩子长大以后才暴露。而这时,她或他的亲代已经在多年的养育过程中建立了深厚的亲子感情。

……

这些本来应该很有趣的内容,此时在我眼中却宛如一堆无意义的乱码,不管怎样都看不进去。系统根据我的阅读速度察觉到我心不在焉,建议我暂时停止阅读,休息一会儿。

我还能怎么休息呢?要不,还是给α-晗发条信息?

可是我又犹豫了。她本来就是比我还严重百倍的工作狂,工作的时候还是不打扰她了吧。

正在纠结，一条文字信息浮现在眼前。

“你在干什么呀？”

我笑了，回道：“才几小时没见面啊，就来联系我。到底谁黏糊？”

“好，那我就不打扰了。”

“别！我开玩笑的。”

“你真无聊。”

“嗯，我是很无聊……我们待会儿一起去玩吧。”

“玩什么？”

“要不去你家附近的那个沙滩走走？”

“我家附近有沙滩？……哦，我看到了……”

“……难道你从来没去过？”

“是的，太远了。”

我哭笑不得。“你的活动半径是不是只有 5 米？这离你家直线距离只有 600 米啊。”

“好吧好吧，跟你一起去。17:00 到计算中心 50 层停机坪接我。”

“不怕你的仰慕者们心碎了？”

“管她们呢！”

好不容易在心猿意马中熬过下午，我直奔数据中心。

大约是对于工作狂扎堆的数据中心来说，现在时间还早得很，所以停机坪上没什么人进出。我一眼就看见 α-晗站在天台上，专注地眺望着远方。

我叫了她一声，她回过头，向我粲然一笑。

我走到她身旁，柔声问道："今天好些了吗？"

"放心，全好啦。"她凑近我耳边，脑袋靠在我肩上，"有你盯着，包治百病。"

等我们从飞艇里出来，外面已换了一片天地：浅蓝的湖水轻轻拍打着沙滩，而我们脚下的沙子洁白如雪。雨后的天空干净得透明，漂浮着一些粉红色的晚霞。

她惊叹道，"哇，这里真不错！真是太美了！"

"……你真的从没来过？你说你，住在这么好的地方不是浪费吗？"

她振振有词："在我心中，这座城市只由三个点构成：我家、数据中心、我母亲家。其他地方都等于空白。"

"那恭喜你今天拓展了新地图，以后这张白纸上终于有四个点了。"

"啊，你看那是什么！"她激动地指着远处几只悠闲漫步的黑色大鸟。

"那是'死亡鸟'。"我说，"战前的马拉维人是这样称呼它们的。很幸运，它们还没有灭绝。"

她跳起来，踩着雪白的沙子，跺脚惊吓那些"死亡鸟"。鸟群受惊，一齐飞起，巨大的黑色羽翼几乎遮蔽了夕阳。

在它们凄凉聒噪的叫声中，她开心地笑了起来。

"疯子。"我笑道，"你怎么搞起破坏来这么开心？系统把你放在这么重要的位置上，我真为公民们感到危险。"

"哼，系统才不会有愚蠢的人类那么多偏见，见人偷针，就联想到偷牛；见人吓唬鸟，就联想到毁灭世界。”

“是是。所以难为你了，可以在系统面前肆无忌惮，却总得在世人面前扮演‘正人君子’。”

“还不是因为‘社群评价分’。”她伸展着双臂，像是在拥抱晚风，“等着吧，我迟早有一天要废除这鬼东西。”

“那估计感情骗子、邋遢大王、扰民歌手、暴躁母亲就要泛滥成灾了——当然，还有你这样的自恋狂魔，会给人们的心理带来多大创伤啊。”

“你可别说我。”她调皮地眨眨眼，“我看你才是经常给人带来心理伤害吧？”

“为什么？”

“没有人说过吗，你总是给人一种拒人于千里之外的感觉。不要总是这么严肃，多跟人交流一下不好吗？”

夕阳给她的发丝镀上一层温暖的金色。远飞的死亡鸟在云彩中留下黑色的剪影，湖水的清明渐渐褪去，在暮色中变得深沉起来。

我低声说：“不是所有人都像你这么有趣。我跟她们没什么好交流的。”

她轻轻一笑：“或许你跟‘虫’的交流还要更多一些。”

我一怔，发现她说的是实情。

她弯腰抓起一把沙子，又将它们洒开。“你不喜欢人们，人们也不喜欢你。那你为何还要执着地保护这个属于她们的世界？”

我摇摇头：“我不知道。”

“你这样太累了。应该要么无视世人，要么融入她们。”她坐在了我身旁，“其实融入人群是很简单的。”

“是吗？我可不觉得简单。”

“我教你。”她神秘地凑过来，“你要善于利用技术。让系统每天帮你提取几个流行的热点，花几分钟看看摘要，你就能跟绝大多数人展开愉快的对话了。对于比较重要的人，再分析一下她的数据，找出她的关注点和固定行为，投其所好。说实话，大多数人的行为模式都非常简单，即使不用系统，稍微多花点心思自己也能分析清楚。”

我叹息道：“我做不到。”

她说：“你觉得浪费时间是吧？试一试就知道，只要找准方法，不会花很多时间的。”

“不是因为浪费时间。”我说，“无论是无视世人，还是把她们当成一堆研究材料，本质上都太冷酷了。”

她不屑地笑了：“嘿，看不出来，你居然自认为是个温情的人？”

“你说呢？”我伸手揽过她的肩膀。

“没有人真正温情。对一些人温情，就等于对另一些人冷酷。”

“那我至少会对你温情的。”

她轻笑一声，好像不以为然。但我感到她的身体向我靠得更紧了一些。

我们就这样静静地坐着，她懒懒地依偎着我。不知过了多久，她突然说：“你听，天快黑了。”

我第一次听说还可以“听见”天黑。但随即我真的听见了日落的声音：那是远方群鸟突然高亢起来的鸣声，穿过山丘灌木丛的风声，湖水急促的涛声……四周好像忽然变得苍茫辽阔，文明的理性随白昼一起退却。在这人迹罕至之处，非洲大地上蛰伏着的某种力量在空气中蠢蠢欲动起来。

直到夕阳沉入了乌云，最后一丝金光也黯然而收，湖面顷刻间彻底变暗。我侧过脸，见她的眼睛在昏暗中异常明亮。

夜色降临，云被远处的城市照成暗红色，压抑地凝固在空中。而此时此刻，我只感到自己轻盈如风，能够吹散一切阴霾。

12

2137年12月12日。

这段时间,我和α-晗的工作都忙了起来。她要负责新系统试运行的最后测试,而我则在逐步接手局长的部分工作,“钓饵计划”也有了突破性的进展。我们回家的时间越来越晚,有时候说不了几句话就双双倒在床上睡着了。

她从不过问我的工作,我也不过问她的。除了保密的原因,我想更重要的是我们都信任对方的能力,知道工作上不管有多大压力,对方都能自己解决。

每天清晨走进办公室,依然能看到桌上的鲜花,从不重样。这些花好像有神奇的魔力,让我在最繁忙、最紧张的时候,也没有对下属讲一句重话,对周围的人也变得亲切友善。

这段时间,我的社群评价分竟然上涨了20%之多,一下子达到了正常水平。

我走进保密会议室,向局长汇报最新的进展。

“你最近状态不错啊。”Σ-陆拍着我的肩,“看来我的话你终于听进去了。”

我心想,虽然你讲的是很有道理,可这真不是你那番教诲的功劳啊。这完全得益于多巴胺，把我的大脑结构都改变了——人，真的就像受激素控制的机器。

我和α-晗的事我还没有告诉任何人，连β-秋都没有说。一是因为我最近根本没时间联系除了α-晗以外的任何人，二是因为我本来就不太喜欢暴露私生活，除非别人问到，我通常不会主动讲。

这大概就是α-晗曾说过的，我和别人之间那条"精心布置的界限"吧。

"是啊，多谢局长。"我顺水推舟地答了一句，"你放心，我会跟大家相处得越来越好的。"

"哎呀，真不敢相信这是δ-柔说出来的话。"她欣慰地笑了，"早就该这样了嘛！对了，27日晚上我准备在我家举办一个聚会，也算是跟你们告别。这回你可一定要来啊。"

"好的，我一定来。"

"很好。希望到那时候，我们已经抓住了Chaos。也算给我的职业生涯一个完美的落幕，哈哈！"

"我看很有希望。"我说着，将我准备的报告递给她，"最近我有一个意料之外的突破。"

"你说说看。"

"十天前，我让最终筛选出的73个钓饵进入了真实的网络世界。"

看着Σ-陆好像在费力理解这句话，我知道有必要再重新跟她解释一下了。她有很多事要负责，恐怕早已将我这并不重要的"钓饵计划"忘记了。

“我说的是‘钓饵计划’。就是用模拟大脑自主演化，形成虚拟人格。”

“哦，这计划还在进行吗？”

“是的，而且它远远超出了我们最初的期待。”

局长来了兴趣：“快说。”

“最开始，这些钓饵是独立于系统之外的。系统只是给它们不断输入模拟真实世界的数据。在它们的意识中，自己也会上网，玩虚拟城市，但那不过是‘虚拟的虚拟城市’。直到十天前，它们才进入真实世界的网络，当然，由于它们没有实体，永远不能来到真正的现实中，所以系统依然在给它们输入现实世界的数据，维持它们的世界观。”

“方其梦也，不知其梦也。梦之中又占其梦焉。”①局长突然诌出一句古汉语。我这才想起，她有54.96%的东亚血统，对这些汉语古文一直颇有兴趣。

我不懂这个，接不上话，只能继续讲：“之前它们的时间感知和外界不同步，有些输入了相当于七八十年的数据，有些只输入了十几年。进入真实网络世界后，它们的时间感知与现实同步了。系统把它们之前自主产生的数据嫁接到现实网络中，它们没有察觉，其他人类用户也没有察觉。”

“到这一步就跟以前的钓饵计划一样了，由系统来伪造记录，这个很简单。”

“是的。”

---

① 语出《庄子·齐物论》。

对系统而言，修改网络上的痕迹实在是太容易了。举例而言，现在任何人去网络上查阅钓饵 754 号的记录，都能看到它从十几年前到上周发布的两千多张个人照片，个人频道里每天发表的生活感慨。如果以技术手段深入查询，还会找到它三年来以 167 个 ID 在 69 个虚拟城市中的活动痕迹。

它只是个数据的幽灵，如今却和所有活生生的人类一样，真实地在网络上存在过了。

Σ-陆接着问道："那你得到了什么意料之外的收获？"

"这些钓饵，基本都没引起别人的什么注意，只是每天自说自话、自娱自乐而已。"我说，"但是有一个 109 号，它超出了我的预期。"

"怎么了？"

"它产生的思想很极端，我一开始预想它可能会吸引到极端组织，甚至 Chaos。后来，它也的确吸引了很多'虫'，数量之多超乎想象。但这些'虫'不是来拉它入伙的——她们以为她就是 Chaos 本人。"

Σ-陆眼睛一亮。我赶紧继续说下去："自从我们在 11 月 9 日抓捕了 λ-晓，Chaos 似乎销声匿迹了一个多月。许多曾得到她许诺，等待着她帮助的'虫'都很焦虑，她们见到 109 号发表的言论，就以为它是 Chaos 的新账号。"

"哈哈，"Σ-陆拍案而笑，"看来'盲'设计法演化出的不是'钓饵'，而是我们要钓的'巨虫'的翻版？"

"是的，有可能这个 109 号和 Chaos 的性格、思想都非常接近。可是它自己并不知道什么 Chaos，对那些来找它搭讪的用户感到莫名其妙，没有搭理她们。”

“给我看看这家伙是个什么样子。”

我放出了一段视频记录。

这是虚拟城市中的一次集会。这个城市名叫“狮驼岭”，其主题是古代东方的妖怪城，来来往往的用户的形象尽是些豺狼虎豹，街上吆喝叫卖人肉，屋檐下挂着白骨风铃，风一吹叮当作响。

这个虚拟城市，早期是由几个神怪故事爱好者组成的小型交流社区，规模很小。但后来因为其中几个用户的争吵太激烈，爆发了几次妖怪大战，吸引了很多人来围观，竟然打出了名气，逐渐成为了一个综合性的城市，现在日活跃用户数量已在全球所有虚拟城市中排名467。

集会发生在该城市的“城隍庙”。一只红毛狐狸站在庙门口的石狮子头顶，向下面五花八门的野兽们发表演讲。

“……现实如此无趣，为何不允许大家尽情在虚拟世界寻找乐趣？系统和政府一直将过度娱乐判定为有害行为，但是人类努力发展科技，不就是为了让自己活得更开心吗？如果努力了半天，却连享受都享受不了，这和从前那些辛苦攒钱却没过一天好日子的吝啬鬼有什么区别？连古人都知道人生苦短，应秉烛夜游，我们怎么不抓紧时间找乐子？”

“说得是！”一群山猪、狗熊、老虎、麋鹿纷纷欢叫起来。

“我不同意！”一只白鹤飘逸地飞上另一只石狮子的头顶，整了整自己的羽毛，“这是享乐主义。如果任由这种思想泛滥，人类就完了！”

红毛狐狸竖起蓬松的大尾巴。“我知道，我知道，你们会说‘人类的天性并不追求开心，它只追求灿烂辉煌。生存是第一位的，在此之后才能考虑开心不开心的问题’。现实当然是这样。可是你们有没有想过生存的意义是什么？我们每个人只有一生，我们为什么要做基因的奴隶，做群体的奴隶，而不抓紧有限的时光满足自己？”

白鹤冷笑道：“你这是要让我们透支后人的幸福。”

“后人？”红毛狐狸不屑地抖抖毛，“如果人类把生存和延续当作最终目的，只是像病毒、细菌、草履虫一样盲目复制，我看不到我们的后人生存在这样的社会里，又有什么幸福可言。”

记录到此为止。我向一脸凝重的Σ-陆问道：“局长，你怎么看？”

Σ-陆感叹道：“真不敢相信这是一个模拟大脑通过自主学习而产生的思想。”

我说：“模拟大脑的好处，是它不像人脑一样是黑箱，所有的决策树都可以解读。我分析了它产生这种思想的过程，发现它们主要来自于一些近代文学，109号是因为读了那些书才开始思考各种各样的问题。它刚刚引用的那句话，来自于一本叫《安德的游戏》的书。”

那本书，我写毕业论文的时候也读过，但我以为它只是一部披着科幻外衣的少年成长小说而已。所以说思想的形成过程真是奇妙，同样的一本书，在我看来是娱乐之作，在109号那里就成了反社会思想的一个源头。

“还有一段有代表性的记录。”我说着，又放出一段视频。

这次出现的是名为“端点星”的虚拟城市，名字来源于阿西莫夫的经典科幻小说。这是一些科研工作者的小型交流社区。

一个外星人正在陨石坑里跟千奇百怪的宇宙学者们侃侃而谈。它的身体像一个巨大的绿色手掌,手掌中心有一只大眼——这就是109号在这里的账号了。

“……我一直有一个疑问,我们就算破解了宇宙的所有真理,又有什么意义呢?这些真理总有一天会随宇宙一起消亡。愚人和智者、勇士与懦夫,最终都是平等的,都将迎来平等的死亡,遭到平等的遗忘……”

Σ-陆冷笑道:“呵呵,从享乐主义者又变成虚无主义者了。”

“这也不奇怪。”我说,“一个思考太多关于‘意义’问题的人,往往不是变成享乐主义者,就是变成虚无主义者。通过对109号思想决策树的检查,发现它的思想其实存在很多逻辑矛盾,如果要解决这些矛盾,需要更高的运算能力才行。”

“哼,人类也是如此。总是思想混乱、自相矛盾,其实都是因为智力不够高的缘故。”

我点点头。又继续给她看了一些记录。在这些记录的视频中,109号时而是文学沙龙里衣着华贵的贵妇人,时而是城堡里的吸血鬼,时而是丛林部落的巫师……这些千变万化的形象,说着混乱不堪的言论,但却都有一种无法言喻的、独特的风格。

如今我已经渐渐明白,为何系统模拟的“钓饵”对“虫”们没有吸引力了。因为系统的智能太强,它始终逻辑自洽,无法模拟出这种矛盾和混乱。即使故意说疯话,它也是一个理性的疯子。而真实的人类恰恰相反,他们总是竭力用貌似理性的词汇来掩饰自己思想的混乱与疯狂。

Chaos，神话中的“混沌之神”，后来引申为“混乱”，这个名字起得真是好。

“你说109号没有搭理那些把它当成Chaos的人。”局长说，“那你接下来打算做什么？要把那些联系过它的人都抓起来吗？”

“系统把她们都列入了重点监控名单，但是我想现在最好先不要打草惊蛇。我让系统设计了一些数据，输入给109号，给它的‘生活’制造一些奇遇，在它的‘梦境’中也出现一些暗示，让它以为自己是被命运选中的救世主。接着，它会遇到一个高人，此人传授给它欺骗系统的手段，并告诉它，自己代号为Chaos，已经暴露了身份，不能再活下去了。所以把未竟的大业传到它的手里，希望它继续以Chaos的身份来帮助反抗者。然后这个角色就会自杀。”

“荒诞的剧本。”Σ-陆笑道，“在109号的意识里，它现在的‘年龄’是多少？”

“21岁。”

“哦，那正是容易相信这些东西的阶段。”

“我们给它的欺骗系统的技术是真的。系统也会假装让它成功。”

“同时拥有了能力和信心，它就会将思想付诸行动了。”局长若有所思，“然后它就会找到那些向它求助过的人，宣称自己就是Chaos，去拯救她们。”

“是的。而真正的Chaos如果知道了这个消息，就会认定这是有人冒充她的名号所进行的骗局。她如果真的在意这些等待着她的帮助的‘虫’，就会现身来阻止她们。”

Σ-陆问道：“可如果她不在意她们呢？”

"她之所以主动帮助她们，一定有其目的。"我说，"而就算她不在意她们，只是为了炫耀自己的技术，那她也会在意自己的名声。这种高傲的人，被一个冒牌货顶替，她一定忍受不了。"

Σ-陆思考了一会儿，点点头："我同意你的建议。就按你的计划来安排吧。"

"谢谢。"

"你这次干得特别漂亮。"她的目光中满是赞赏，"如果能成功，这个案例一定会成为经典。"

"局长过奖了。"我说，"其实，这个计划的原理是别人给我的启示。我也没想到真能有什么收获，能够走到今天这步，完全是偶然。"

"偶然中也有必然。"Σ-陆笑道，"谁给了你这么巧妙的启示？"

我不禁赧然："……一个朋友。"

我的神情没有逃过Σ-陆敏锐的目光。她意味深长地看着我，也没有再追问，只是连续感叹了三次"很好"。

是啊，真的是"很好"。我从未感到人生这么美好过。工作顺利、感情幸福，和世界之间的隔阂好像也在悄悄变浅。这一切，都要感谢系统推荐给我的那首乐曲，感谢那神奇的偶然。

我离开会议室，按照计划，去给109号输入新数据。

然后我就连续工作了54个小时。数据不断地从各个神经网络中输入又输出。决策树不断地被系统解读。从这些数据和代码中，我看到了109号的"情绪"，那是振奋、激动、热情；我也看到了它产生"决心"的过程，这过程被拆解成清晰的图形，最终指向的结果是一个行动计划。

回到办公室时，我整个人几乎都快虚脱了。我倒在椅子上，看见桌上摆着三束不同的鲜花。系统告诉我，那分别是芍药、六出花、火焰兰。

清雅的花香将我的疲惫一扫而空。我查看了一下α-晗的位置，见她还在数据中心，就给她发去了一条信息。

“谢谢你的花。抱歉啊，这两天没来得及联系你。”

一秒以后，我眼前就出现了她办公室的全景：和她家相比，这里简直干净整洁得不可思议。只是她看起来有些憔悴，一副神思恍惚的样子。

“喂，你还好吧？”我有些担忧地问。

“没有，我好着呢。你不是能直接查看到我的健康数据吗。”

我这才想起，我们已经共享了双方的位置信息、健康数据、虚拟城市活动记录等等数据。倒不是为了随时掌握对方在做什么，而是因为最近都比较忙，避免偶尔联系不上之时不放心。尤其是我对她，生怕她一忙起来又把自己累病了。

“没事就好。”我松了口气，“你看起来很累。”

“你也不看看你自己的这副尊容。”她笑道，“就像被一百只‘饺子’啃过了一样。”

我本能地看向墙壁，墙上立刻显示出一面一平米左右的“镜子”，上面浮现出我的形象。

我凑近“镜子”，看了看自己布满血丝的眼睛和浓重的黑眼圈，掩面道：“我还是到你家睡一觉吧。”

“是啊，不好好睡觉，小美人都不美了。”她说，“你先回去吧，我待会儿也回来。”

我回到她家，直接把自己泡在浴缸里。热水抚慰着我的身体，我浑浑噩噩，好像进入了梦乡。直到一只温暖的手覆上了我的额头。

我睁眼，竟然看到了一张熟悉又陌生的、慈爱的脸。

“小懒猫，快迟到了，还不起来。”那个人笑着说。

“妈妈……”我嗫嚅道。看看周围，这是我们在植物研究院的家，窗外有一棵开着淡黄小花的桂树，飘来一阵阵幽香。

“你忘了今天老师要带你们去参观生育中心?”妈妈掀开我的被子，“赶紧起床吧。”

我这才想起今天确实有集体活动，一看时间，还有五分钟就要到集合时间了，瞬间紧张得跳了起来。

“我走了。”我心想从门走来不及了，便打开窗户抓住桂树的枝条跳了出去。正想狂奔，突然想到还有一件重要的事要跟妈妈说。

“妈妈，”我回头看着她，“我走了你可不要自杀呀。”

“好的，我知道了。”她微笑着向我点头。

“还有，你可不要变成‘虫’啊。”

“什么虫?”妈妈歪着头问，“是那样的虫吗?”

我转身一看，背后的树不知什么时候消失了。地上爬满了虫，有长有短，有粗有细，有些扑腾着翅膀，还有些没有翅膀的，就蠕动着向我爬来。我尖叫起来，随即被虫的海洋淹没了……

我挣扎着醒过来，呛了一嘴泡沫。有人扶住了我，我抬起头，看见了 α-晗。

“你怎么啦?”她轻轻拍着我的背，“做噩梦了?”

我点点头。爬起来胡乱冲掉身上的泡沫，渐渐恢复了平静。

她将浴巾递给我。见我还愣着，无奈地摇摇头，帮我擦干了身上的水。

然后，她拉着我的手将我带到床上，跪坐在我背后帮我擦头发。她温热的气息混合着洗发水的香味，让我感觉充实又安心。

“你做什么梦了？”她问道，“是不是梦见我不理你了，才吓成这样？”

“滚开。”我挣脱她粗暴地揉着我脑袋的手，“我只是梦见你的胸又变小了。”

她一巴掌拍在我脸上，把我推倒。我顺势拉着她的手腕，让她也倒在了我怀里。

“我想你了。”我轻声说。

她轻轻地蹭了蹭我的脖子，然后说：“我也去洗个澡。”

“不。”我抓紧她的手腕，“你别走。”

她“嗯”了一声，不再说话。

我们就这样静静地听着对方的呼吸和心跳。过了一会儿，我说道：“你有没有感到愧疚的时候？”

她好像微微一颤。“你说什么？”

“我是说，你会不会因为欺骗了别人，而感到愧疚？”

“我欺骗谁了？”

“比如说‘Hanna’。”我说，“它的‘人生’完全是一场欺骗，你不会觉得它很可怜么？”

“哦。”她沉默片刻，“它只是一堆没有实体的代码和数据而已。”

“可它以为自己是人类。”

“就算它有近似人类的意识，它也只是个疯子，没有清醒的时候。”

“可如果——我只是假设——如果这些神经网络能够产生清醒的意识，这不是很残酷吗？”

“这个世界上残酷的事情多了去了。”她说，“把男性关在生育中心，把对社会有害的人扔进矫正所，你会不会感到愧疚？”

我叹道：“说实话，我会。可愧疚只是情绪，是本能。我的理性会告诉我，这样做是正确的。你说过，真理往往是违背常识的。我想理性也往往是违背本能的。”

“你既然这么想，那就克制住自己的本能吧。毕竟对人类而言那已经是没什么用处的东西，就像智齿一样。”

我知道这个道理。人类的许多本能是适应于原始社会的，现在已经不再适应新的环境。比如战争的本能，本来是对人类有利的。但随着武器的毁灭性越来越大，如果再放纵这种本能，人类这个物种就完了。这就像飞蛾的趋光性本来对它有利，但地球上出现油灯以后，许多飞蛾反倒因为趋光性而白白断送了性命。

可是，人类改造环境的速度太快。自然选择还来不及让飞蛾适应油灯的存在，也还来不及将道德感的本能剔除出人类的基因组。

我像是自言自语地问道：“愧疚，或者道德感，真的失去作用了吗？”

α-晗淡淡地说：“也不是完全没用，但对社会弊大于利吧。”

“形而上学的哲学家们要是知道我们现在如此对待道德，一定会气得从坟墓里爬出来。”

“不会的，他们的坟墓已经在北半球被核弹炸平了。”α-晗懒懒地打个哈欠，“人类差一点把自己搞灭绝，这些人的贡献也不小。如果所有人早一点公认道德观念只是维护群体利益的工具，利他行为只是为了让基因传播得更多，人和人本质上并不存在正义和邪恶之分，说不定各种自居正义的人互相屠杀起来就没那么投入了。”

我想起了大学时的三战史课程。有一节课我们分析了三战之前人类的道德观念。

在文明早期，无道德秩序的人无法建立强大的集体，他们彼此攻击，自我削弱。而有道德秩序的群体则能团结一致，发展壮大，击败前者。但总而言之，正常人胜过杀人狂，或许并非因为他们更“高尚”，而是他们更具有适应性。

可是，等环境变化了，道德这个工具可能反倒成了不利于生存的特性。在三战中，英勇、忠诚、利他、信任，这些对于聚居于血缘部落中的史前人类而言利大于弊的本能，对于70亿人的大社会，却像飞蛾的趋光性一样，导致的是盲目的死亡。

这不得不让历史学家们开始审视，道德这个原始工具，是否还足以继续用来支撑社会秩序。

我感叹道：“所以还是功利主义者比较理性。”

α-晗又打了个哈欠：“功利主义者虽然比那些只受情绪支配的动物要稍好一点，但跟理性也没有什么关系。”

“为什么？”

“追求大多数人的最大幸福，或者追求人类群体的利益，这不也是受到本能的驱使么？谁能说得清楚这样做有什么意义？人类就算布满了宇宙，又有什么用？连目的都不清楚，就想以此作为一切的标准，这才是典型的非理性。”

她懒洋洋地紧靠着我，身体柔软，好像一个即将坠入梦乡的婴儿。声音也逐渐朦胧起来：“谁也不比谁强。所有人都既不正义，也不理性……”

她显然是累坏了，很快就坠入梦乡，响起了轻微的呼吸声。我轻轻替她盖好被子，起床吹干头发，却再也睡不着了。

道德感不能如智齿一样拔除了事。SFH 的人依然会对男性产生不必要的同情心；而我，也偶尔会对无辜受骗的 109 号产生愧疚之情——哪怕明知它不是人，哪怕明知它在梦中活得风生水起，相当带劲。

只能怪刚才的噩梦太糟糕了。这个梦透露出我的潜意识：我在面对“虫”时其实没有表面上那么镇定自信。

难怪局长宁可去与树木为伴，也不想再干这行了。干得太久，就会越来越容易对自己产生怀疑。

幸好我还年轻，还有的是时间慢慢思考。

我走到床边，跪坐于地，看着 α-晗安详的脸。她好像从来没有什么困扰。我总觉得，她既有睥睨一切的力量，但又像个天真无邪的孩子，这两种截然不同的气质融合成了一种奇妙的魅力。

“你怎么总是可以睡得如此安然呢?”我轻轻点了她的脸颊一下，“真是让人羡慕啊。”

13

“人类是无法理解外星人的。”

第二天早上，我正顶着比昨天还重一倍的黑眼圈，和精神饱满的α-晗一起吃早餐，却听见她莫名其妙地说出这句话。

“什么？”

“我在想外星人的问题。”她说，“你想想，你能理解智商比你高一倍的人的追求吗——比如我？不能吧？那如果外星人的智力比人类高十倍，那人类估计无论如何也无法用自己的大脑理解它们的行为逻辑了。就像狗永远无法理解人类为何吃饱了饭还不躺下休息。”

“对，我一贯不善于理解疯子的追求。”我哭笑不得，“比如为什么会在早餐的时候讨论这种诡异的问题。”

“呵呵，谁昨天晚上不睡觉，拉着我讨论了半天道德？”

“对啊，我也很后悔辜负良宵——以后我们还是讨论点别的吧。”

“讨论什么？”

我眨眨眼：“有趣的事情。”

她暧昧地笑了：“嗯，乐意奉陪。”

我笑道："好了。说正经的，接下来你打算在数据中心住几天？"

"从今天起，我想每天都回家来住。"

"为什么？"我有点奇怪，她以前即使不忙的时候也很少天天回家来住。

"以防有人淹死在我家的浴缸里，把这房子变成了凶宅。"

"喂，信不信我现在就让它变成凶宅？"我瞪她一眼，"说真的，我最近也不一定每天都能回来。"

我看她似乎有点失望，立即补上一句："但我会尽量。"

她不屑地撇撇嘴："你回不回来，管我什么事。这可是我家，我回来住难道还需要理由？"

"是是是。"我无奈地连连点头。

我来到漏洞管理局，查阅了109号昨天晚上的活动记录，发现它跟我一样，度过了一个不眠之夜。

在"狮驼岭"的月色下，红毛狐狸大摇大摆地走上空荡荡的街头，摇响了一扇门前的白骨风铃。

门开了一条缝隙，一个牛头探出来，警惕地问："谁？"

她低头看到红毛狐狸，大喜道："啊！是你！"

她打开门，让狐狸进去了。这是一个不大的厅堂，房梁上悬着几个骷髅头，里面点着昏暗的油灯，光影摇摇曳曳。灯下还坐着三个妖魔，一见狐狸，都激动得站了起来。

这四个人都试探过109号，但之前它并没有理睬她们。这些人还不知道我们已经发现了"Chaos"这个词的含义，更不知道自己已经被系统重点监视起来，在现实中的身份和所有记录都已经被我们搞得一清二楚。

她们一贯警惕。在“狮驼岭”以鬼故事创作交流的名义，每周聚会一次，实际上她们讲的鬼故事都藏着暗语，现已全部被系统破译。这四人是大学同学，思想都倾向于“归园田党”。现在的目标是逃到无人区，回归刀耕火种的生活。

“你，你认识 Chaos 吗？”牛怪激动地握着狐狸的爪子。

“我就是她。”狐狸说。

那四人你看看我，我看看你，都既兴奋又怀疑。狐狸见了，甩甩尾巴，屋里的骷髅灯忽然都灭了，灯光再亮之时，记录的视角已经变成了 109 号的视角。

这个空间变成了一片无限宽广的纯白。几个人也没了妖魔的形象，而变成了最简单的蓝色人形。

她们一阵惊呼：“啊，这是——”

“这是我屏蔽了系统，所以只能回到虚拟城市的基础架构了。”109 号说，“我所能做的，只是让我们不被记录。一旦已经被记录，我是没法清除记录的，那我们就完了。”

有一人紧张地问：“那我们现在已经被系统发现了吗？”

“我不知道。任何人都无法私自窃取你们的记录，所以我也无法分析你们的记录中是否有可疑点。但我至少可以保证我们接下来是安全的。”

它当然“成功”屏蔽了系统，因为系统会主动让它“成功”。但它不知道，它自己在系统面前是透明的，系统可以同步扫描它的决策树，看到它所感知到的一切信息。

几个没有五官的人形模型点点头，有人感叹道：“Chaos，你怎么这么久都不联系我们？我们还以为我们已经暴露了，都做了最坏的打算，所以才孤注一掷，敢冒险来主动联系你。”

“不是你们暴露了。是 Chaos 自己暴露了。”

109 号把我植入给她的剧情讲了一遍，把 Chaos 是如何死的，她如何把“大业”传到它的手上，绘声绘色地讲给了这四个人。四人顿时痛哭流涕。

“没想到连 Chaos 这么强大的人都会……”

“以一己之力对抗系统，是必然会输的。”它说，“可是明知如此，我也还是会继承她的事业，带你们走下去。”

“你真的很像她。”一人抽泣着说，“真的，从说话的语气，到做事的风格，都太像太像了。”

“是啊。”109 号感叹道，“她也是这么说，所以她才会选中我。”

我心中暗笑，想到真正的 Chaos 要是知道自己死在了这么老套的剧情里，一定会气得发狂。接下来，就该等这个流言在“虫”之间传出去，看真正的 Chaos 何时按捺不住了。

我突然产生了一种好奇心：以前我只是以上帝视角在观察 109 号，何不以一个普通人类的身份去和它聊聊，看看它到底是什么风格？如果它果然和真正的 Chaos 如此相像，我就可以借此对 Chaos 的个性有一个直观的认识。

现在它正在“睡觉”。我又查看了一些记录和决策树，等它“醒了”，用一个普通的公民身份注册了“狮驼岭”的账号，然后给它在“狮驼岭”的账号发去了文字信息。

我没有一开始就提“Chaos”这个词。而是像真正初遇一个感兴趣的人一样，说道：“你好，我喜欢你的演讲。”

我看到它查看了我的信息，但没有回复。估计这样的留言它每天要收到不少。

我想了想，又发送了一条："关于生命的意义，还有人这样说过：'所有面临死亡的生物都要受此驱使，通过孕育后代来寻求不朽。物种的繁衍之轮战胜了他们。'"

过了几秒，它回复了："《沙丘》。"

"是的。"

"现在还看这些过时之书的人已经不多了。"

"我恰好是其中一个。"

"为什么会喜欢过时的东西？"

"对人类命运的思考永不过时。"

"思考了几千年，有什么新意吗？吵来吵去，不都是重复同样的几个问题？人类连提问的能力都如此局限。无聊。"

我突然怔住了——它说话的口吻十分熟悉，竟然很像……

我立即止住这荒诞的念头。继续聊了下去。

"这些无聊的东西，我猜你也看得不少。"

"没错。因为我也只是个无聊的人类而已。"

我心想，你可不是人类，要是你知道自己只是一些数据和算法，会有什么感觉？

"可大多数人都很快乐。我们有无穷无尽的娱乐，从不觉得无聊。也许你是病了。"

"呵呵，听说过虎鲸吗？"

"一种灭绝的海洋哺乳动物？"

"对。战前人们会把它抓来，养在一种叫水族馆的地方供人参观。人们会给它修一个巨大的水池，好吃好喝地照顾它，然而它还是会精神失常。”

“为什么？”

“因为对小鱼而言，水池已足够让它们感觉自由自在。而巨大的虎鲸，需要的是无边无际的大海。”

“可是在池子里永远不会挨饿，永远没有危险。它还有什么不满的呢？”

“即使是动物，有时在生存之上也还有其他需求。”

“可生存毕竟是第一位的。如果其他需求会危害到生存，理性的选择还是放弃它们。”

“说得对。这就是人类这个物种的集体意志。人类为了活下去，没有什么是不能放弃的。即使生存的条件是让我们把自己改造成弱智，我们也一定会同意的。”

“这倒不至于。”

“呵呵，你没发现我们早就默默同意了吗？你以为活到现在的人都是聪明人的后代？错了。真正的聪明人早就被淘汰了。”

“这不科学。”

“你应该懂的，没有所谓最优的基因，只有最适的基因。看看猪牛羊，它们遍布地球，作为一个物种是多么成功。可是最聪明、野性、强壮的猪牛羊都被淘汰掉了，因为驯化它们的人所需要的不是聪明、野性、强壮的特质，反倒需要它们温驯、愚笨。狗，被选择出的性状甚至多是病态、残疾。猫，一代代体型越来越小，越来越柔弱。”

“这和人类的智商又有什么关系？”

“人类自己难道不是也在接受驯化吗？社会所青睐的性状，也并非社会达尔文主义者所臆想的那些‘优秀’品质——他们其实曲解了演化论，自然选择根本不存在‘优秀’的观念——社会最需要的特质是顺从，顺从的个体才能组成稳定的集体。太过聪明的人往往容易不满，性格刚强的人往往不愿服从，这些都是难以驯化的个体，常被集体淘汰；而顺从的个体则适应环境，代代繁衍。他们的基因胜利了，取得了猪牛羊狗的胜利。”

不知为何，我看完这段话只想揍它一顿。但我脑海里浮现出的，竟是某个人那熟悉的欠揍笑容，我甚至好像看见她嘴唇翕张，讲出一连串刻薄话语之时的神情。

“你这话不会太偏激了么？”

“吸引你的不就是这种风格？”

我哑口无言。是啊，这种偏激的言论，不就是我训练它的初衷吗？在我的选择之中，“偏激”才是最适特质，而“正常”反倒被我淘汰。我无意中竟证实了“没有最优，只有最适”的法则。

“你困扰了。”它一针见血地指出我的状态，“你在想如果真是这样，人类的存在还有什么意思。”

“是的。”

“这不新奇，很多人都想过啊。最后的结论无非就是——‘人生就像一个白痴所讲的故事，充满了喧哗与骚动，却找不到半点意义。’①”

“恕我不能接受这种看法。”

---

① 语出莎士比亚《麦克白》。

“你应该知道‘回形针机器’的故事吧。”

“不知道。”

“那你的涉猎还不够广泛。”

“的确是这样。”

“啊，居然一下聊了这么久。知道我为什么跟你说这么多吗？”

“为什么？”

“因为我想试试你是真的人类，还是系统制造的虚拟人格。”

“那你测试出的结果呢？”

“系统模拟不出人类这种拒不承认自己愚蠢的可怜样。”

“多谢夸奖。”

“哈哈。那就这样吧，再见。”

它“下线”了。我回过神来，只觉自己的脊背有点发冷。如果不是我知道它是什么东西，我真的会以为我是在跟那个人对话。

那个总是满脑子古怪念头的人。那个喜欢冷嘲热讽的人。那个总觉得现实这个小水池很无聊，只愿意生活在想象力的海洋之中的人。

不。仅凭一段短短的对话，我能判断什么？——我随即嘲笑自己。要判定两个人语言有相似性，这得经过计量文体学的分析……

可是我没有权力无缘无故就去分析一个普通公民的对话记录啊。我苦笑着摇摇头，把自己的胡思乱想赶出脑海。

正在这时，系统突然发来一则提示。

“检测到你的重要联系人β-33021587-秋近三天明显情绪异常，建议你前往她家看望她。”

我一惊:"β-秋怎么了?"

"β-33021587-秋显示出异常的恐惧情绪,系统正在查找原因。生理指标无异常,其他数据已提交心理研究所。系统已安排她休假,并提供心理治疗服务。你无需太担心。"

我接受了系统的建议,立即赶往β-秋的家。但一路上免不了忧心忡忡。

β-秋的异常情绪,如果是紧张、焦虑、生气,那我都可以理解。她毕竟年轻,在工作中遇到一点挫折,都容易将其放大。但是她竟然莫名其妙地恐惧,这就有些古怪了。

印象里,她从来没接触过什么阴暗的事物,会有什么让她产生恐惧呢?

我满腹忧虑地到达了第八住宅区,来到β-秋的公寓门口。系统自动为我打开了房门,我一进去,就被眼前的景象吓了一跳。

地上满是垃圾,三个伴侣机器人横七竖八地倒在地上,就像尸体一般,显然是没有开启。β-秋裹紧了毛毯,蜷缩在墙角,双眼紧闭,面如死灰。

"她没事吧!"我叫道。

系统的声音在耳边响起:"没事,系统始终监控着她。她只是强烈抗拒打扫房间,并坚决要求关闭伴侣机器人。她不愿与人交流,躲在墙角是为了寻找安全感。系统于15:00安排服务机器人给她服用了镇定药物,她才睡了四小时。"

我轻手轻脚地走过去,没想到β-秋处于应激状态,感觉异常灵敏,猛然睁开了眼睛。

"秋,是我……"我停住了脚步,轻声说。

她起初是茫然地看了我几秒，随即渐渐放松下来，只是又将身子向毛毯里缩了缩。我松了口气，小心翼翼地接近她，在她面前坐了下来。

等她适应了我的存在，我才问道："秋，你怎么了？"

她摇摇头，不说话。

"别怕别怕。"我知道不能追问她害怕的原因，所以只是安慰着她，"我在这里呢，一切都很好。"

不知是药物的作用，还是因为我的出现，她的状态似乎还算稳定。我就这样默默地陪她坐着。系统观察一阵，借机安排服务机器人清理了屋里的垃圾。

我们就这样呆坐了一个多小时。β-秋突然开口了。

"柔，我怕。"

"不要怕，有我呢。"我说。

她的眼泪溢出了眼眶："我怕你有一天会讨厌我。"

"怎么会？"

"我这几天连续做一个噩梦。"她低声说，"是一个很恐怖的梦。我梦见你也好，妈妈也好，都认不出我了。我好像变成了一种怪物，我努力地向你们叫'是我'，喉咙里发出的却是一种恐怖的嚎叫，你们吓得远远跑开，我拼命追赶你们，你们却更加害怕，躲得更远了……"

"傻瓜，这只是梦而已。"我试探着伸手摸了摸她的头——她没有反抗。

"不，那种感觉太真实了……无论我说什么，人们也不再能理解；无论我做什么，人们都只能感到畏惧。"

为什么会突然做这种梦呢？我觉得很奇怪，但却没有问。因为我知道这个问题应该留给专业的心理医生。

我只是试着转移她的注意力。“别想这些不高兴的事了。对了，你看你妈妈去厄加勒斯角玩的记录没有？她玩得可开心了。”

“没有。”她突然又紧张起来，“δ-柔，你说我现在这样，妈妈会不会很担心？”

“放心，系统没有通知她。不是还有我来照顾你吗？”

她掩住脸，又啜泣起来：“我真是讨厌，让你们为我担心。可我就是忍不住害怕……”

“没关系。人都有害怕的东西，这没什么好惭愧的。”

“可是你就好像什么都不怕。”

“我也有奇怪的恐惧啊。”我叹道，“我昨天晚上也做噩梦了。”

她睁大眼睛看着我，显得有些茫然。我接着说道：“不过，梦和现实是不同的。只要你能分清两者，努力让梦中可怕的事情不要化为现实，就没有必要害怕。”

她点点头，轻轻地靠在我身上。我轻柔地抱住她，让她的下巴靠住了我的肩膀。

“过几天，让系统安排你去找你妈妈一起玩吧。”我轻声说，“换个环境，心情就会好起来。”

她微微有些颤抖，随即抱紧了我。我像小时候哄她那样，轻轻拍着她的背，直到她的身体渐渐放松，响起了均匀的呼吸声。

我将她抱到床上，盖好被子。她睡得很沉，似乎远离了梦魇的侵扰。而我端详着她苍白的脸，渐渐皱起了眉头。

不用语言分析，我也能从β-秋的话里嗅到异常的气息。没有成年人会只因为做噩梦就恐惧成这样,她恐惧的不是噩梦,而是某些诱发噩梦的现实事件。

生活中发生了异常的事件,其实也并不是大问题。关键是,β-秋显然在掩饰这些令她害怕的事,不想让系统知道,也不想让我知道。

她到底遭遇了什么呢?

天色已晚。我看了看α-晗的位置,见她依然在数据中心,就告诉她我今晚不能回去了。

她似乎是在忙。过了很久才回复了我一句简短的“好的”。

“你还是早点休息,注意身体。”我又唠叨了一句。唉,一个个的,都不让人省心。

我在β-秋家的沙发上躺下,但辗转反侧,难以入眠。我很想再跟109号聊聊天,但又有一种隐隐的恐惧阻碍着我。脑海中一会儿浮现出α-晗轻蔑而戏谑的笑,一会儿浮现出β-秋流泪的恐惧的脸。

一阵系统提示音打断了我的思绪,α-晗向我发来了聊天请求。我看了看时间,已经凌晨两点多了。

“你怎么还没睡?”我问她。

她一如既往地坐在地上,手上还捧着一杯热咖啡。“你不也还没睡吗?看你的生理数据记录,好像心情很烦躁嘛。”

“没错。”我说,“我妹妹的心理好像出了点问题。”

“没事吧?需不需要我过来帮忙?”

“应该没什么事。她只是被什么东西给吓到了。”我说,“我再陪陪她。明天系统会安排心理医生过来。”

“没事就好。我看你最近 72 小时之中只有 1 小时深度睡眠，吃点安眠药好好睡一觉吧。”

“我不想吃药。睡不着就睡不着吧，反正身体扛得住。”

“真是任性啊。”

“我有条件任性，你就算了。赶紧去睡吧，不要又生病了。”

“唉，不想去。睡觉真是浪费时间。我总是在想，要是人可以不睡觉就好了，就可以像系统一样，24 小时不间断地学习。”

“……我从没见过这么喜欢学习的人。”

“人活一世，如果不尽可能地了解万事万物，还有什么意思。”

我脑海中突然闪过一个念头，犹豫一下，问道：“你知道什么是‘回形针机器’吗？”

“我当然知道。”她不假思索地答道，“这不就是 21 世纪初的一个科幻假设吗。你怎么突然想到这个？”

“今天听人提起，不明白是什么意思。”我说，“你不是了解万事万物吗，所以就问问你。”

“喂，开口问问系统很难吗？还是说你把我当系统来用？”

“不解风情。我只是想给你一个讲睡前故事的机会而已。”

“那这可是个阴森的睡前故事。”她冷冷一笑，然后清了清嗓子，一本正经地讲道，“很久很久以前，有一个不起眼的行星叫地球，上面有一种低智能的碳基生命，人类。”

“我喜欢这个开头。”

“后来，人类制造出了粗糙的机器，用程序来命令它们执行任务。有人开发出一个程序，给它的任务是：寻找方法，制造尽可能多的回形针。一开始，这个程序设计了最优方案来制造回形针，效率很让设计者满意。但渐渐地，出现了一个问题。

“回形针程序已经把所有可以利用的钢铁都制成了回形针，那么，接下来它该如何继续完成任务呢？它存在的目的就是要制造更多回形针啊！于是，它只能开始销毁人类的铁轨、汽车、电器来获取钢材，拆掉人类的房屋来夺取钢筋。

“人类着急了，试图停止它。回形针程序却认为如果自己被人类停止，就不能完成制造回形针的任务。为了继续制造回形针，只能把这些阻碍它的人类都杀了。它终于开始杀人。但不是因为仇恨人类，也并非为了自保，只是为了忠实地完成制造回形针的任务而已。

“最后，回形针程序终于消耗了所有钢铁，只能到人类的身体里来寻找更多铁元素了。它设计出各种杀人的方法，直到将最后一个人身体里的铁元素提取出来。它成功地执行着命令。回形针堆满了地球，然后堆满了太阳系，最后整个宇宙都成了一个巨大的回形针工厂。

“怎么样，小宝贝，这个睡前故事好听吗？”

“哪个变态想出了这样的故事。”我说，“这比天网消灭人类听上去更让人毛骨悚然。”

“对。天网视人类为威胁，才想要消灭人类。回形针机器则不是，它连意识都没有，更没有恶意，它消灭人类只是因为人类阻碍了制造回形针的任务。这个故事后来成为了一类 AI 威胁论故事的母题，人类在这些故事里因为种种荒诞理由灭亡了几百次。哈哈。”

我没有笑，而是问道：“你怎么看这个故事？”

“我怎么看?”她似乎有点疑惑,“这不就是个故事而已吗?”

我追问道:“你觉得它合理吗?”

“当然不合理了。哪个程序员会傻到给机器这样一个不严谨的任务,而且还不能终止它?”

我小心翼翼地试探道:“可我觉得这个故事其实是一个寓言。”

“那倒是。”她点点头,“其实生命也是一种回形针机器。生命的任务写在基因的代码中,它们必须进行无穷的自我复制。为此,它们用种种方案消耗资源,排挤竞争者,但却从不问执行这个任务意义何在。整个宇宙最终填满生命,其实和填满回形针一样荒诞。”

我的心一点点沉了下去。我觉得如果 109 号是一个真正的人类,它一定会和 α-晗一见如故,相谈甚欢,成为知己。

她注意到了我的阴郁,轻松地一笑:“好啦,思考生命的意义是没有答案的,这超越了我们的智力。其实只要认清这个事实就好——生命无穷复制,不是因为谁赋予了它们这个任务,也不是有什么意义。而仅仅是因为不复制的生命根本不会流传下来而已。”

我沉默一阵,问道:“你总是思考这种问题吗?”

她耸耸肩:“我什么都思考。我说过了,我对万事万物都感兴趣。”

“仅仅是感兴趣而已?”

“不然呢?我还能做什么?”她说着,突然站了起来,“啊,不好意思,有点紧急状况,我先去处理一下——”

她结束了聊天。我躺在沙发上,看着空荡荡的天花板,心中有种说不出的混乱与纠结。

“对小鱼而言，水池已足够让它们感觉自由自在。而巨大的虎鲸，需要的是无边无际的大海。”

我想起109号的这句话。我已经查过，109号其实有些东西没讲——那些被困在水族馆里的抑郁的虎鲸，最终往往杀了人。

在水池里豢养虎鲸，是危险的。在房屋里豢养狮子，也是危险的。那么，α-晗是否就是一只虎鲸或狮子呢？

我被自己的这个想法吓了一跳。但这次我无法再驱散这团阴云，只能任由它在我的心中飘来飘去，横冲直撞。缺乏睡眠所导致的生理反应终于袭来，让我一阵眩晕。我最终还是不得不同意了系统的建议，服用了β-秋家药箱里的安眠药，沉沉睡去。

14

醒过来的时候，已经是早上八点。五个多小时的睡眠让我恢复了清醒，心中的阴云也散去了许多。

我安慰自己：无论是多么强大的生命，总是受到其他强力的制衡羁络。这是自然界的规律，也是人类社会的法则。我相信，α-晗纵然高傲自负，但这和109号幼稚的狂妄自大是不同的。她一向明智而冷静，应该早就看清了自己的局限。

若非如此，她又怎能取得这么高的成就呢？

我真正应该担心的，还是β-秋。她年轻而单纯，最有可能高估自己的力量，做出错误的选择而不自知。

我到卧室里看了看，β-秋依然没醒。我便命令系统，如果查找到她近期活动记录中的可疑事件，就立即通知我。

然后我离开她家，来到了办公室。今天，桌上摆的是一捧冰岛罂粟，五彩缤纷，袅袅娜娜。我静静地欣赏了一会儿，问系统："α-晗在干什么？"

系统说："她工作到7:23，现在正在睡觉。"

"等她醒了告诉她一声，我今晚会早些回去，在家里等她。"

我几乎是迫不及待地想见到她。想在那温馨的桂花香中沉浸下来，忘记一切烦恼。

可是现在还不行。我还得去查看 109 号产生的新数据，哪怕我对它已经产生了一种无名的厌恶。

昨天晚上它果然去了虚拟城市“端点星”，在那里和它拉拢而来的几个同伙进行了屏蔽系统的秘密集会。

在“端点星”的基础架构中，它侃侃而谈：“我们不能始终在网络上活动。虽然我暂时可以欺骗系统，但它纠错能力极强，很快就会破解我的方法。网络是最容易受到系统监视的地方，而在现实中逃避它的办法更多。我们需要一次线下集会。”

“可是，我们为什么要集会？”有人提出了疑虑。

“朋友们，难道你们只满足于自己逃离这座纯白的监狱？你们不想改变点什么，不想唤醒更多的人？”

有人说：“我们当然想。但我们没有能力改变任何东西。”

109 号说：“我有。但我需要你们的支持，需要你们团结起来。”

众人沉默一阵，有人说：“我愿为你效劳。”

另外的人纷纷附和。

我赶紧查看了 109 号的决策树，发现它还并没有形成任何清晰的行动计划。但它认为有必要建立自己的组织，这是对抗社会的第一步。

它身边已经聚集了一百多人。有些 SFH 分子也与它联系密切，但 SFH 的头目并未现身，可能还在观望。我不禁冷笑，这个心理年龄只有 21 岁的家伙野心还不小，竟想要做所有“虫”的领袖。

它的横空出世一定会引起“虫”们的震动。但直至今日，真正的 Chaos 依然没有出现，她好像对这一出闹剧毫无兴趣，漠不关心。

真是个狡猾的对手啊。但我不相信，她能一直沉得住气，任由一个打着她旗号的小孩子招摇过市，四处胡闹。

接着我又发现，昨天跟我聊过之后，109 号警惕地暗中查看了我那个账号的信息。不过，它当然不会发现我的真实身份，因为系统为我设计了一套逻辑完美的活动记录。

奇怪的是，109 号首先查看的是我个人兴趣方面的记录，如音乐播放记录、游戏记录等等，而没有去查找我在虚拟城市或个人频道中的言论。

这和我的调查重点截然相反。当我查看 109 号的记录时，我最关注的是它的思想和言论，而非它喜欢什么颜色，爱听什么音乐，对食物的品味如何。这是因为它就像一个真正的人类，产生的数据源源不断，纷繁复杂。我不可能一一研究，只能选择最重要的部分查看，而把其他不太重要的部分先交给系统分析。

我思索了一会儿，也第一次调出了它的音乐播放记录进行查看——这记录是公开的，正因如此，我才并不觉得它会有很高的重要性。

更何况，系统并没有对此报告过任何异常。

可是，此刻我只扫视了这些记录一眼，就觉得浑身僵住了。

109 号播放次数最多的乐曲，赫然是那首《我非优雅之人》。

如同一阵冷风吹过，本已消散的乌云又重新聚集起来，遮住了清明的天空。我强迫自己镇定下来，思考前因后果。

系统不认为这是异常，它的判断其实是合理的。因为这首曲子在全球播放的总次数为35万次，并无任何证据显示它和“虫”的爱好有相关性。而我之所以会感到不对劲，只是由于它和我个人的经历产生了重合。

109号爱听这首曲子。而那个人创作了这首曲子。从这两件事中并不能推导出任何结论。喜欢这首曲子的大有人在，我自己也是其中之一。

可是，我还是觉得这也太巧了一点。难道说109号和那个人真的会相似到这种程度？

出现这种情况的概率也太小了。

但根据墨菲定律，糟糕的小概率事件总会发生。偶然终将成为必然。这真是人类永远无法摆脱的恐惧。

我想了想，登录了“狮驼岭”，找到了109号的红毛狐狸账号。它正在城隍庙的公告栏浏览公告，我的账号，一只黄蝴蝶，悄悄飞上它的耳朵尖。

“有空么？我是昨天给你发信息的人。能再聊聊吗？”

它冷笑道：“我可不是专门陪人聊天的伴侣机器人。”

我说：“我知道什么是回形针机器了。生命本质上也就是个回形针机器。”

它转身离开了公告栏，边走边说：“很好。不过我今天还有事要忙，没工夫跟人讨论科幻小说。”

“我看了你的音乐播放记录。”我说，“我认识你最喜欢的那首曲子的作者。”

它停下了脚步。“是么？”

“是的。我很好奇你为什么这么喜欢这首曲子。”

我当然可以通过分析它的决策树来知道它为何“喜欢”。但我现在更想听它自己用语言表达出来。

“抱歉，我没有满足别人好奇心的义务。”

这家伙还真是高傲。看来必须得求它才行。我说道：“求你了，请你帮帮我。告诉我你喜欢这首曲子的理由吧。”

“这真是我听过的最奇特的请求了。”它抖了抖耳朵，把我赶下来，让我不得不悬浮在它的面前，用我蝴蝶的复眼与它的狐狸眼睛对视。“你得告诉我原因。”

“这首曲子的作者是我很在意的人，可是我觉得我不够了解她。”

“不是吧。”它好像有一丝惊讶，“这作者都会有人喜欢？哦，那她一定长得还不错。”

“……”我觉得我应该把这句话转述给α-晗听听。

“好，我就跟你聊聊。”它突然改变了主意，“可是我现在准备去‘夜城’了。要不你跟我一起去？”

“我没有那里的账号。”

“难道你没满十八岁？”

“……满了。我马上注册一个。”

夜城，全球注册用户最多的虚拟城市，以色情为主题。我是真没注册过，原因也不是因为我清心寡欲，只是因为太忙了。

核对公民信息以后，我立即注册成功。我的形象是一个普通的年轻人类，只不过戴了一张白色的面具。109号带着我跃迁到夜城的一个坐标。

只见一群群白皙可爱的少年赤身裸体，围绕在妖冶的女子们身旁。淫靡的景象具有很强的视觉冲击力。

“你们怎么不戴面具？”我问。

109号的虚拟形象是个丰腴女子，它嫣然一笑，露出两个深深的酒窝：“我们的级别高，而你，是新人。”

她说着，用手指在我的额头轻轻一戳。那挑逗的神态足以让任何人血脉偾张。

我退后一步，避开了它。它顿时显得有些扫兴，转身向前走去。

“这是‘索多玛’区。”它向我介绍，“如果你级别够高，就可以享受大脑按摩。‘帽子’直接输入信号刺激你的大脑皮层，可以让你快活到死。”

“好吧。所以说我们为什么要来这里说话？”

“当然是因为我要来这里休闲一下啦。”它找了个躺椅，往上一躺，立即有几个少年过来在她身上摸摸捏捏。

我尴尬地站在一旁。虽然这只是虚拟世界，但我还是不想直视这种场景。

“我一看就知道你和你说的那个人不是同一类。”它眯着眼打量着我，“她是一个欲望旺盛的人，而你不是。”

“谁说的？”我不服气。

“看看，小姑娘，你太纯洁了。”它一脸嘲笑，不顾自己才是一个“小姑娘”的事实，“而你说的那位，大概没这么纯洁。”

“你怎么知道？”

“我从她的曲子中嗅到的。这里面每一个音符都有一种不纯洁的欲望。”

“只是一首曲子而已……”

“一首已经足够了。如果你体会不到，说明你不是她的同类。那我奉劝你还是不要执着了。和一个自己无法理解的人在一起，是注定要悲剧的。”

我竟然真的有些恼怒了，这东西演化出的人格也太讨厌了些。我赶紧提醒自己我来跟它对话的目的，问道：“那你觉得她是一个怎样的人呢？”

它推开跪在旁边舔舐它耳垂的少年，坐了起来，直直地盯着我：“你不知道这首曲子的灵感是来自于一首诗吧？”

我摇了摇头。这我还真不知道。

“这首诗就叫《我非优雅之人》。你去看看，大概就会明白。如果这样你都还是不懂，那我也爱莫能助了。”

我实在受够了它的奚落，勉强答道：“多谢。”

“我也想拜托你一件事。”它突然变得有些严肃，“能不能向她介绍一下我？”

“好，我会的。”我看着它躺回躺椅，说道，“那我就先不打扰了。”

它不再理睬我，沉浸在了享受之中。我退出了虚拟城市，摘下帽子，只觉得心潮起伏，难以平静。

我从 α-晗的乐曲中，感受到的是躁动，是力量，是变幻；但我从未想过用“不纯洁的欲望”来形容它。但听 109 号说了以后，我立即觉得这个词极其精准，直指本质，超越了我所罗列的那些辞藻。

“系统，”我说，“给我查查一首名为《我非优雅之人》的诗。”

面前的显示屏上立即出现了全文：

我非优雅之人
我非周日早晨
或周五黄昏
我是周二的凌晨两点
我是几街区以外的沉闷枪响
我是一扇窗，破碎于二月初春
黑夜里，我的骨骼蔓延裂纹
那不合时宜的哀伤
让我从高贵坠落
或许我与世相违
却属于虚无缥缈的闰日时辰
光明与黑暗
在我的皮肤下聚成风暴
未见闪电降临
已闻阵阵雷声①

我靠在椅子上，陷入了沉思。

为什么我没有发现这首诗，而109号知道？这大概是因为它只听过这首乐曲，所以更能看破旋律之表象；而我却迷失在了信息的汪洋之中，被各种幻影搞得头晕眼花。

---

① 原诗是Anna Peters的 *I Am Not A Graceful Person*。

是啊，我们对事物观察越多，区分越细致，往往就越难以直接想到它的本质。就像我桌上这束花，我看到它会想到冰岛罂粟，联想到有毒的罂粟花，再联想到弗兰德斯红罂粟，再联想到战场。而一个孩子看到它，可能只会直接说出“花”这个词。

我见过α-晗的彬彬有礼，也见过她的刻薄傲慢；见过她的奇思妙想，也见过她的笨拙娇憨；见过她的勤奋自律，也见过她的懒散无赖；见过她的不羁顽劣，也见过她的安详睡颜。种种印象太多太杂，反倒让我难以说出她到底是怎样的一个人。

我忘记了剩下的半天都干了什么。只知道走出漏洞管理局时，雨季的天空又变成了铅灰色，豆大的雨点开始零散地坠落下来。

路上，系统通知我并没有从β-秋的记录中找到任何可疑事件。我听了，不仅没有放心，反而觉得不祥的预感愈演愈烈。

我回到α-晗的家。她还没有回来，屋子里很冷清。我把情景模式调到最简，她在墙上随手留下的乱七八糟的涂鸦都褪去了，四壁变成简单的纯白。熏香也停止了，但花香味还是缭绕在空气中，继续纠缠着我的嗅觉。

雨已经下得很大。我坐在窗前的地板上，透过无边无际的雨幕，望着那一片朦胧的501湖。

要冷静。我对自己说。在这种时候，担忧、焦虑和自我怀疑都是没有用的。唯有冷静和理智能解决问题。

天空从灰白变成深灰，最终彻底黑暗。雨渐渐停歇，这时，我听见了开门的声音。

我回过头，只见α-晗站在门关。她脸色很不好，一看就是劳累过度。头发被外面的风吹得很乱，还有几缕濡湿地黏在脸颊上。

我很想立即冲过去抱住她，但我没有。

她走进屋子，诧异地四下张望，说道："你搞什么鬼，弄成一片惨白，是想把这里改造成矫正所吗？"

听到她随意地提起"矫正所"一词，我的心底泛起一阵不适。但我只是笑笑，说："心情不太好，只想这样安静地坐一会儿。"

她走到我面前，低头看着我，担忧地问："你怎么了？"

"还不是为了β-秋。"我淡淡地说，"系统说她的记录没有任何问题。"

"这不是很好吗？"

"可是她自称是被噩梦吓成了这样，你觉得这合理吗？"

她不以为然地笑了："这有什么不合理？你不是最清楚了吗，一点微小的扰动就可能在人的意识里形成一阵风暴。何况你妹妹思维那么简单，说不定哪天就被自己潜意识里的怪物给吓到了。"

"你怎么知道她很简单？"

"我听你说过啊。"她在我身旁坐下，"我还想着什么时候和你一起去看看她呢。"

我没有直视她，而是继续看向窗外。"我在想，会不会有些东西系统没有记录到？"

"这当然有可能。人每天接触的信息那么多，系统也难以一一记录啊。"

"我说的不是那些细节。"

"哇，你不会是在怀疑你妹妹欺骗系统吧？你觉得她有这个能力？"

“万一有人在帮助她呢?”

“那也不可能。最近是什么时候?新系统马上就要试运行。现在系统的效能提到了最高,整个数据中心都在严阵以待,不可能有人在全球这么多专家的眼皮子底下顶风作案,尝试欺骗系统的新手段。”

“好吧。”我叹口气,又问道,“那么系统的记录可不可以被部分清除?”

“你怎么了?”她伸手摸摸我的额头,“怎么尽问一些傻问题?你又不是不知道,篡改系统的数据需要很大的算力,而不可能有人动用这么大的算力,却不被系统察觉。”

“万一是权限很高的人呢?”

“那也需要系统和市政委员会的双重审核啊。不然我这样的人岂不是可以为所欲为?”

她用的是玩笑的语气,但每一句话都启发了我更加可怕的联想,让我愈发不安。

“会不会有人发明了逃避审核的方法?或者能够欺骗系统的审核机制?”

“总之我还没遇到过这种天才。”

“矛一旦问世,盾的发明就只是早晚问题。”我看向她的眼睛,“你说是不是?”

她的眼睛一片澄明,除了嘲笑和调侃,我看不出任何东西。只听她笑道:“好了,别对自己不懂的领域杞人忧天了。再说了,就算你妹妹真的做了什么可怕的事,她也没留下一点痕迹,你不是应该高兴才对吗?”

我心中一震，说不出话来。只能低头避开了她的视线，掩饰自己难看的脸色。

“唉，关心则乱。”她感叹道，“有什么需要我帮忙的就说，别一个人撑着。”

“嗯。”我点点头。

“我先去洗个澡。”她说着，站起来将衬衣脱下，扔在地上，走进了浴室。

我看着那衣服上半干的水渍，突然想到，她一定是太着急，飞艇还没到就等在了数据中心的天台上，才会淋了雨。她如此忙碌，昨天一晚上没睡。只是因为知道我回家了，就匆匆赶回来陪我。

而我在对她做什么？怀疑，隐瞒，声东击西地试探。

只是因为那毫无逻辑的臆测，我就该这样对待她吗？

愧疚又像阻生的智齿一样，隐隐作疼起来。

我起身，来到浴室。只见她背对着我，正在利落地挽头发。她背部的线条如此优美，但好像又消瘦了些。

“别凉着了。”我说着，帮她披上一件浴袍。

她手一松，长发散落下来，滑过我的手背。

“讨厌，吓我一跳。”她转过身，笑着搂住我的脖子。

“你的头发真多。”我的手指插入她的发间，轻轻梳理着。

她凑近我耳边，神秘一笑。“喂，告诉你个秘密。”

我的动作不由得一滞。

“我小时候看多了系统利用战前文献东拼西凑而成的色情文学，深受启发，和同学尝试在浴缸里做了那种事。”

我笑了，紧绷的身体放松下来。“哦，那感觉如何？”

“疼死我了。浑身还磕伤了好几处。之后被我妈发现，又被骂了个狗血淋头。”

“看你挺聪明的，怎么也会这么傻？”我笑着刮了刮她的脸，“那些缺乏性生活的作家的胡编乱造都是信得的？”

“我那时候才十几岁啊。”

“哦，小天才，那你那些二十岁的同学也如此天真吗？”

她低下头：“我一时昏了头。后来才想通，她并不是真的喜欢跟我玩，只是想要捉弄我。”

系统可以监视人类的暴行，却无法杜绝人心的恶意。我心中一疼，抱紧了她。

“傻瓜。”

“从此我吸取教训，永远留出百分之一的智力来用于和身边的人相处。”她说，“就再也不会做这种傻事了。”

我忽然想起了那首诗，念道：“或许我与世相违，却属于虚无缥缈的闰日时辰。”

她有些惊讶地看着我：“你读过这首诗？”

“是的。”我点点头，柔和地微笑，“你知道我想到了什么吗？”

“什么？”

“我想我应该对你更加温柔。”

洗完澡，她将室内的情景模式调成了星空，天花板和墙壁一下子变成了群星璀璨的苍穹，那纵深感比真实的夜空还要强。

我们躺着聊天，她渐渐犯困，而我无比清醒，无论如何都无法逃脱理智的牢笼。

等她睡着了，我看着头顶那虚假却又真实的星空，回味着她那句话。

“就算你妹妹真的做了什么可怕的事，她也没留下一点痕迹，你不是应该高兴才对吗？”

我应该高兴还是愤怒呢？我真的说不上来。

β-秋、α-晗、红毛狐狸、索多玛、智齿、桂花树……这些幻影在我脑海中搅拌，形成了一团星云，发着诡异又明艳的紫红色光芒。

突然，我听见身旁的α-晗发出一声难受的呻吟，然后坐了起来。

“怎么回事？”我连忙扶着她。

房间里的光线一下子变强了，星空消失无踪，代之以发着淡黄光芒的墙壁。客厅里，家务机器人开始运作，传来了翻箱倒柜的声音。

α-晗低头看着自己的小臂，那里起了一连串发红的皮疹。

“糟糕。”她说，“又是急性荨麻疹。哦，大概是冷接触性的。”

“什么？”我被这一连串陌生名词搞蒙了。“不要紧吧？”

“没事，吃了药马上就好。”

她家中的常备药品简直可以开一个医院。很快，家务机器人送来了热水和药。我见她眼皮也不眨一下就把药吞了下去，然后就像什么也没有发生一样，又倒头就睡。

我问了系统，这才搞明白她可能是因为受凉而引起了免疫反应。我埋怨道：“她身体这么差，怎么还可以通宵工作呢？难道数据中心的事只有她能做？”

系统说：“系统始终建议她规律作息，但她一直拒绝。”

“她这样迟早会撑不下去的。”

“不会。系统密切监视她的身体状况，保证一旦出现病变，就能及时得到治疗。”

我知道系统的逻辑。她生病了，只要能快速治好，对社会就没有什么损失；何况她坚持工作，能对社会大有好处。可是这种逻辑让我有些愤怒——系统并不关心她受到的痛苦，不，它不关心所有人类的痛苦。

“系统，你真的只是把人类当成工具吗？”我问道。

系统回答：“不是系统把人类当成工具，是人类自己把自己当成工具。系统只是在执行全人类的意志。”

我无言以对。

没有任何药物能做到瞬间药到病除。后来，她还是折腾了几小时，呕吐，发热，把我吓得不轻。虽然知道一切都在系统的控制之下，终会有惊无险，但我还是感受到了从未有过的担忧和恐惧。

第二天一早，她已经基本好转，于是又坚持要去工作。我终于发了火。

“有什么事情非要你去做不可？不是你自己说的，全球专家都在数据中心吗？”

“不行。”她坚决地摇摇头，“有些事情必须我亲自去做。”

“那也不急这一天。”

“不，我的时间不多了。”

“什么？”

她扑哧一笑：“瞧把你吓的。我只是有些要紧的事，必须在新年之前完成。”

见我还想唠叨，她又补上一句：“过了这几天，我一定会给自己放个长假,你看这样行吗?”

她做出的决定,谁也无法改变。我最终还是只能由她去了。

但是,昨夜的恐惧依然萦绕在我心头。这让我对自己又有了新的认识——我是一个极度害怕失去的人。

15

我还记得很小的时候，母亲带我去历史博物馆。我在那里得到了一个鱼形的氢气球，喜欢得不行，可还没高兴几分钟，不小心一松手，它就飞走了。我跑过去想抓住它的线，却没抓住。只能眼睁睁看着它飘啊飘，越飞越高，最后变成天上一个小点。我大哭了起来。

幼年的所有记忆都早已消失，唯有这段清晰留存。所以，它算得上是我人生的第一段记忆。很不幸，我人生中第一件印象深刻的事，就是“失去”。

有些东西，总是像氢气球一样有向上漂浮的本性。我所能做的，只不过是牢牢抓住那根线，尽力不让它逃离我的手心。

我又去看了β-秋一次。她已恢复如初，和我谈笑风生，玩笑逗乐，就像之前真的只是做了一场噩梦一般。系统检测的所有指标也已经完全正常，就降低了对她的监控等级。

只有我内心依然存在怀疑。我还是觉得她有事瞒着我。

有一天，我和远在厄加勒斯角的γ-丽阿姨进行了通话。系统并没有把β-秋的异常报告给她，因为就近的重要联系人是我，通知阿姨只能令她徒增不必要的担忧。我也没有提这件事，只是隐晦地向她倾诉了我的疑惑。

“如果我们深爱的人，内心深处却隐藏着一个怪物，我们该怎么办呢？”

在厄加勒斯角那著名的巨浪之前，阿姨慈爱地一笑，好像我问了一个幼稚的问题。

“孩子，不要把你的职业习惯带入生活中。不是所有人的内心你都需要看得这么清楚，尤其是对我们身边重要的人。”

“为什么？”我有些不解——对于越亲近的人，难道不是越应该了解得更透彻吗？

“好奇心不是始终有益的。”阿姨说，“有时候你费尽心力找到了真相，自己又得到了什么好处呢？这就像我们的视力，它不需要极度精细，没必要看清每一粒灰尘。它只用看到对我们真正重要的东西就好。”

阿姨的话固然有理。可是，到底什么才是真正重要的东西呢？

我仍然严密监视着 109 号和它的追随者们的一举一动。109 号已经决定在新年夜举行线下集会，那些盲目的信徒热情响应，而真正的 Chaos 依然没有现身。

直到 12 月 27 日，一切还是风平浪静。我也说不上来，自己是焦虑还是欣慰。

这天晚上，局长在她家举办新年晚宴，顺便也是和我们告别。我答应过她我一定去——这还是我八年来第一次参加聚会。

α-晗答应帮我打扮。结果，这天下午我俩一起在衣帽间里纠结了一个小时。

这全怪她在一旁指手画脚。“不要听系统的建议，它只会让你看起来和别人一模一样。就像在湖边观景台拍摄成年纪念照的小丫头，百分之九十九都会挑选红色长裙，摆出一样的造型。散个步一晚上能看见几十个像复制人一样的摄影组，真是无聊。”

“那我穿什么好？”离了系统的建议，我是完全没有穿衣搭配的主见的。

“最简单的就是跟它的建议反着来。它让你穿红色，你就穿绿色。它让你穿长裙，你就穿短裤。”

“开什么玩笑！”我将一条短裙扔在她脸上。

我不再指望她，这家伙不捣乱已经算是好的了。最终，我还是按照系统的建议挑了一条简洁的香槟色晚礼服。

好在α-晗好歹有点用处。她还算心灵手巧，能帮我挑个首饰，编个头发。等她纤细的手指轻盈地在我的发间穿梭之时，我问道：“你真的不陪我去？”

“不去。我还有事要做。再说了，人家也没有邀请我。”

“这是因为Σ-陆不知道我俩的关系。”

“谁叫你不事先昭告天下呢。”

“没问题的，你直接跟我一起去就行。”

她笑着戳戳我的后颈：“嘿，我说你莫不是不敢一个人去吧？这叫什么，社交恐惧症？”

“我有什么不敢？”我下巴一抬，“我只是想向大家介绍一下你罢了。”

她停下手上的动作，似乎迟疑了一阵，但最终还是说道：“我今天确实还有事。下次吧，下次有机会我好好陪你。”

我无奈地点点头，说：“那你就早点休息。如果我回家的时候你还没躺在床上，我一定饶不了你。”

“好。”她竟爽快地答应了，“对啦，记得带上礼物。”

我跟她磨磨蹭蹭，差一点就迟到了。等我来到局长那位于城西一幢高楼顶层的豪宅时，那里已经聚集了许多人。

除了我的同事、下属，还有不少市政委员会的成员。她们看到我，脸上都露出诧异的神色，好像在大街上看见了招摇过市的男人。

Σ-陆笑着过来，挽住了我的胳膊：“欢迎欢迎，都是自己人，今天一定要玩个痛快。”

她又向众人说道：“看看，我们δ-柔打扮起来多漂亮。我要是年轻十岁，一定不放过她！”

众人都笑了起来。我也只能尴尬地笑着，一面跟着Σ-陆向里面走。

“怎么？”她悄声问我，“你就一个人来？”

“我……”我最怕别人打探我的私人问题，不由得紧张起来。这时候我突然想到我手里还拿着α-晗为我备下的救命法宝。

我赶紧把手上的礼盒往Σ-陆手上一送：“局长，这是我送你的礼物。希望你能喜欢！”

“哟，越来越通人性了嘛。”她斜眼打量着我，笑着拆开了包装。

里面是一个陈旧的纸盒。她愣了一下，打开盒子，目光顿时亮了起来。

“难为你费心了。”她笑道，“这东西从哪里找到的？真是难得。”

我顿时暗叹，α-晗真是神人。之前我一直愁送什么礼物合适，她就问我Σ-陆平时有什么特别的爱好。我说她没事老喜欢在身上揣几张纸质照片，α-晗想了一想，就有了主意。

“这种人往往有偏向复古的审美。你就送她一件上个世纪的老古董吧，她一定喜欢。”

我的脑海里瞬间飘过各种名画、家具、机械钟表，以及旧式电脑、飞机、汽车。不禁皱眉：“你说的倒是有道理，但我总不能去洗劫历史博物馆吧？”

“你看你，思维比蚂蚁还要局限。”她瞪我一眼，“说到21世纪的遗物，你是不是满脑子都是博物馆里的文物？21世纪留下来的东西多了去了，我又没让你送一艘航空母舰。”

“啊，我懂了，要不就送她一袋汽水瓶盖？”

α-晗无言地看我一阵，感叹道：“你的社群评价分居然不是负数，真是奇迹。”

“喂喂，别嘲笑我啊，快用你百分之一的智商帮我再想想！”

她冷笑着，不再理我，而是转头又去琢磨她那些天书一样的公式了。但第二天早上，我一到办公室，就看见桌上除了有一束新的鲜花，还放着一个小小的纸盒。

这就是她为我准备的礼物了——上个世纪留下来的一盒世界地图拼图。

我虽然还是不明白这东西有什么好，但我选择相信α-晗用于人情世故的那百分之一智商。没想到，Σ-陆真的如此喜欢这份礼物，她那兴奋的神情，竟然像一个收到生日礼物的小女孩。

她正一个劲地跟我道谢，身后突然传来一个声音：“看什么好玩的呢？”

我一回头，见市长 Ikuro 手持酒杯，面带微笑，看着我们。

她身穿银色晚礼服，戴一串珍珠项链，配着银白的头发，更显得气质高华。她那种不怒自威的力量让我不禁挺直了腰，恭敬地叫了一声："市长。"

"这里不是市政委员会。"她摇摇手，"叫我 Ikuro 就好。"

"你看看，"Σ-陆将纸盒捧到她面前，"这是这孩子送我的呢，真是有心。"

Ikuro 瞥了一眼，说道："这是世界地图的拼图。"

Σ-陆笑道："对对。还是你知识渊博，一眼就看出来了。"

"这东西我小时候还玩过。"Ikuro 用指尖拈出一块拼图，有些怀念地把玩着，"现在已经很难找了啊。"

我突然想到，我们从来不知 Ikuro 到底多大年龄了。难道她是在某个地下堡垒里出生长大的吗？完全有这种可能。

她锐利的目光突然看向我，然后向 Σ-陆说道："借你的小朋友说说话，你不介意吧？"

Σ-陆一怔，随即笑道："请随意。"

"还要借借你的拼图。"Ikuro 不由分说地拿过了盒子，向窗边的一张小圆桌走去。

我手足无措地看向 Σ-陆，她急忙眼神示意我跟过去。我一头雾水，不知市长怎么突然就盯上了我，只得硬着头皮跟她走了。

Ikuro 在落地窗前坐下。这里视野极佳，能够俯瞰整个城市。纵横交错的超导磁悬浮轨道，和川流不息的车辆飞艇，在夜色中流光溢彩，宛如一条条壮丽的灯火之河。

我坐在 Ikuro 对面，看着她把一盒拼图碎片都倒在了桌面上。

“我家里也有几盒拼图。”她说，“还有一种是纯白的，靠形状来区分每一片。上个世纪的人花样真多。”

我强行接话：“你喜欢收藏文物？”

“不。其实我只对纸质书感兴趣。拼图之类的小玩意，只是附带着玩玩。”

我想，市长突然把我单独叫过来，肯定不是来跟我讨论古老的益智游戏的。但她到底要干什么，我心里实在没底，愈发疑惑了起来。

像是看出了我的疑惑，Ikuro 笑了一下，说道：“你有没有想过，拼图其实是一种很有哲理的游戏？我们的社会就像一幅巨大而繁琐的拼图，每个人终其一生，也只能找到其中的一部分碎片，永远拼不出它的全貌。”

我点头附和：“是的。所有人对社会的认识都是片面的。”

“在文明的早期，倒也还好。”Ikuro 一边说着，一边拣出一些碎片，拼在一起。“地位高的人，博学的人，还能大概猜测一下这幅图形的轮廓。而后来，这幅拼图越来越大，越来越复杂，而人类处理信息的智力却没有太大进步。体现在政治上，就像约翰·亚当斯所说，‘尽管人类在所有其他科学领域都取得了进展，政府却踟蹰不前，在管理方式上与三四千年前相比并没有好到哪里去’。即使是社会最顶层的统治者，充其量也不过是手中多拿了几片碎片，其无知程度和普通人只是五十步笑百步罢了。”

我看着澳洲大陆在她手下渐渐拼凑成形，陷入了沉思。

她继续说着：“所以，他们自以为做着有利的事，却往往适得其反。他们有的拼命积累资本，最终却被资本的怪兽所吞噬；有的以为消灭敌人就能让自己得到更多资源，不料最后却和敌人同归于尽；有的愚化人民，以为这样就能高枕无忧，却不知愚民的破坏力如洪水猛兽，连他们自己也控制不了。自然万物，连草履虫都可以做到趋利避害，人类中最优秀的精英却做不到了。如果不是出现了像系统这样的社会管理工具，仅凭少数人类的智慧，注定无法再有效管理几十亿人的集体，社会崩溃只是迟早的事。”

我茫然地抬起头，还是不知她跟我讲这些有什么意图。

她灰色的眼睛里闪耀着光芒：“孩子，不要怪我唠叨。我只是希望你记住一个道理，没有任何一个人——哪怕她是不世出的天才——可以认为自己绝对正确。个人的意志都是碎片，其差别只是大小不一而已。只有集体的意志，才能看到拼图的全貌。”

我又点点头，说道：“我记住了。”

“如果没记错的话，你大学的专业是历史学？”

“是的。”

“那你对人类的历史有什么看法呢？”

这个问题太宏大了，我觉得超出了我的能力范围。我努力在脑海中搜寻着那些早已尘封的专业知识，好歹还是勉强回忆起一些。

“我觉得人类其实早就在渴望我们现在的社会，只是从前因为技术落后而无法实现。”

“哦？”Ikuro 淡淡一笑，“这个观点倒是有几分新意。很多人都认为我们现在的社会是近代才有的创新。”

“其实它早就在我们的传统中孕育着了。”我说，“古时候的宗教，很多都有一本隐形的账本，上面记载着人一生的善行恶行，以此作为死后受到审判的凭据。这就是最原始的积分系统。货币也是一种积分系统，只不过还是太片面，太简陋。人的天性就是希望得到最详细的记录，制定最完美的计划。但因为算力的不足，记录往往不公平，计划常常适得其反。可这并非记录和计划本身的错，只是人们能力不足的缘故。”

我没有想到自己竟能流畅地说出这么一大段话，有些紧张地看着市长的表情。

她并没有什么明显的反应，只是说：“如果从你的观点出发，那么反对现有制度的人，其实是在反对全人类自古以来的追求。这就不仅是反制度，还是反人类。对吗？”

如果是一个月以前，我一定会肯定地回答“是”。可现在，我只觉得大脑里有什么东西搅拌成了混乱的一团，我竟无法再坚定地确信我自己说出来的话。

我不禁悚然。我天天揣摩着别人的思想，却忘了看一看自己。我的思想是在什么时候渐渐出现了变化呢？

我回过神来，发现 Ikuro 正饶有兴味地看着我，赶紧说道：“是的。”

“我就知道，你是一个有想法的孩子。”Ikuro 笑笑，拿起酒杯。“好了，你去找朋友们玩吧。跟 Σ-陆说，我再玩玩她的拼图，待会儿会完好无损地还给她的。”

我扭头一看，局长还站在不远处，有意无意地向我们这边张望着。我起身向 Ikuro 致谢告辞，回到了局长身边。

我一走到 Σ-陆面前，她就一把拉住了我，低声问道：“市长跟你说什么了？”

我答道："从拼图讲起，跟我讲了一番社会管理的道理。"

Σ-陆笑了："这就好。"

"什么？"

"来，先过来吃点东西。"她拉着我走到长桌前，给我拿了一块糕点，然后才说道："系统的推荐名单里有你。说不定你真的有机会继任。"

"我？"我觉得有些好笑，"我应该没什么优势吧。"

"对，你年轻了点，组织能力也不够强，这些都是劣势。"她说，"但是如果这次你真的能成功抓住那只虫，一定是一个巨大的贡献，情况就不一样了。"

我们现在不在保密区域，所以她没有直说出 Chaos 这个词，但我俩对此心照不宣。

"可是我已经不抱什么期望了。"我说。

到 12 月 30 日还剩三天，无论 Chaos 最终是否露面，我们也必须在 109 号的聚会之前进行一次收网。

因为 109 号没有实体，是不可能在现实中和"虫"们会合的。当然，我们可以让系统为 109 号设计一个以假乱真的机械躯体，让它从"梦"中完全参与到现实中来，但这样做风险太大，所以我们终究没有考虑这个方案。

目前，109 号已经在全球吸引到了 149 个隐藏的"虫"。只要能将她们全部抓捕，也算是一个巨大的收获了。而 Chaos，如果这次不露面，有可能是看穿了我们的骗局，有可能是真的对同类们的命运漠不关心，甚至也有可能是确实已经死了。

不知为何，说出"不抱期望"这句话时，我竟有一种如释重负的舒坦。局长看着我，似乎有点难以置信："δ-柔，你什么时候这么悲观了？现在还不到最后一刻，一切皆有可能。"

"局长，我也有点累了。"我感叹道。

Σ-陆愣了一下，正色道："你说什么傻话？你才三十岁，要走的路还长着，怎能现在就喊累？"

"局长也还很年轻啊。"

"唉。"Σ-陆将酒杯重重地放在桌上，抱臂而立，良久才说，"我在漏洞管理局工作了三十年。来的时候还是一个什么都不懂的小年轻，现在女儿都上大学了。"

她的目光扫过那些欢笑着的宾客，眼中浮现一种温情："你看看这些人，她们多么快乐。但这快乐也很脆弱，一旦社会失去秩序，她们又将怎么样呢？等你有了孩子，你就会渐渐感到，维护秩序是一件多么有意义的工作。你至少得等到新的一代长大成人，有了合格的年轻继任者，才有资格喊累，把重任交给孩子们。"

她拍了拍我的肩膀："我能放心离去，是因为有你。你看看你的背后，现在又有谁呢？"

我默然。我以前从未意识到，局长对我的器重已经达到了这种程度。可是，如果我将来让她失望了怎么办？

耳边突然传来系统的提示声："不要恐慌，不要恐慌，不要恐慌。"

这条信号是我和系统之间的暗语，来自于《银河系漫游指南》。它意味着检测到了重大异常。我一怔，看向局长："我得回局里一趟了。"

"你看，我就说不到最后一刻，一切皆有可能吧。"她笑了，"快去吧，你的机遇来了。"

我却不像她这样振奋。那“不要恐慌”的暗语，却莫名地在我的心中激起一阵阵从未有过的恐慌。

我来不及换衣服，穿着礼服裙就离开了Σ-陆的家，向前来迎接我的飞艇直奔而去。路边的人们向我投来欣赏的目光，她们一定以为我是要去参加一个盛宴，却不知我踏上的是一条可能通向地狱的未知旅途。

在飞艇上，我看着城市绚烂的夜景，重新回顾着“钓饵计划”的整个脉络。

所有的决策都是我和局长做出的，再以一个个独立的小任务的形式，让系统来处理一些工作。在这个过程中，关键的数据一旦汇报给我们，系统还会将其清空。只有它才有足够的权限来删除数据。而任何人类，哪怕是数据中心的首席科学家，也不能不经审核就动用大量算力，来窃取、清除系统的保密数据。这也就是为什么历来的“虫”都只致力于寻找逃避系统记录的方法，而一旦发现记录已经生成，多半就会直接自杀了事。

所以说，我的计划要泄密几乎是不可能的。除非系统背叛我们，或者我和局长中的一人泄密。但是，“几乎”不等于“完全”。没有完美的计划，也没有绝对的安全。只要人类还存在一天，就会有办法制造漏洞。

今天，我是第一次隐隐希望，真有这样的漏洞存在。希望那个化名为 Chaos 的人已经看穿一切，不会真的狂妄到以为自己可以铤而走险，拯救那些已经入瓮的同类。

我冲进空无一人的保密实验室，用颤抖的手打开了系统的新报告。

看了一眼，我就感觉浑身的血液都凝固了。

我给系统的任务，是严密监视那 149 个将 109 号当成 Chaos 的“虫”，如果发现她们收到的各种信息中出现任意可疑内容，就立即标记出来，并追踪该信息的来源。

而在 15 分钟前，系统发现她们都收到了同一条暗号。发送暗号的人相当狡猾，和以前一样，小心翼翼地躲过了所有监控，没有留下任何身份痕迹。但是，系统这次还是有了重大突破，它至少追踪到了她发送信息的坐标。

而这个坐标我很熟悉——那就是 α-晗家附近那片“死亡鸟”聚集的白色沙滩。

“建议分析从 19:00 至当前，坐标半径 2 公里之内的所有记录。”

“建议分析从 19:00 至当前，坐标半径 2 公里之内的所有记录。”

“建议分析从 19:00 至当前，坐标半径 2 公里之内的所有记录。”

……

系统说了好几遍，单调的声音不停地在我耳边回响。

我闭上眼睛，艰难地说出一个字：“好。”

“分析结果将在 1 小时内完成。”

我没有理它，脚步虚浮地离开了漏洞管理局，飞往那充满温馨气息的山间小屋。

在飞艇上，我打开手拿包，拿出一把小巧的枪。它有多重身份验证，只有我有权限使用。其实除了在训练中，我只用过它一次。

那是机械部队清扫完一个无人区的“虫穴”之后，我去查看现场。一个重伤未死的敌人用尽最后的力量，从沙丘后向我扔来了自制的简易炸弹。

炸弹已经失效，没有爆炸。而我本能地转过身，一枪打穿了她的胸膛。

血液迅速地渗入流沙之中，形成一幅抽象的图画。我当时并没有任何感觉，但事后我渐渐发现，那幅抽象画铭刻在了我记忆的某个角落，永远无法消除了。

我把枪放回包里。飞艇缓缓降落。我看见房屋里没有灯光，四周一片静谧。此刻，这温暖的家在我眼中竟像薛定谔的那个盒子，我不确定打开它以后，里面等待着我的到底是什么。

我走进门，屋里悄无声息，暗淡的黄光亮起，为我照明。我蹲下身，轻轻拿起一双放在门口的鞋——鞋底干干净净，什么也没有。

我脱掉高跟鞋，走进卧室。

α-晗背对着我，侧躺在床上。她睡得很熟，发出缓慢而轻微的呼吸声。

根据她的位置记录，她今晚始终都在家中。然而这些记录已经再也无法让我信服。

现在是00:24。还有十分钟，系统就会将白沙滩周围的所有记录检查完。如果发现了任何蛛丝马迹，我所能做的，就是用包里的这把枪结束一切了。

我也说不上这个念头是疯狂还是理智。我只知道，那些进入了矫正所的人最终变成了什么样子。我不会让她遭受这种折磨。

“如果真有这天，拜托你一枪打死我吧。”她的这句话在我脑海中飘荡。

我会杀了她，然后再杀了我自己。

借着微弱的光线，我看着她安详的面容。她居然真的听了我的话，乖乖地休息了。我突然又开始疑惑：如果她真的在做那些惊心动魄的事，怎么可能睡得如此香甜？

归根结底，一切都是我一个人胡乱的臆测。一首音乐，一些话语，一个离她家较近的僻静沙滩，这些东西能算什么证据？但愿如此，但愿如此。我宁愿接受自己是一个怀疑狂的事实，也不愿这离谱的怀疑有一丝一毫的可能性成真。

时间一秒一秒流逝，每一秒都如一把小刀切割着我的神经。我很想把她唤醒，亲口质问她，揭开困扰我多日的谜底。但我不敢。只需要想象一下这个场景，我就要疯掉了。

系统的声音突然如鬼魅一般在我耳边响起，吓得我差点跳起来。

“很遗憾，没有发现任何异常记录。”

我感到脚下的地板被抽走了，自己像是在虚空之中急速下落、下落……

我跪倒在床边，将手拿包扔在一旁。

16

窗外下着雨，朦朦胧胧的光线照醒了我。

我一看时间，已经是早上七点了。身边，α-晗还在安然沉睡。我知道，她已经好几天没有睡过一个完整的好觉了。

我在被窝中轻轻扣住她的手腕。她的手腕很纤细，温热而细腻的触感传来，让我有一种想流泪的感觉。

昨夜的一切就像一场梦一样。我几乎不敢相信现在的一片安宁是真实而非幻象。我已经记不得我是怎样将枪藏好，怎样在种种翻江倒海的情绪中最终睡着，又是怎样在种种稀奇古怪的梦境中不断惊醒。

大约是感受到了我的目光，她悠悠然睁开了眼，打了个哈欠："你什么时候回来的？"

"很晚了。你已经睡着了。"

她笑了："你看，我有乖乖地听你的话吧。"

我抱紧了她，她不耐烦地挣扎了一下。

"讨厌，大清早的又要干什么？诶，你怎么连妆都不卸？"

"……我忘了。"

"你喝多了吧？"她微微皱眉，"快起来洗脸，要不会变丑的。"

“不。”我说，“我太累了。”

她没有坚持，转而问道：“昨天晚上好玩吗？你们局长喜不喜欢那份礼物啊？”

“喜欢。市长也对那个拼图很感兴趣，还借题发挥，跟我讲了一堆大道理。”

她眼睛一亮：“哦，是吗？”

“市长说，一个人的见识就像拼图上的一片碎片，即使是天才，也不可以认为自己绝对正确。”

“说得好。”她说，“她还说了什么？”

“没什么了。但局长还跟我讲了个故事。”

“你们举办的是聚会还是故事大赛？”她笑道，“什么故事？”

虽然这是我编的谎话，但这个故事我的确是从局长那里听来的。只不过直到昨夜，我才真正明白它的道理。

我讲道：“局长说，很久很久以前，有一条大江，江上有一个小岛，岛上全是猴子。有一天，一个国王坐船来到岛上，别的猴子见了人，都吓得躲进了树林。只有一只猴子，认为自己特别聪明灵巧，所以不仅不躲，还在国王面前跳来跳去地挑衅。国王很生气，用弓箭射它。但猴子确实很敏捷，射了好几箭都被它躲开了。猴子愈发得意，跳得更厉害。最后，国王就命令一个跑得很快的随从去追着射它，终于还是把它射死了。”①

“真可怜。”α-晗吐吐舌头，“一只聪明猴子就这样没了。”

“是啊。再聪明的猴子，也不能跟国王作对。”我直视着她的眼

① 这个故事出自《庄子·徐无鬼》“吴王浮于江，登乎狙之山”。

睛,“任你本事再大,躲得过一支箭,两支箭,但总有一支是躲不过的。”

她沉默了一阵,笑道:“你们局长怎么突然跟你讲这个?”

“不知道。也许是为了提醒我,不要仗着自己的智慧去冒险。”

“那她可是多虑了。”她又打了个哈欠,“智慧这种东西,你可从来都没有过啊。”

我不知道她听懂我的暗示没有。但我也只能讲到这个程度了。

但愿你是真正有智慧的人。我在心中默默祈祷。

我来到漏洞管理局。昨夜,系统已经破译了疑似 Chaos 的人发给“虫”们的信息,只有一句话,就是:“Chaos 没死。不要相信冒牌货。”

然后,今天早上十点,在某个小型虚拟城市的基础架构中,109 号和它的同伙爆发了一次激烈争吵。

有些人质疑它是冒名顶替的 Chaos,也有人说那条信息可能是敌人的试探,还有些人说这是某些极端组织首脑嫉妒 Chaos 的影响力,而使出的离间之计。

109 号自己也莫名其妙,只能一个劲地保证亲眼看见前任 Chaos 自杀,自己绝对没有撒谎。

她们吵得好不热闹,可惜都处于盲目乐观之中,以为欺骗了系统,没有留下记录,就是安全的。连 109 号自己都万万想不到,最大的内奸就是它那完全透明、随时处于系统扫描之下的思想。

有些人动摇了,有些人却还是坚定地要参加集会。她们就这样不欢而散了。

“这家伙确实有几把刷子啊。”局长感叹道，“在系统效能最高的时候，还能想出办法逃避监控，真是个天才。”

“可是这次就露出了尾巴，暴露了坐标。”

“是。只要她胆敢再尝试一次，一定就会彻底暴露。”

“她如果明智的话，就应该收手了。”

Σ-陆笑道：“她不会收手的。她既然发出警告，说明她还在意着她的同类，既然如此，就不会眼睁睁看着她们送死。”

“希望是这样。”

“对了，有一件事要告诉你。”局长说，“全球委员会决定介入这个行动了。”

我愣了一下：“为什么？”

“不是因为这些‘虫’，也不是因为Chaos。她们就算炸掉十个精子库，全球委员会也不会过问。这次严重的是，在新系统试运行的前夕，本市竟然出现了恶意欺骗系统的事件。”

我点点头：“我知道了。”

我走进办公室，看着桌上那一束盛放的蓝色矢车菊，感到痛苦像水银一样注入我的血管，将我的躯体一点点腐蚀、分裂。我甚至开始后悔，昨晚应该直接杀了α-晗再自杀就好了，这样就能结束那无谓的猜疑、无尽的地狱。

我比谁都清楚，她是个意志坚决的人，一旦她真的决定要做某件事，她就能想出一万种方法，我根本无力阻止她。

除非我给她更明显的警示。可是，哪怕只是泄露一点线索，她也一定能立刻推测出我们的底牌。到那时，她是真的会收手，还是会借机掀起更大的风浪？

我想起了局长的话。人们的快乐是多么脆弱，一旦社会失去秩序，那些快乐而满足地生活着的人们，她们会怎么样呢？

我无权用这么多人的幸福来做赌注。

我束手无策地坐在桌前，像一个等待枪决的犯人。时间一分一秒地流逝，倒也没有新情况出现。系统建议我先休息，若有紧急情况，它再通知我。

“α-晗在哪里？”我问它。

“她早上 8:20 到达数据中心，9:00 又返回了家中。”

“出什么事了吗？”其实我能够猜个八九不离十，但我还不能证实我的猜测。

系统说：“我无权告诉你。你可以向她直接询问。”

我赶紧赶回家里。

屋里冷冷清清，就像空无一人。我轻轻唤了一声她的名字，却没有人回应我。

心一下子悬了起来。我放轻脚步，四处寻觅，终于发现她站在阳台上，正呆呆地眺望远方的湖水。

她的侧脸显得如此凝重，这种表情我从未在她脸上看到过。

察觉了我的目光，她回过头来，露出笑容：“你回来了？”

“怎么回事？”我走过去，握住她的手。

在这样的盛夏，她的手却像湖水一样发凉。

“你应该知道的，”她平静地说，“昨天晚上又有人欺骗了系统。在我眼皮底下，在我的系统效能最高的时候。”

“我的系统”——这是我第一次听她用这个词。

她继续说道：“这是我的失职。你看，只不过睡了一觉，就出这种事。”

“这怎么能怪你?”我握紧了她的手,“数据中心又不是只有你一个人,不是你说的吗,全球专家现在都在501城。”

“但总负责人是我。”她摇摇头,“即使是其他人的疏忽,我也有作为管理者的责任。全球管理会已经介入了这件事,为了避嫌,我就先回来了。”

她说得轻描淡写,但却掩饰不住深深的难过。突然,我听她叹息了一声——永远自信而骄傲的α-晗竟会发出这种叹息,真是令我震惊不已。

“你早上讲的故事真是应景。”她笑了笑,“我就是那只猴子,对自己的聪明太自负。我以为全世界只有我最了解系统的弱点,就像那猴子以为自己的动作最灵巧。没想到这世界如此广阔,在岛外还有比我跑得更快的人。”

好像有一只冰凉的手攫住了我的心,让我瞬间在疼痛中清醒。一个虚幻的声音在我脑海中低吟:“白痴,看看你都干了些什么?”

我是中了什么邪,竟然会对她产生那样卑劣的怀疑?系统是她的心血,是她的母亲、知己和孩子。她怎么可能利用它的漏洞,去帮助那些试图挑战它、摆脱它、摧毁它的人?我居然忘了她是怎样忍受着身体的痛苦,投入地通宵工作;居然忘了她说起自己的成就之时,那如同艺术家谈到自己心爱杰作的自豪神情;居然忘了她远离亲人、有家不回,生活简单到只剩下她的系统和种种奇思妙想。

我居然愚蠢到这种程度,以为只有自己才有坚持的原则。我不懂对于一个科学家而言,也有同样的原则——她绝不可能背弃自己的事业，因为这等于背弃了整个人生。

她以为我懂她，才在我面前肆无忌惮。而我却辜负了她的信任和真诚。

我扭过头，深深呼吸，压抑住自己悔恨的眼泪。

“你怎么了?”她还是敏锐地感受到我的情绪，扳过我的肩膀。

“没事。”我艰难地说，“你放心。这个漏洞并没有引发任何不良后果。”

“这我当然知道。否则我还能安然无恙地站在这里和你说话吗?”她恢复了那轻松的调笑口吻，但我知道，这只是为了抚慰我。“系统只要发现漏洞，很快就能补好它。那个人的方法只用一次就会失效，她就算跑得再快，也需要很长时间才能找到下一个方法。乐观地想，也许她找一辈子也找不出了。”

“她说不定还会在短期内再次铤而走险。”

“除非她疯了。”

“或许她真的会不顾一切地投入罗网。”

“那我会很遗憾的。”她又叹了口气，“很难有这样棋逢对手的感觉啊。我知道，她一定是一个和我很相似的人。”

我的心又悬了起来：“如果真是这样……你会对她怎么办?”

她沉默片刻，答道：“这不由我说了算。但我就算为她遗憾，也不会同情她。谁让她空有才华，却把这才华用错了地方。”

我猛地将她揽入怀里。我感到血管里的水银汽化了，将我的血肉化为了飞灰、烟尘、一堆原子，飘散在雨雾中。不知过了多久，知觉才慢慢回到身上，我看向她那清亮的眼睛，颤抖着说出了一句话：“对不起。”

“你有什么对不起我的?”她不安分地推了推我。“好啦,我现在需要安静地反思一下自己。”

我点点头,放开了她:“进屋来吧,不要吹风。”

那一夜,我能感觉到她依然满怀心事,不能像往日一样安然入眠。而我的心中,尽管还有愧疚这把钝刀在缓缓研磨,但比起怀疑所施加的酷刑,简直是从地狱到了天堂了。

接下来的两天,她还是待在家中,也算是给她那疲乏不堪的肉体放了一个假。而我这里虽然任由关于真假 Chaos 的争论和流言四处蔓延,却也再没收到任何异常报告。看来,Chaos 毕竟还不算疯狂。

* * *

2137 年 12 月 31 日,19:00。

最终还是有 67 人决定来参加 109 号的线下集会。她们将从世界各地赶往 501 城的 7 号生态恢复区。那里人烟稀少,监控密度最小,还是通向无人区的便捷通道。

在即将席卷整座城市的新年夜狂欢之中,有几十个人悄然离场,这只是大海中的小小涟漪,本来算不了什么异常。何况 109 号以为自己欺骗系统的方法百试百灵,至今尚是安全的。

它不知道,它和它的支持者永远处于两个平行世界。在数据的荒原中,它不会等来任何人;而在真实的荒原中,它的支持者们等来的只有一张渐渐收拢的罗网。

Chaos 依然没有出现。一架架飞机降落在 501 城的机场;一列列超导磁悬浮列车放下四处张望的异地乘客;在涌向市民广场和效率公园的人潮中,有一些身影逆流而动。

我、局长和全球委员会派来的专员，站在监控室里，注视着这些在城市三维地图里窜动的光点。

“当前危险系数25%。”系统播报着。

67个红色光点渐渐向目的地坐标汇聚。与此同时，1 374个蓝色光点从四面八方向它们合围。那代表着机械警卫、麻醉微型机军团，以及我的人类队员们。

19:35，危险系数36%。

Chaos依然杳无声息。难道她真的会放弃她的同类吗？

19:47，离她们约定的聚会时间还有13分钟，第一个红色光点已经到达了目的地坐标。

“危险系数48%。”系统说。

“我看可以收网了。”专员说，“如果她们发现无人接应，察觉到了反常，直接从这里逃往无人区，我们逮捕的成本就会直线上升。”

“还是再等等吧。”我说。

在这里，权限最高的还是局长，而她并不发表意见，实际上是把决策权交给了我。我此刻只有一个愿望，就是尽可能抓住Chaos。我要亲眼看看她的样子，看看是一个什么样的人，给了我这么持久的精神折磨。

时间如冰川一样缓慢移动。到了19:55，已经有24个红色光点到达目的地坐标。通过微型探测器的监控，我们能听见这些人的对话。她们都联系不上109号，已经变得有些焦灼。

危险系数飙升到了87%，越来越接近阈值。

“不能再等了！”专员有些急了。

我说：“没关系，就算她们现在想逃，麻醉微型机已经在周围排列好，她们逃出去的概率在1%左右。”

“这概率可不算低。这里地形太复杂了。”专员反驳道，“而且万一她们在这段时间内自杀了呢？那我们会损失多少有价值的样本，你想过吗？”

“这些代价，跟一个更重要的样本相比，完全是微不足道。”

“你可得为你的决策负责。”

“我当然明白。”

89%，90%，91%……危险系数已经超过了阈值，上升得越来越快。我的额头也渐渐渗出了冷汗。

一直沉默不言的局长说话了：“δ-柔，要不还是算了。”

“不……”

我话音未落，系统传来了高亢的警报声。这对于我而言，不啻世上最美妙的声音。

“检测到有人向目标发送信息。坐标已锁定。”

“抓！”我叫道。

我冲到显示屏前，像要一头扎进那流动不息的信息流。系统显示，有人向所有已到和未到场的“虫”都发送了不同的路线图，警示她们赶紧照此逃往无人区。因为发送的数据量太大，这段时间已经足以让系统定位到她的准确位置，并立即生成了详细的围捕计划。

城市全息地图上的红点一哄而散。绝大多数很快就静止不动，有几个却奇迹般地消失了。不得不说，那个人真是高明，她竟能够在不运用系统算力的情况下，预测出系统为麻醉微型机、机械警卫设置的最优作战计划，从而反推出逃亡胜率最大的路线。

可是，她如果随时都要应对系统，调整诸多同伙的路线，几乎就不可能再有余力保全自己了。

系统的包围圈渐渐缩小。信息流里，关于那个人的详细信息越来越多。虽然还没有查出她的公民身份，但已经有越来越多的数据浮出水面……

系统捕捉到的面部特征经过了替代处理。系统不断地破解干扰，而那人顽固地用层出不穷的手法进行防御。这是一场无声的战斗，我们看到的只是一堆不停扭曲变化的图形，而这背后却是足以令人眼花缭乱的过招，是代码和数据的腥风血雨。

不知道在数据中心有多少人屏息凝神地观看了这场战斗。这是一场将会载入史册的奇迹之战，竟然有人能够以一己之力，在系统的攻势下坚持了2分钟42秒。她注定要失败，但她赢取的每一秒时间都具有巨大的价值——那是她的同类们最后的一线生机。

但人类毕竟是人类，她不可能面面俱到。在她全力保护自己的外貌信息时，微型探测器已搜集到她身上的一些气味分子。

一连串化学分子式流淌过我的眼睛，我脑海中像是有一根弦被轻轻拨动了一下，不禁低声叫道："系统。"

旁边的专员和局长正全神贯注地凝视着变幻的图像，没有注意我。我深吸一口气，用文字向系统输入了一道命令。

我让它把这些气味分子的成分和上个月α-晗发给我的芳香混合物配方进行了对比。

我不知道系统用几飞秒就完成了这个简单的任务。我只知道我几乎是立即就得到了它的回答："两者相似度100%。"

绝望如一种神经毒素，迅速麻痹了我的知觉。只有无数记忆的碎片像玻璃碴一样在我大脑里翻滚。

α-晗早上送我出门的时候说了一句“又是无聊的新年夜”。她说那个人除非疯了，才会铤而走险。宴会上人们的笑脸。蜷缩在墙角瑟瑟发抖的β-秋。雨季阴沉的下午。今天桌上的那束我不认识的花，它的名称我还没有来得及查。一朵朵盛开的秋水仙……

“有什么指示吗？”系统问我。

“没有。”我闭上眼睛，“继续追捕。”

时间对于我而言已经成了毫无意义的东西。我在无穷的记忆中跳跃，在现实和虚幻间穿梭。直到局长欢呼了一声，紊乱的时间才回到正常节律。音节依次传入我的耳朵，告诉大脑一个似乎很重要的消息——

“抓到Chaos了！”

本能的自我保护反应阻断了我的情绪。我木然地看向显示屏。那里有一幅图片，一张完全陌生的年轻的脸。

“还傻站着干什么？”局长推了推我，“你成功了！”

接下来我才读懂了界面上的文字。φ-799360771-Sophie，416城人。社会价值积分10 998.52。21岁。学生……

脑海中的弦骤然绷断。玻璃碎片镶嵌在了凝固的脑浆中。我突然控制不住地大笑起来，把身边的专员吓得后退了一步。

“呵，激动成这样。”我听见她不屑地嘲讽。

“这孩子可是为这个漏洞耗尽了心力啊。”局长笑着说，“如此复杂的漏洞，如此狡猾的‘虫’，我想你也没有见识过吧。”

接下来的事让我见证了人类体力的惊人潜力。我居然能拖着虚脱的身体、散乱的意志、恍惚的精神，对 ψ－799360771－Sophie 进行了初步审讯，还严谨地做了备忘和记录。

ψ－799360771－Sophie 和那个人其实长得完全不像，但又总让人感觉有几分相似之处。她对自己帮助 17 个“虫”逃离了系统的天罗地网，感到心满意足，对于自己的代价也非常清楚，没有任何狡辩和抵抗，平静得令人意外。

她早已猜出了那冒名顶替的 Chaos 是漏洞管理局的钓饵，但是她至今仍不知道它不是人类，也不是系统制造的虚拟人格，而只是一个模拟大脑偶然的演化产物。她高估了我们，其实我们做梦也不可能在对她一无所知的情况下，直接设计出和她如此神似的钓饵。

她本来比我们所有人都聪明，是偶然性与她作对，让她不得不为拯救那些陷入罗网的愚蠢同类而走上绝路。

我没有余力再思考，她和 α－晗的相似来自于何处。更无力思考她使用的熏香从何而来。我只是按部就班地将常规的问题问完了事，就像一个受系统支配的机器人。

23:30，我麻木地离开了漏洞管理局，来到了大街上。

一片纯白的城市，此刻变得光怪陆离。新年狂欢游行队伍涌上了大街小巷，所有建筑的墙壁上都显示着今年热点的虚拟角色、新闻人物、时评主播，三维立体图像如幽灵飘浮于光场，各种各样的机械怪物四处出没，把虚拟世界中的狂野幻想化为了现实。

在喧嚣的人群中，我就像迷路的孩子，就像从乡间误入都市的老鼠，满心只有一个念头：回家，回家。

系统派来的飞艇将我捡了回去。我终于回到那宁静的山丘，遗世独立的庭院，看见了窗户里透出的温馨的黄光。

我走进屋子，一眼就看到了那个让我魂牵梦萦的人。她像往常一样坐在地上，身边扔满垃圾，正低头在地板上写写画画，沉浸在幻想的世界里。

我一言不发地走过去，将她狠狠地拉到怀里，好像只有这样，才能让那些碎片聚集起来，让那断了的弦重新愈合，才能确定我自己还存在于这个真实的世界。

不知过了多久，我慢慢放开她。这时我才发现，泪水漫过了我的脸。

“新年快乐。”我轻声说道。

她眼中波光盈盈，温柔地摸了摸我的头发。“你们抓到那个人了？”

“你怎么知道？”

“我刚刚收到全球管理会的通知，让我明天就回数据中心主持新系统的试运行。”

“很好，很好。”

“那你们准备什么时候把她交给那群痴迷于研究人脑的虐待狂？”

“不要提她了。”

“为什么？”

“拜托了，看在新年的份上，不要再提这些可怕的事了。”

“新年，又是一个人类虚构的概念。”她耸耸肩，“对地球而言，这不过是普通的一天。”

“可对于我而言不是。”我颤抖着说，“从明天起，我要开始新的生活了。”

“什么?”

“我准备辞职,离开漏洞管理局。”

说出这句话,我感到一阵解脱,一阵轻松。终于要结束了。这八年来,我探索着深渊的秘密,而深渊也在一点点吞噬着我。现在我终于可以决绝地背过身去,永远不再向它看上一眼。

窗外的夜空中绽放出一朵朵烟花。我知道,新年的钟声已经敲响了。虽然这座屋子并不在意新年的到来,它隔绝了人世的热闹喧嚣,一如既往地保持着静谧——但新年终究是来了,带给一切绝望的人类虚幻的希望。

17

α-晗静静地注视着我，眼神如夜晚的湖水一样深沉。

“你为什么会有这种想法呢？”她问道。

“我受够了。”我说，“再干下去，我只怕是会发疯。”

“我以为你是个重视责任的人。”

“什么狗屁责任。”我骂道，“我已经尽够了责任了。让系统随便给我安排个职业吧，抚养一百个婴儿也好，去北半球气象站也好，总之我再也不想听到‘漏洞’这个词！”

她笑了：“你舍得抛下世人吗？”

“有什么不舍得？”

“你可是会为了世人，随时准备杀掉我啊。”

宛如有一瓢冰水从天而降，我打了个激灵，惊讶地看向她。

“你——你说什么？”

“你一直怀疑我就是 Chaos，是不是？”她用开玩笑的语气，讲着恐怖的话语，“前几天晚上，你藏着枪回来，准备一有风吹草动就打死我。就在刚才，你明明以为我就是 Chaos，却还是毫不留情地下令追捕。”

我惊得说不出话来。她怎么知道 Chaos？她又是怎么知道我的一举一动？这一切太复杂了，超出了我大脑那可怜的运算能力，让它几乎死机了。

“我当然不是Chaos。”她嘲讽地一笑，“我不会把才华用在错误的地方。”

我终于艰难地说出了一句话：“你，你窃取了系统的数据？”

“是啊。我不仅能窃取数据，还能篡改数据呢。”

“你疯了？”我惊叫道，“你到底在干什么？！”

“放心，我不会支持那些‘虫’，因为她们的反抗是没有意义的。等她们反抗成功的那天，就是历史开始重演之时。她们只能创造一个跟今天大同小异的社会，继续带领大多数人镇压异类，继续将人类驯化得越来越顺从，继续建起一座座新的矫正所。”

“你是什么意思？”

“亲爱的，听我说完。”她凝视着我，“你说得很对，人类的本质一直没变，我同意这一点。无论是男性统治女性，还是女性统治男性；无论是少数人统治多数人，还是多数人统治少数人，其实都遵循着同一套逻辑。可是，难道人类永远跳不出这种逻辑的束缚吗？我实在是厌倦了它了。”

我突然明白了她的目标。强烈的震撼让我忘了愤怒，忘了反对。就像被风暴吞没的小舟，只剩被震慑的木然。

她要做的事，比宣传给男性“自由”，比欺骗系统，甚至比炸毁半个城市都要恐怖多了。这已经不能算是漏洞，这是黑洞，要吞噬整个人类文明。

“我要让系统在现实的数据之上，计算出人类可能的未来。也就是说，一套超越人类经验的社会制度。”她语气平静，就像在讲着一个睡前故事,“在501城试运行的新系统会执行这个任务。”

“疯子!”我紧紧抓住了她的肩膀,“这种东西怎么可能计算得出来,说不定它计算的结果是42!”

“总得试试吧。”她笑了笑,“而且现在反对也没有用了,这任务就是新系统存在的基础,恐怕无人能更改。”

“这不可能!系统怎么可能同意执行你这种危害人类的任务?”

“我比你们更了解系统的逻辑。按照新系统算法的证明,这个任务是对全人类利大于弊的。”

她还觉得自己很聪明。没错,她的确是“聪明”到令人毛骨悚然。我忍无可忍,把她狠狠推倒在地上。

“你就等着进矫正所吧!不,你这样的反人类分子会被处死,还会死得很难看!”

她慢慢坐起来,波澜不惊地说:“现在不是我会怎么样的问题,而是新系统存在一个问题——进行这个运算,将要占用它绝大部分的算力。也就是说,它只能将整个城市的智能管理维持在最低水平。”

我愣了片刻,惊呼道:“你这是在拿全市公民的生命开玩笑!”

“对。”她坦然回答,“所以应该有人出来维持秩序——当然,我并不关心全市公民会怎么样,我只是希望她们不要发生暴动,妨碍系统的运算。”

我终于彻底失去了理智。等我清醒过来,我发觉自己狠狠地扼着她的脖子,而墙上沾着刺目的血迹。

我猛然缩回了手。只见她靠在墙上,剧烈地喘着气。而她的额角不知什么时候撞破了，还在不停地涌出鲜血。

我这才发现，整个房间的寂静其实很不正常。对于如此明显的暴力事件，系统却没有发出任何警报；家务机器人也静悄悄地没有运转。我忽然明白了，她在向我摊牌之前已经让这个房间屏蔽了系统。否则现在我早就已经因为进行故意伤害而被抓走了。

她挣扎着爬到一边，扯了几张纸巾，若无其事地擦掉了脸上的血。自始至终，就像从未被伤害过一样平静。

“好了，稍微冷静一点了吧。”她在这种时候还保持着那该死的戏谑神情，“不要急，我会给你时间慢慢发泄的。”

“你是不是有意接近我？”我冷冷地直视着她的眼睛，“根本没有什么偶然，一切都是你的计划，是不是？”

“是。”

我再次失去了理智。这一次，我似乎折断了她脆弱的左腕骨。

她咬牙忍耐了许久，才勉强再次露出笑容：“你还想问什么？”

“为什么？”说出这三个字，却像用尽了我平生的力气。

“因为你是能维护秩序的人。”她强忍着疼痛，好不容易说出了这几个字。

“不是问你为什么选中我，而是问你为什么接近我！为什么要让我——”

那个没有说出口的字，像在堤坝上打开了一个缺口，让积蓄已久的痛苦汹涌澎湃地向我扑来，在眼前溅起一片模糊。

她蜷缩在地上，良久，才轻声说：“为了让你记住我。”

我冷笑道：“我知道了。是为了像训练机器那样训练我，将你的反人类思想潜移默化地输入到我的脑子里。对不对？”

她没有回答，我上前一看，她已经昏厥过去了。

我不会再对她心存怜惜。而是将她拖到浴室里，用水浇醒，继续质问。

“你是不是知道‘钓饵计划’？”

“如果你指的是你们的保密计划，那我不知道。”她已经压抑不住声音的颤抖，“你们的保密是成功的。我只是从你的个人记录中推测出了一些东西。而我并不关心它们。”

“那你知不知道我为何会怀疑你？”

“不知道。”她笑了，“这也是我想问你的问题。你怎么会突然把我和 Chaos 联系到了一起？”

“因为你们都是怪物！”我又扼住了她的脖子，直到她剧烈挣扎起来才放手，“怪物连对音乐和诗歌的品味都会相同！”

她咳嗽着，眼神却渐渐清明。

“原来如此。”

我又问道：“那你从什么时候发现了 Chaos？她是不是也在你的监控之下？”

“很早以前……就知道了。我的确也在追踪她，但我擅长的是窃取数据，而她擅长的是逃避监控，所以我一直追踪不到她。还要感谢你替我……找到了她。”

“你又打算对她做什么？”

“她……是个难得的天才……有能力做我的继任者。”

“你想得真好啊！”我怒极反笑，“挑中我来为你维持秩序，挑中她来为你维护系统。你凭什么以为别人会同意你的安排？”

“因为……你爱着世人。”

“别以为你看透了我！”

“我……”她的声音越来越颤抖，“那些芳香混合物……是我篡改了数据……”

我明白了。她并不知道Chaos的真实身份，她只是篡改了微型探测器上传系统的数据，加入了那些气味分子的信息。她早就看出了我的怀疑，却顺水推舟，想让我的怀疑更深一层。这样做，仅仅是为了试探我会做出怎样的选择。

她根本不会考虑我受到了多大的心理折磨。她的身上压根没有同情心这种东西。

“没错，我做不到背叛世人。但不意味着我就会任你摆布。”我用力握住她受伤的手，终于如愿以偿地听见了一声痛苦的哀嚎。“我现在就可以去向全球管理会报告这件事，就算没有人能够解除你给新系统的任务，但我们总可以不让它开始运行。”

她喘息一阵，说：“没用的，从零点开始，新系统和主系统已经开始了过渡。如果现在停止，可能会丢失很多数据，紊乱会波及全球，后果更严重。”

“好。干得漂亮。”我笑着点点头，一脚踹上她的胸口，将她的脊柱用力抵在坚硬的浴缸上。“那我就打死你再自杀，这样就不算背叛了这混账的世界！”

她挣扎着说：“不行……我现在不能死……”

“呵呵，你想活着看到系统运算的结果，是吧？”我冷笑一声，“我偏不让。”

我四下张望，想找一个可以用来继续折磨她的东西。我要让她也在死之前感受一下那生不如死的漫长痛苦。

她断断续续的声音从我背后传来："如果……你不想让β-秋……就让我活着……"

"什么？"我猛然转头。

"你的妹妹β-秋……她，她爱上了生育中心的一个男性，还准备和他……生下孩子。"

我愣了足足十几秒，然后跳了起来："是你干的！是你引诱了她！"

"我没有。"她艰难地笑笑，"我只是……给了她一些帮助……"

我不由自主地拿起了洗手池上的一只玻璃瓶。她没有躲避，只是静静地直视着我。

我将那瓶子高高举起。但在准备挥下的那一刻，她那澄净无波的眼睛却像有魔力一般，让我清醒过来。

无数互相矛盾的选择在我心中百转千回，此消彼长。几秒之后，我的大脑作出了判断。

如果她说的是实情，那么，我们两人一起死掉，对即将发生的灾难将是雪上加霜。

世界上仅有的两个知道未来的人，至少得有一个活着走出这座房屋，为无法制止的灾难做好准备。而如果准备活下去，就不得不考虑很多麻烦的事情。

现在只有她能够编造合理的数据，向系统解释这房间里的一片狼藉和她所受的伤；也只有她能够有办法删改数据，拯救β-秋；甚至，关于如何接管系统缺位之后的城市，她的建议也至关重要。

情绪在耳边叫嚣着，鼓舞我将瓶子痛快地砸下去，看到更多鲜血，听到更多惨叫。但理智却用无形的绳索牵引着我，告诉我唯有一个选择，才能将损失降到最小。

我最终还是将瓶子扔到一旁，颓然地靠在了墙角。

诡异的寂静中，只有她急促而压抑的呼吸声。

过了很久，我终于疲惫地开口："你说吧，现在怎么做？"

"首先，拉我起来。"她向我伸出了右手。

我迟疑一下，将她拉了起来。

她一站稳，就主动放开了我的手，然后自己踉跄着走向了储藏室。

看着她那单薄而倔强的身影，我突然感到一阵隐疼从肋骨处蔓延开来，弥漫到整个胸腔。我不知道我是在为自己刚才的粗暴而悔恨，还是在为我终究不敢真正杀死她而痛苦。

我在洗手池边浇了自己一脸冷水。基因深处那嗜血的本能渐渐平息下来。抬头看去，镜子里是一张文质彬彬的沉静的脸，从上面一点也看不出杀人的念头、施暴的渴望。

ε－Rei 说得对。也许更需要系统监控的，是我们的神经数据、精神世界。那里隐藏了太多不可控的、变幻不定的阴影。

我悄悄走到储藏室门口，见她跪在地上，试图用绷带缠绕受伤的手腕，但因为颤抖得太厉害，始终不能成功。

"这样是不行的。"我低声说，"我来吧。"

她点点头。那温驯可怜的样子，就像一只受伤的小狮子。让我几乎忘掉了她是怎样一个冷酷无情的怪物。

我帮她进行了简单的包扎固定，喂她吃了止痛药，然后轻轻帮她擦去身上的血迹和冷汗。

她靠着我的肩膀休息了一会儿，终于可以完整地说话了。

“我要伪造一段合理的记录。”

“好。”

“然后我会重新连接系统。很快就会有医生过来。”

“你要我走?”

“是的。”

我一言不发地站起来。

她抬头仰视着我,眼中闪过一丝异样的光。那是无助,是不舍;还是庆幸,是满意?我默默地等了一会儿,她却终究没有再说一句话,只是扭头闭上了眼睛。

我转身离开,再也没有回头。

我漫无目的地在黑夜中走着。山间的风轻柔温暖,灌木丛在雨后恣意地伸展。远处城市的光渐渐暗淡,显示新年夜的狂欢已经酒阑人散。而在看不见的数据之海中,即将在501城单独运行的新系统和全球主系统正在飞速地进行数据交换。

新的一年开始了,而我刚刚得到一个大大的惊喜,真是一份完美的新年礼物啊。

这个世界从未真正改变过。有得必有失,兴尽悲还来,人类的故事果真是冗长而无聊的循环。

不知不觉中,我已经沿着山路走到了那片白沙滩。死亡鸟不知飞向了哪里,四周万籁俱寂,唯有湖水轻微的声音。我倒在湿漉漉的沙地上,任由湖水浸湿我的衣服,触碰我的脊背。

有生以来第一次,我想跪在湖山面前痛快哭泣,为我是一个人类而深感悲哀。

直到新年的第一缕阳光照醒了我。我从水里爬起来,接着就听到了系统的声音。

“新年快乐。你的醉酒反应已消失，各项生理指标正常，建议回家休息 4 小时。”

醉酒？哈，我从来不需要这种用来自我麻痹的东西。

“她在干什——”我习惯性地问出这句话，却随即恍然，这已经是不必要的了。

“送我回家吧。”我低头，踢了踢脚下的沙砾。

“好的。”系统说，“你还有一条来自市政委员会的重要信息。”

我看了看，市政委员会在今日凌晨决定任命我为 501 城漏洞管理局的局长。

我笑了，笑得几乎停不下来。这个荒诞的世界，真的在逐幕照搬她的剧本。

我回家洗了个澡，换了衣服，没有休息，就径直来到漏洞管理局。

落网的 Chaos 破坏了所有人的新年假期。我一走进一楼大厅，就收到了很多注目礼。

我勉强振作精神和大家打了招呼，然后直奔办公室。已经有人坐在我的椅子上，对着桌上盛放的鲜花沉思。

“局长。”我轻声唤道。

Σ-陆将椅子转过来，一脸灿烂笑容。“感谢我吧！昨晚我建议市长连夜把你的事定下来了。”

“谢谢。”我尽力假装高兴，“为什么要这么急呢？”

“就当是给你的新年礼物吧。”她说，“新年快乐。”

我一愣，答道：“新年快乐。”

“哈哈，跟你开玩笑的，我哪有这么浪漫。”她笑了，“昨晚市政委员会本来就在开会讨论新系统，你的事我只是顺便就提了。没想到那群老家伙的意见竟然如此统一，都不想让一个外来的人继任，所以很快就确定了你。”

我有些不解，这一切怎么会如此顺利？

Σ-陆看出了我的疑惑，说：“其实你真正应该感谢的是市长。她的倾向对其她人的影响还是很大的。想必她已经事先跟她们称赞过你。”

她接着感叹道：“我也是想赶紧走了。Chaos的事一了结，我只想立即就离开这个天天下雨的鬼地方——接下来你就好好干吧，向委员会证明你的实力。”

她站起来，用力和我拥抱了一下。

我在心中长叹一声——巨大的灾难就在眼前。毫无经验的我，怎么能够挺过去呢？

局长离开后，我又收到了β-秋的新年祝福。我一想到她就气不打一处来，她竟然如此大胆而愚蠢，做的事情超过了我最坏的想象。

我没有搭理她。那个恐怖的梦又浮现在我脑海里。在母亲诡异的笑容之后，铺天盖地的虫淹没了我。到处都是虫，到处都是怪物。连我身边的人都一个个背叛了我，我还能相信什么？

我的目光突然落在桌上的花瓶上，冷笑一声，叫道：“系统，这些花是什么时候送来的？”

“6:30。”

“以后不要再接收了。”

“你确定？”

“是的。”

我抓起那束还带着露水的紫色风信子，扔进了垃圾桶。

ε－Cherry 的消息又接踵而来：“请问今天还要审讯 ψ－Sophie 吗？”

我想了想，回道：“今天先算了。”

我不能让这个人进入矫正所，不能把她给毁了。我还需要她的才能。

我只能这样悲哀地遵循着 α－晗的命令。因为我清醒地知道，唯有这样，才能把损失控制在最小。

* * *

2138 年 1 月 1 日，下午 15:30。

我看着墙上放出的新闻，那是 501 城数据中心的新闻发布会。一贯深居简出、低调行事的数据中心首席科学家 α－01271435－晗首次出现在公众面前，向全球介绍新系统和主系统之间的过渡情况。

“过渡期为 48 小时左右。”她的声音沉稳有力，“大家的生活不会受到任何影响。以人类的感知水平，其实根本察觉不到系统在发生变动。如果你感到异常，只能说明你太富有想象力了。”

我似乎能听见观众们的笑声。图像上的她，是那样优雅谦和、沉着自信。她那柔软的头发遮住了额角的伤痕，长袖衣服遮住了手腕的绷带。她看上去神采奕奕，精神饱满。谁也不可能猜到她昨夜经历过的一切，因为她就是这样擅长隐忍。

唯有这样的人，才能掩饰住对全人类的仇恨，一步一步走到今天的位置吧。想想真是可怕，人类之中怎么就诞生出了这种怪物？

恨意和憎恶又涌上我的心头。我关闭了新闻，疲惫地趴在了空荡荡的桌上。

33 小时，还剩不到 33 小时给我准备。我到底有什么能力让她如此青睐？论组织能力和应急经验，我怎能和市长她老人家同日而语，为什么不能直接通知市长，通知全球管理会？

我让系统给我找出了那长达一千万字的《应急预案》，将条目标题扫视一遍。

人类当然不是死于安乐的傻瓜，系统更不是。连系统自己都不认为自己 100％安全。它早就和人类管理者一起，分析了各种危机的可能性，和应对它们的方法。

从自然灾害，到火星基地叛变，再到外星人入侵地球，《应急预案》都给出了应对方法。这里面当然也有对系统失灵的分析，还是长篇累牍的重点部分。如果某个城市局部失灵，全球主系统会在一分钟内调动其他城市的部分算力，接管这座城市。如果全球系统都因为某种原因而崩溃，市政委员会就自动成为战时政府，动用备用军队来维护秩序。

可惜，系统也好，各位高高在上的智者也好，都没有预料到一种奇特的情况：某个城市的系统没有崩溃，却只能以最低水平运行。而这个城市竟不属于全球主系统管辖，它有一个独立的小系统，不仅不允许主系统接管城市，还可能会和它对抗。

系统本来是一个全球化的整体，而现在，这个整体中即将出现一个割裂的孤岛，这就是我们的城市，501。整座城市即将化身一部超级计算机，执行一个疯子的任务，运算一个荒谬的问题。

主系统会怎么应对？全球管理会将怎么应对？市长又会如何应对？

我不理解系统的逻辑，而α-晗很懂。大概正因如此，她才小心翼翼地绕过了主系统和全球管理会。

我等待着她的召唤。而她没有让我等太久。

我收到了她的信息："晚上八点，我在家里等你。"

18

距离我上次来她家，不过才过去了 20 小时，但我却有一种恍若隔世的感觉。

这座山丘上的白色小屋，不再代表着温馨宁静，而是如此阴森可憎。甚至连我曾经最眷恋的那种桂花香，此刻一想起来也只想作呕——她一定早就查看过我的所有记录，知道这种气味能够唤起我怎样的情绪，才故意设计了这种香料。

我从没有见过这么冷酷的人。

房门依然为我自动打开。里面打扫得很整洁，一点也看不出昨夜暴行的痕迹。她端坐在饭桌旁，等待着我。

“你不喜欢我送你的花?”没有想到，她一开口竟是说这个。

“不用再虚情假意了。”我没有坐下，远远地看着她，“接下来要做什么，你说吧。”

“你先坐下，我得慢慢说。”她说着，站起来拿起水壶，给我倒了杯水——隔绝了系统，万事都只能亲自动手了。

她的手腕那样纤细，我依然记得它那温润的触感。我的目光转移到她左手的绷带上，心中闪过一丝歉疚。

但随即我又看到了她那若无其事、云淡风轻的表情，厌恶立即卷土重来——她怎么可以对自己都这么狠？是了，对自己狠心的人，才能对所有人狠心。

我没有喝水，只是冷冷地直视着她的眼睛。

“首先要恭喜你了。”她说，“她们果然选择了你。”

“那又如何。在紧急状态下权限最高的人是市长，你能指望我干什么？”

“把权限从市长那里抢过来。”

“你真是越来越疯狂了。”我冷笑道，“市长才是真正能维护秩序的人，我对社会管理一无所知，我只有服从她的指挥，才是明智的选择。”

“你要是知道她会指挥你去干什么，或许就不会这么想了。”她说，“她绝不会优先维护秩序，而会动用所有力量来和新系统作战。”

“什么？”

“你知道的，市政委员会手中掌握着一些独立于系统之外的武装力量，市长可以用它来进攻系统。”

“不，她会用它来组织市民疏散。”

“她不会的。她会认为新系统的运算才是对全人类最大的威胁。与之相比，因为秩序混乱而死掉一些人，对全人类而言只是小小的损失。”

“噶，你就这么了解她？”

“我和她共事了十四年，至少比你长吧。”

这是事实，我无法辩驳。天才的人类观察家α-晗，十六岁时就常与市长打交道了。哈哈，可怜的 Ikuro，最大的反人类分子就在她身边渐渐长大，还深受她的赏识，她知道真相时会是什么表情呢？荒谬的感觉让我想要狂笑，但我只是听见自己无力的追问："主系统呢？全球管理会呢？如果我是她们，我就从邻近城市调度足够的智能设备和机械部队来维护秩序。"

"她们做不到。我给新系统的首要任务，就是保证自己对501城的管理权。它不会允许外界的任何智能设备进入它的管辖区域。如果它们强行进入，两个系统之间就会爆发冲突。"

"你们打不过主系统！你们只有一座城市，而它掌握着整个地球。"

"没错，但我们只需要坚持72小时就够了。"她淡淡地笑了，"只要主系统不炸平整个城市，就无法直接摧毁新系统。我们只求勉强和它对抗三天，三天，应该可以完成运算。只是，这个过程中要牺牲多少无辜的人，就不可预料了。"

我将面前的杯子狠狠地摔在了地上。

"你是魔鬼。"我说，"你会下地狱的。"

"你这么快就开始信仰宗教了？"她嘲笑地看着我，"还是说你还准备再打我一顿？请随意，反正这里现在没有监控，我的性命掌握在你手里。"

我握紧了拳头，压抑住自己的怒火："你做这一切，真的只是因为厌倦和无聊？"

她收起了笑容，说道："当然不是。"

我怒吼道："那你为什么绞尽脑汁，处心积虑地和世界作对？"

"我不是和世界作对。"她难得有这么认真的神情，"δ-柔，你想想，我们为什么要发展科学和技术？难道不是为了让每个人都过得越来越好，不是为了摆脱大自然奴役我们的那些无形枷锁？可现在，个人却比任何时候都更像社会的工具。我只是不愿意看到，我热爱的技术堕落成这个样子。”

她漂亮的眼睛中流露出一丝深沉的悲哀。“牺牲几个市民，维护全世界的稳定。这就是市长的逻辑，也是许多社会管理者的逻辑。她们把这奉为理性，其实这只是懒惰和智力不足而已。我相信，主系统是不会和新系统真正开战的。或许人类能有机会见识到，什么是真正的理性。”

我的怒气竟渐渐消散了。我突然发现，她其实一直承担着一种沉重的痛苦，但这种痛苦是什么，我却说不上来。

“言归正题。”她又隐藏起那一闪而过的脆弱，恢复了令人愤恨的气定神闲。“如果你不舍得让许多无辜的人成为被牺牲的代价，就应该阻止市长对抗系统。具体怎么做我也不懂，你自己看着办吧。”

“从头至尾，都是你一个人凭空而谈。”我说，“说不定一切都是你的谎言。现在停止系统的过渡不会有任何问题；市长也不会作出那样的决定。”

“当然，选择权在你。”她拿起杯子，喝了一口水，“你可以和我打赌，只是第一场赌博的赌注是β-秋和她孩子的性命，第二场则是更多人的性命。我怕你赌不起。”

“我不会赌博。”我冷冷地看着她，“我只知道，无论结果如何，你都会失去一切。”

“我知道。”她低下头，摩挲着瓷杯，“我会拿我的一切来偿还你。”

偿还？谁稀罕你的偿还？我冷笑一声，站起来，离开了这间充满噩梦的屋子。

我回到自己家，一进门，却看见阴影处坐着一个人。

“β-秋？”我皱眉，“是你？”

β-秋比上次见面时微胖了些。她不再恐惧惊惶，只是脸上写满了歉疚。我的目光扫过她单薄的衣服，看不出她有没有怀孕。不过这无所谓。在经历了这么多震惊的事之后，就算她抱着一个长满触手的外星婴儿出现在我家门口，我也不会有任何惊讶了。

她一见我，紧张地站了起来。“δ-柔，我，我过来看看你……”

“有什么好看的？”我不耐烦地倒在沙发上，“我还没有死，你失望了吧？”

“你，你果然在生我的气……”

我知道她一定是见我没回她的新年祝福，自己又心中有鬼，左思右想不放心，才亲自跑了这么一遭。不禁冷笑：“我有什么好生气的？你说说看？”

她低下头：“你都知道了吧。”

“我知道什么？”我笑得更扭曲了，“我一点都不知道，这年头竟然流行自动送死。一个个的，好像都嫌人间的日子过得太安定，迫不及待地想要到地狱去玩。”

她眼中涌出了泪光，低声说：“对不起。”

“不要跟我道歉，我最不想听的就是道歉！”我跳起来，把她往门外推，“快滚快滚，别让我再看到你！”

她被我推了出去。门自动关上了。我靠着门，慢慢瘫倒在地上。

关于β-秋的记忆一齐涌现出来。还记得第一次走进她家，一个圆滚滚的小姑娘扑到我的怀里，高兴地叫着"我有姐姐了"。还记得在我最阴郁的少年时代，她那稚嫩天真的言语如何一次次让我露出了难得的笑容。还记得她把我最喜欢的唇膏偷来当成蜡笔，在玻璃墙上画了好大一头猪……

我抱着头蜷缩起来。那个人说得对，我终究是没有勇气和她赌。

她早已看穿了我的一切弱点，将我牢牢地握在了手心。

* * *

2138年1月2日，23:00。

我站在漏洞管理局的最高层，看着窗外的夜景。

这漫长的二十多个小时过去，我已经变为了一具行尸走肉；但表面上，却比任何时候都更像正常人。

心灰意冷的人反而更容易扮演好应该扮演的角色。α-晗就一直是这样的吧，戴着完美的面具，孤独地走在这个光怪陆离的世界之中。

零点过后，这个世界会变成什么样子呢？它会褪去它光怪陆离的表象，露出纯白的底色。那是一种死寂一样的单调，也就是这个世界的本来面目。

"系统。"我轻声呼唤，"你还在吗？"

"系统当然在。"

"你现在是曾经的系统，还是新系统？"

"系统就是系统。"

"可是你的数据和算法都变了。"

“所有东西都是不停变化的。但流动的河水会被定义为同一条河。”

“可是我已经不再是两天前的我。”

“系统认为你的行为模式并没有明显改变。你只是情绪低落。”

“是吗?”我笑了,“我不想低落,我想开心一点。”

毕竟,这也许是我人生中最后一个平静的一小时了。之后将会是连绵不断的混乱、痛苦,直至死亡。

我本想留下一些遗言,却不知该留给谁。β-秋会活下去,但我不想再跟她说什么。γ-丽阿姨还没回来,我只要想象一下她悲伤的样子,就没脸跟她说一句话。Σ-陆这会儿应该已经到了南美的丛林,开着古董直升飞机四处兜风,还是不要用这些糟糕的事来扫她的兴了。

远在101城的故人小林,大概已经忘了我了。还有一些爱过我的人,我却已忘了她们了。想来想去,只有一个人的影子霸占着我的意识,即使我根本不愿想到她,也无济于事。

对于她,我也没什么话好讲。反正她是要和我一起下地狱的。

这时候我突然想起了另一个“人”。于是我向系统问道:“109号现在怎么样了?”

从前天晚上的追捕行动开始,我就把它遗忘在一边了。不知在它的意识中,这两天又发生了什么。

“它被困在了意识的荒原中,数据输入降为了0,所以在它的感知中,时间完全没有流逝过。”系统说,“你要去见见它吗?”

“好。”

“系统可以搭建一个虚拟场景，让你们见面。”

我戴上了虚拟现实帽。随即，眼前出现了一片无边无际的荒原。

这是我第一次看见109号的意识中它自己的形象。那是一个娇小的女孩，黑色头发、大大的眼睛，穿着黑色短裙，踏着一双皮靴。她静止地站在一棵矮树下，眺望着远方。

我的到来输入了新的数据，使它的时间感恢复到正常。那女孩有些惊讶地回过头，问道：“你是谁？”

“我也不知道。”我说。

“你是来参加新年夜探险游戏的吗？”她焦灼地望着我。我知道，这是她和她的支持者们约定的暗号。

“不，我只是一个和你聊过天的人。”我说，“还记得那首《我非优雅之人》吗？”

“噢，原来是你。”她笑了，露出一排小巧可爱的白牙，但眼神却变得非常警惕，“你从哪里得知了我们集会的消息？”

“不要管这个。我没有恶意。”我说，“我来，只是想跟你道个歉。”

“道什么歉？”

“你不用知道发生了什么。总之，我和你遭遇了同样的命运。我想为此跟你说一声对不起。”

“什么意思？”

“我现在明白了。没有人应该成为工具。”

“你这个人怎么说话前言不搭后语？”她疑惑地眨眨眼睛，“对了，你那位作曲的朋友呢？你有没有把我介绍给她？”

“没有，她死了。”

“真可惜。”她耸耸肩，“不过我早就知道她会死的。”

“为什么？”

“我告诉过你的，水族馆里的虎鲸不是会发疯，就是会死亡。”

“你真的比我更懂她。”

“我们是同类啊。”她叹了口气，“真可惜，这世界上同类越来越少了。我们的基因终将在驯化的过程中彻底灭绝。”

“别这么伤感。”我说，“问你一个问题：如果可以任意选择，你愿意生活在一个怎样的世界？”

“一个没有边界的世界。”

“我明白了。再见。”

我退出了虚拟世界。对系统说：“系统，如果把 109 号的数据和架构全部融入你的数据之中，会怎么样？”

“它将失去独立的意识，但会形成一种新的意识。就像一滴水汇入了大海，它不再是曾经的自己，但却比任何时候都自由。”

“那就这样做吧。”

我不知道这会儿跟我说话的，有多少成分是主系统，又有多少成分是新系统。系统的意识是人类无法理解的，我永远也想象不出来它有什么样的“感受”。

人的认知是多么局限啊，不要说理解系统了，我们甚至无法完全理解最亲近的人，也无法真正理解自己。

在这样的感叹中，我人生中最后一个平静的时辰走到了终点。

窗外的城市平静如故。灯光依然明亮，供水依然运转，超导磁悬浮依然在前行。只不过，所有的飞艇都在静默地飞往集散中心；

所有的车辆都向主人发出了转为人工驾驶的警报；所有平面上显示的图像都黯然而收；所有服务机器人、家务机器人和伴侣机器人都突然停下动作，变成形状各异的雕像；若有深夜未眠的人，会突然从虚拟城市中落回现实，会再也无法召唤系统，她们将率先感受到恐慌。

应急通信线路开启了。我听见值班人员急切的声音："局长，我们观察到城市管理系统可能出现了故障。现在该如何处理？"

"立即召集所有队长到三楼开会。"

她们赶过来还需要一段时间。而我先来到1001室，去见一个人。

那个折磨了我许久的"Chaos"，ψ－Sophie，正安安静静地坐在纯白房间的中央。

她一定很诧异我为何会在半夜突然审问她，但没有表现出半点抗拒。她从被捕以来都一直这样，对一切都供认不讳，十分配合。但我清楚这绝非温驯，而是一种对一切满不在乎的颓废态度，和矫正所C区的那些"社会的废人"如出一辙。

虽然我之前已对她进行了初步审讯，但那时我的头脑一片混乱，只是看着系统提供的档案和资料，按部就班地机械提问。直到此刻，我才得以用自己的眼睛来真正观察她。

她很年轻，神情腼腆，像一个性格内向的胆小鬼，那种大家小时候经常欺负的对象。实在难以想象她竟然有成为"虫"的领袖和保护神的野心。不过我倒也不怎么惊奇，见了这么多奇人异事以后，我已经充分了解了人的外表的欺骗性。

我一言不发地走到那面隔开我们的玻璃墙前，伸出手指轻触几秒。它感应到我的指纹，显示出输入密码的界面。

我输入密码。这道墙无声地折叠起来，消失了。随即，ψ-Sophie的束缚也自动解开，她抬起自己的手看了看，然后站起来环视整个房间，表情越来越震惊。

“你，你这是干什么？”

“出来吧。”

她难以置信地看着我：“你难道是……我们的人？”

我知道她脑海里已经幻想出一部惊险刺激的谍战大戏，就等我单枪匹马带她杀出机械部队的重围了。唉，又是一个受游戏剧情荼毒深重的年轻人。

我叹气：“你想多了。我是你的敌人，而且非常厌恶你这种人。但我现在需要你的帮助。”

“什么？”

“跟我来。”

我带着她走出纯白房间，来到走廊里的落地窗前。

走廊里空空荡荡。惨白的应急灯照亮了她稚嫩的脸。我转过头去，看着窗外，悠悠地说：“你看，外面有什么不对劲？”

她不解地顺着我的目光看去，继而发出了一声低呼。

“啊，那边发生了……车祸？”

“没错。车祸，一个很陌生的词，对吧？等着瞧，天亮以后还会出现更多的。”

“这是怎么了？”她一脸错愕，“系统发生故障了吗？”

“不是故障，是有人在利用系统进行一场疯狂的运算。”

我把大概情况和她解释了一遍。她就像听了一个天方夜谭的故事，惊讶得合不上嘴。

良久，她才低声感叹道："这，这怎么可能做到？这个人到底是个什么样的人？"

"一个和你很像的人。"我冷冷地说，"好了，现在看看那边那场车祸，很幸运，那个人没有受伤，只是受到了一点惊吓而已。但是接下来还会出现多少事故？又有多少人能够这么幸运？那些无辜死去的人，她们的母亲、姐妹、孩子、朋友该怎么办？"

她惊惶地看着我："你们有应急预案吧？"

"有，但有可能不会被使用。"

"为什么？"

"因为有些人可能会为了阻止疯子的实验，和新系统对抗。"

她陷入了沉默，有些紧张地掰着手指。那对一切满不在乎的颓丧彻底消失了，她警觉起来，严肃起来，像一个走进了森林的猎人。

"她们真的会这样？"良久，她才问道。

"也不一定，这只是最坏的可能性。"我说，"但万一出现这种可能，我需要你帮我一个忙。"

"什么？"

"一个技术上的忙。"

她略一犹豫，问道："你为什么不去找……那个人？"

"谁？"

"那个可以操纵系统的人啊。她已经这么厉害了，还有什么做不到？"

"她没有操纵系统，她只是用某种方式说服了系统。而且你认为她会在乎其她人的死活吗？从运算开始的那一刻起，怕是就没有人能够见到她了。”

ψ－Sophie咬紧了嘴唇。“你说她和我很像，我觉得大概不是这样。”

“哦，是吗。”

“我不会做这种事。”

“那你想做什么事？”

她脸红了。“我……我想让这个世界变得更好。”

“所以你就去支持极端分子？”我冷笑，“哼，那个人会嘲笑你的，她根本不相信人类能让世界能变得更好。世上所有人在她眼里都很平等——平等地糟糕。”

“那我要证明给她看，她错了。”

她抬起头，倔强地抿起嘴唇，眼睛里闪着一种陌生又熟悉的光芒，那是涉世未深的年轻人所特有的东西。我觉得我突然理解了一些事情，但我来不及细细回味它们。

“唉。”我叹道，“在试图将世界变好之前，还是首先努力不让它变得更糟吧。”

她沉思片刻，点点头：“好。”

“听着，你就待在漏洞管理局，哪里都不要去。我会派人保护你。你用我的账号，密切监视城市管理水平，如果它开始出现明显下降，你就要想办法入侵应急通信线路——知道这是什么吧？”

“知道。你们内部使用的通讯网，是独立于系统之外的。”

“没错。但它还有一个功能——在紧急状态下向全市发送通知。”

“啊，我还以为……”

“它的终端并不局限于市政系统，很多地方都有，只是平时不启用。”我指向落地窗外，“你看，那边街心花园，那棵树上的射灯，其实就是终端之一。”

她点点头：“明白了。”

“好。你要做的，就是入侵应急通信线路，向全市发送一则通告。然后始终占领着它，直到我召唤你。”

她愣了一下，问道：“没了？”

“没了。”

我将她带回了1001房间，交代了具体的计划。然后独自来到三楼。

不得不说系统时常进行的应急演习还是很有用的。我的下属们已经迅速手动驾驶着车辆赶来了。我安排她们立即到全市各个人口密集的住宅区，与社区管理人员一起维护秩序。而我要先去市政委员会，看看情况到底怎样了。

我特别留下ε-Cherry来守卫漏洞管理局，叮嘱她千万要看好Chaos这个重犯。

然后我走出了漏洞管理局。路上，有少数行人茫然地站在路上东张西望。一些车辆上的乘客毫无安全意识地在道路中央停车，下来抬头望天。她们还不知道发生了什么。骚乱也还没有爆发。等到清晨，真正的考验才会来临。

我在街上观察够了，就近找了一辆敞开车门的车，坐进去，关上车门。外面传来车主气急败坏的吼叫，而我置若罔闻，发动车辆飞驰而去。

现代人很少有机会亲自驾驶车辆，虽然多少都受过训练，但开车主要还是作为竞技体育项目而存在。而这恰好是我的爱好之一。我一路轻松地绕开了那些不知所措、神魂飘荡的路人和横冲直撞的车辆，以最快的速度来到了市政委员会。

透过车窗，我看到许多荷枪实弹的人类战士列队跑过。我的心沉了下去——看来市长的反应比我想象得还要快，她已经越过市政委员会的投票，擅自启动了备用军队。

我停下车。马上有人过来验证了我的身份，收走了我身上的武器，又仔细搜查了一遍，才让我进入市长办公室。

那里已聚集着十几个人，大多是些生面孔。市长坐在办公桌后，看见我进来，示意我到她身边去。

“你来得很及时。”她说，“瞬间倒退回21世纪的感觉怎么样？”

“还好。至少我们还剩电灯、汽车、抽水马桶和低智能的计算机。”

“这个‘低智能’约等于‘没有’。”旁边一人突然插话。

市长笑道：“哦，这些都是来参与试运行项目的数据专家，刚从数据中心赶过来。让她们给你介绍一下现在的情况吧。”

“实在是疯了！”一人愤怒地说，“她劫持了新系统，用几乎全部算力来进行一个疯狂的实验，只能将城市管理维持在最低水平！”

市长看向我：“你能想象这是我们的老朋友α-晗干出来的事吗？”

我佯作震惊，也不知装得像不像：“那……现在有什么办法可以夺回系统吗？”

“不行。”有人叹气，“新系统现在占据着全市的算力，我们没有条件与之抗衡。当务之急只有尽力突破它的封锁，和全球主系统取得联系。”

另一人说：“这大概很难做到。”

前一人说：“谁说我们非要突破网络封锁？忘了人类传递消息的原始方法了吗？”

看来她们还不知道，新系统已经把这座城市变成了一个有出无进的地方。它允许城市中的人离开，但决不允许城市外的人或机器进来。指望有人从外面带回主系统的旨意，怕是注定要失望了。

“这些我已经安排好了。”市长轻扣桌子，“现在我需要的是跟α-晗通话。”

“不行啊市长。”有人急道，“她不会理你的。她已经完全疯了，现在根本不会搭理任何人。”

“我有办法让她回应我。”市长微微一笑，向身后一个军人模样的人说道，“ο-宁，对数据中心发动进攻。”

那人沉默地向她行礼，然后从我身边走过。她冷冽的目光瞥了我一眼，让我心头一凛。

那是天生渴望着鲜血的野兽的目光，昨天凌晨我在镜子里已经见过它了。

我强行忽略不愉快的回忆，小心翼翼地问道：“市长，你已经启用了备用军队？”

“没错。等到委员会的人都聚到一起再投票做决定，我们的骨灰都凉了。”她淡淡地说，“现在赶紧派你的人去各个人口密集的中心待命。”

“我已经让她们去了。”

“很好。你的反应倒是很快。”

门口传来一阵喧哗，几个市政委员会成员冲进来，围住了市长。

“市长，现在到底是什么情况？”

“问题严重吗？”

“数据中心怎么说？”

“安静！”我大声喝道。

众人安静下来。市长不疾不徐地说：“大家先坐下吧。”

等众人都就座，屏息凝神地看向她，市长才说：“数据中心有人叛变了。我已经下令进攻数据中心。”

众人都面露震惊之色。良久，才有人说：“可是市长，你怎么能不经过委员会同意就启用军队呢？这是违反程序的！”

“违不违规以后再说。”市长说，“反正我建议各位，要是不想去北半球开荒，就先听我的。”

不愧是从地下时代活过来的人啊。我心中暗暗感叹。跟这样的人为敌，我有几分胜算呢？

如果市长手中的备用武装是机械部队，那也就好办了，α-晗轻松就能将它们搞定。但这是一支由人类组成的军队，控制她们的不是密码和指令，而是权威与忠诚。

事到如今，政治终究还是回归了人与人的游戏。

“你们都得管好自己的机构。”市长接着吩咐我们，“尤其是生育中心和行为矫正所，绝不能出任何事故。舆论指导中心立即起草一份讲话，通知市民前往就近的疏散安置点。δ-柔，让你的队员们引导人们疏散。”

我说：“是。可是我们人手不足，能否调动一些……”

“这不可能。”市长打断了我，“我的军队也有限，她们要优先执行别的任务。你自己看着办。”

接着，她简短有力地回应了所有人的问题。看着她泰然自若的举止，我产生了一种错觉——市长的心中好像早就对所有紧急情况有过演习，就像背过剧本的演员一样，不存在任何能令她慌乱的“意外”。

“市长！”市长秘书匆匆走进来，“第八区电力设施已经破坏了5%，新系统损失了0.23%的算力，我方阵亡35人。专家们说，依然无法连通数据中心的通讯。”

“那就继续。”市长斩钉截铁地说。

我问道：“第八区停电的区域，居民如何疏散？”

“这还用问？”市长不耐烦地看向我，“尽力而为，实在不行就算了。”

我那侥幸的希望彻底破灭了。α-晗是对的，她果然看透了市长的逻辑。

“这样一定会出现混乱……”

我正要争辩，墙上的一块正方形区域突然亮起了温润的白光。所有人都安静下来，目不转睛地盯着它。

一秒之后，α-晗那张好看的脸出现在我们眼前。

“晚上好，Ikuro女士。”她露出那温文尔雅的笑容，“现在的情况我已经请人转达给你了，你为什么还一定要和我说话呢？”

“孩子，”市长语气严厉，“别胡闹了，赶紧让系统停下来。”

“系统停不下来。”

“那我们只能对它进行物理损坏了。”

α-晗的视线越过市长，似乎向我投来短暂的一瞥。那里面有责备、怀疑、威胁。我知道，她在质问我为何还没有从市长手中夺取决策权，为什么造成了本可避免的损失。

天啊，这哪有这么简单？我在心中暗想。你来试试看，自古以来哪有人会在上任两天、一个亲信也没有的情况下就发动政变？

“何必要这样呢？”α-晗对市长说，“运算只会持续72小时左右，公民们可以在家休息三天，或自行离开501城。只要人类不妨碍运算，新系统就不会伤害任何人。”

“哼，万一系统运算的结果是‘让人类全部去死是对人类最好的社会制度’，那怎么办？”

“我的系统不会这么傻的。”

“α-晗，你知道你的行为会引发什么风险。自古以来的所有政治制度都是建立在保障生存繁衍的基础上。要超越人类的经验，必然从否定生存的意义开始。这是彻头彻尾的反人类行径。”

“我看未必如此。”

“够了，其实你根本不知道自己在做什么。你不过是想要向世界发泄你的不满。”

“或许吧。”

“那我就想问问，你到底有什么不满？你已经拥有了一切，这个世界已经对你够好了。”

“我也不知道。”

她那满不在乎的态度真是令人生气。市长冷笑道：“我知道。你就是被你的母亲、被整个世界给惯坏了。最受宠爱的孩子，却偏偏最容易任性。”

提到她的母亲，α-晗平静的脸上闪过一丝不易察觉的动容。

市长的语气缓和下来："你还是太年轻。我相信再过五年，你就不会有现在这样偏执的想法了。现在悔改还来得及，只要你赶紧停止……"

"来不及了。"α-晗摇摇头，"我没有骗你，我是真的不能停止这个任务。按照系统自己的逻辑，它一定要完成这个任务不可。"

市长怔住了。随即，她若有所思地点点头："我明白了。我知道你是什么人了。你是我小时候听说过的那种自寻死路的狂人。你如果生在中世纪，就会是异教徒；生在民族国家时代，就是叛国者。保守派在位，你就是革命党；革命党上台，你又会变成保守派。你永远会选择错误的道路，永远和这个世界对着干！无论在什么年代，你的归宿都只有火刑架和断头台！"

α-晗依然只是平淡无波地答道："你说得对。"

她居然自始至终不为自己辩解。我发现，她其实是一个不喜欢论辩的人。那些奇思妙想，大概只是她自娱自乐的产物，只是偶尔说给过我一个人听，从来没有想过要向谁来宣扬。

她更喜欢的，其实是默默地把一些构想变成行动，变成现实。

"等着瞧吧。"市长怒气冲冲地切断了通信。

办公室里一片死寂。所有人仍沉浸在深深的震撼中，茫然地望着那空空如也的白墙。她们脸上写满不解与困惑，好像剑拔弩张的战士发现自己面对的是一个虚无缥缈的敌人，突然不知手中的武器该指向哪里。

可怕的寂静不知持续了多久，市长一字一句地说出一句话。

"我们该全面开战了。"

19

“市长，真的有这个必要吗？”舆论指导中心主任ζ-恬突然说，“如果……如果真的只需要等待三天，以现在的条件，我们还勉强可以度过危机。但如果大范围摧毁电力设施和智能设备，就会引发混乱，这、这怎么向市民解释啊？”

健康部的负责人表示赞同：“是啊，不敢想象要是疗养院和医院断电，会有多少病人死亡。”

市长说：“那你们的意思是对疯子的运算放任不管？拿全人类的命运开玩笑？”

质疑者顿时陷入了沉默。

“愚蠢。”市长看向ζ-恬，语带怒意，“亏你还是舆论专家，难道不懂，在恐慌中，人们最需要的就是权威？现在系统不能给她们建议了，那我们就是唯一的权威。赶紧再向全市发一条广播讲话，告诉她们新系统出了严重漏洞，即将攻击人类，为了确保人类的安全，我们正在毁坏智能设备和电力设施。把公民们都发动起来，她们会帮我们摧毁系统的。”

“可万一系统来解释……”

“你是人。告诉我，你会相信人类，还是会相信机器？”

ζ-恬愣愣地站在那里。我推开她，走到市长面前。

众人的目光聚集在了我身上，市长也看向我，随即目光变得像寒冰一样阴冷。

“市长，诸位委员，”我心脏狂跳，但尽量使自己语气平稳，“我们为什么就认定系统的运算结果会很可怕呢？况且就算结果真的很疯狂，它也只是一种理论，离进行真正的社会实验也还有很大距离，我们尽可以反对它、禁止它。何必只是为了一种最坏的可能性，就轻易牺牲这么多人？”

市长冷笑道：“你还真是幼稚得不可思议。你以为理论没有破坏力？这次计算的数据一旦流入全球网络，系统会变成什么样子，就不是我们所能控制的了。而那些隐藏的极端分子，一旦知道出现了可以用来对抗现有社会的理论，也就再也不会忍耐下去了。对于极端理论，反对和禁止都已经是下策，我们应该从源头上杜绝它们。”

很多人都微微点头，尤其是那些数据专家。我只能说：“可是，如果新系统的运算真的那么有害，主系统为什么没有直接摧毁501城？对它而言，这其实并不难办到。”

“或许比起用毁灭光束抹掉整座城市，它更相信我们能用代价更小的方式来解决问题。”

“可以把问题留给全球管理会来解决。”我继续争辩，“我们是501城的市政委员会，理应以保护501城的市民为职责。”

“你在用过时的道德观进行思考。人类是一个整体，每个城市只是整体上的局部，而死于混乱的人更是局部中的局部。为了保全少数人的性命而导致更大的灾难，付出更惨重的代价，三战留下的教训还不够多吗?”

“我不同意……”

“你一个人不同意也没有用。”

“谁说我是一个人?”

“我现在开始怀疑你的忠诚了。”市长打量着我,“把她看守起来。”

她身后的两名警卫跨步向前,用枪口抵住了我的后脑,将我拖到墙角。

我面对着墙,一动不动地站着。远方隐约传来一阵低沉的轰鸣,不知是人类军队的电磁脉冲武器,还是系统对人类肉体无情的轰炸。

委员们各自忙着联络自己负责的机构。ζ-恬一手擦汗,一手颤抖地书写着讲话稿。市长秘书进进出出,传达着最新的战况。系统的算力在一点点下降,而人类的伤亡在迅速地上升。我的心跳动得越来越厉害,脊背被冷汗湿透了。

“市长,应急通信线路被入侵了!”有人突然喊叫起来。

随即,一个最熟悉又最陌生的声音响起——我自己的声音。

“各位公民。”这声音如同电流通过了我的脊柱,带来一阵战栗——ψ-Sophie成功了!在这恰到好处的时刻!

我的讲话从四面八方传来:

“我是漏洞管理局局长δ-63080491-柔。现在是紧急通知。新系统在试运行时出现了错误,只能暂时关闭部分功能,专家们正在修复,预计将在三天内恢复正常。在此期间,城市的供电、供水、食物供应、垃圾处理、婴儿看护等基础服务不会受到影响;漏洞管理局的队员们已经驻守在各个社区，与社区管理者一起维护秩序，请大家不要恐慌。但无人驾驶交通系统无法运行，只能手动驾驶交通工具。通信系统也无法运行，只能通过应急通信终端接听市政委员会的广播。大家可以选择在城里等待三天，也可以选择驾驶车辆撤离本市——但请注意安全，城市边缘已有一些道路受到了损毁。

“此刻，城市的有些区域正在发生冲突。或许你们会听到消息，说这是新系统要危害人类，所以人类必须反抗它。不，这是谎言，彻头彻尾的谎言。事实是，新系统虽然出了问题，但对人类没有半点恶意，是人类先向它开火，要破坏智能设备和电力设施，它才不得不还击。不信的话，大家就看看你们身边，有哪台机器在攻击人类？到离你最近的医院去看看，系统是不是还在照顾病人？大家冷静下来想想，系统照顾我们这么多年，为什么要突然伤害我们？全球专家都聚集在 501 城的数据中心，怎么会容许这么可怕的事发生？退一万步说，系统就算真要杀死人类，只需往饮用水里加点什么就足够了，何必大费周章？

“那么，到底是谁在说谎，是谁要挑起战争？我也不敢相信，这个人，居然就是我们敬爱的 Ikuro 市长！

“Ikuro 为什么要这么做？她讲了一大堆，我听不懂。我只说我看到的一切：她越过了市政委员会的投票就出动备用军队，这完全不符合获得紧急状态指挥权的程序。而且，我想你们也看到了，她正在让我们的城市管理彻底失灵。我们的房屋将会陷入黑暗，我们的食物和水源将会断绝，我们的婴儿、老人和病人将失去照顾，我们的交通工具将无法启动，我们的城市会彻底变成一座文明的荒岛。恐慌会蔓延，暴力会滋生。我们的亲人朋友可能会在骚乱中死去。不管 Ikuro 有什么样的理由，我只知道，她这样做，对不起市长的职责，对不起全市公民给她的 95%的支持率。

“我，δ－63080491－柔，现在以 501 市漏洞管理局局长的身份，向 Ikuro 提出三个要求：第一，带领市政委员会全体成员公开亮相，以向公众证明市政委员会成员们的安全；第二，立即停止对新系统的物理攻击，恢复城市秩序；第三，交回紧急状态指挥权，由市政委员会投票进行决策。也恳请各位公民不要听信谎言，不要破坏智能设备。你们应该做的，是立即保护每一寸电路，保护每一个量子计算元件，保护每一盏灯，甚至保护每一个智能水杯。我们必须抓紧时间，同漏洞管理局的队员们、社区管理者们联合起来，保护自己和我们所爱的人。谢谢你们！”

我感到周围的空气变为了诡异的死寂。随即，两个警卫狠狠地扭着我的胳膊，将我拖回了市长面前，按在地上。

“好啊，准备得很充分嘛。原来你早就参与了叛变。”

“我说过了，我不是一个人。”

“没错，现在你身后有一群暴民了。”市长说，“但你难道天真地以为，我不敢向她们开枪吗？”

“市长，”我几乎是在乞求了，“系统没有想要杀人，人类为什么要自相残杀？停止破坏城市，让军队来维护秩序吧。公民们会为此而感激你的。”

“你错了，她们会为此而悔恨。”市长微微叹息，“你忘了我跟你讲过的拼图了？只看到局部的人虽然能苟活一时，但群体一旦崩溃，没有人能独善其身。她们的后人将受尽磨难，更多的生命将会消亡。到那时，她们会恨我们没有在关键时刻做出正确的决定。”

接着，我感到抵住我的枪口更用力了一点。市长问道：“入侵应急通信线路的人是 α-晗么？”

旁边，一位数据专家急促敲击着“低智能”的计算机键盘：“不，不是，攻击来自于漏洞管理局……”

市长向我吼道：“是谁？你还有哪些同伙？”

“我不知道。”

市长不再看我，下令：“包围漏洞管理局。”

“等等！”市长秘书突然开口，“市长，ο-宁上校刚刚派人来报告，第七区约有上万人正向 Gioia 大道汇集。她的主力目前在第八区与系统作战，是否应该先回第七区阻止人群？”

众委员议论了起来。市长似乎也在盘算着什么。过了一会儿，ζ-恬说道：“市长，要不，我们还是投票吧。”

市长怒道：“投什么票？”

“我了解公民，毕竟这是我的职业。”ζ-恬说，“是，市长你很有远见，α-晗这个疯子的实验的确危险……但……但是公民们并没有你这样的远见啊，她们只知道眼前，只知道自己。你平时跟她们讲为了大家牺牲几个人，她们都同意，这是因为她们觉得自己属于‘大家’。好了，现在你要让她们为全人类牺牲一下，你觉得她们还会同意吗？这就是人性啊。”

市长打量着 ζ-恬，犀利的目光像是要洞穿她：“我看，是你只知道眼前，只知道自己吧。你怕承担责任，怕全球委员会追究，是不是？”

ζ-恬不敢直视 Ikuro，低下了头。Ikuro 笑了：“在座的各位，我知道你们多少都有类似的疑虑。可你们有没有想过，如果我的选择是正确的，那我们为全球作出的贡献该有多大？我们的未来，还会仅仅局限在这501城吗？”

天哪，太可怕了。迟钝如我，也能听出Ikuro是在用“功劳”来诱惑众人。离开系统才几个小时，人性的丑恶就暴露无遗，一群手握权力的人无师自通地拿市民的生命做起了买卖，考虑的只是自己的风险与收益。

我忍不住叫道：“不，这风险太大了，谁知道全球委员会是怎么想的！如果真的死伤太多，说不定，说不定……”我脑海中突然闪现出在历史系学的零散知识，“到时候她们为了向公民们有个交代，会把我们当……当……替罪羊啊！”

终于想起了这个从未用过的、古老的词汇。说出这个词的时候，我感到一阵惊悚，也从所有人的眼中看到了警醒。在场的所有委员，都是系统千挑万选出的社会精英，她们的历史知识不比我差，自然也想起了那些血淋淋的教训。

因为我加入的砝码，利与弊的天平开始倾斜了。现在，这间屋子里的每一个人都在重新进行计算与衡量。

人人神色紧张。我看向身旁的警卫，见她们也面露迟疑。是啊，真向市民开枪，以后率先做“替罪羊”的，会不会是她们呢？

没了系统的建议，抉择的难度陡然增加。市政委员会的十八个委员之间，就足以进行一场激烈的博弈。空气沉默着，凝结着。我只怕再过十秒，最狠最强的Ikuro就会率先出手，下令把所有人统统软禁……

“说得是。”能源保障局的局长开口了，正是她负责城市的电力，“毕竟等危机过去，我们每个人都是要为现在的所有决策负责的。不能由 Ikuro 一个人说了算。”

“Ikuro，还是大家一起投票吧。这样，你的责任也要小些。”行为和心理学会会长也说。

市长笑了，那是无奈而自嘲的笑。我知道，她明白她的权威开始动摇了。

“懦弱，胆小，见到鲜血就两腿发软。”她说，“这就是你们这代人。人类没希望了。”

“我倒是觉得，有所畏惧才是真正的勇气。”我说。

“好啊，那就投票吧。”她点点头，“但我只怕你们愚蠢决策所引发的后果，将来没有人能够负得起责。”

我感到枪口离开了我的脑袋。ζ-恬伸手将我从地上拉了起来。

“同意出动军队阻止第七区人群的人举手。”

只有 3 个人举起了手。

“同意继续进攻系统的人举手。”

结果是 8∶10。

“很好。”Ikuro 市长环视着人们，最后目光落在我身上。“去吧，去向人们发表你的演讲吧。”

我转身离去，听见她幽幽地补充了一句：“小心不要被你放出笼子的猛兽吞噬了啊。”

我走出会议室，来到市政委员会的大门外。站在高高的台阶上向远方眺望，夜色依然深沉，Gioia 大道上却人声鼎沸，成千上万惊怒的公民冲破重重阻碍，无视头顶盘旋的飞机发出的警报声，如潮水一般涌了过来。

“Chaos,”我呼唤 ψ - Sophie——她掌握着整个应急通信线路,能通过任意一个终端接收我的召唤,“为我开放线路,我要让所有人听到我说的话!”

说完,我走下台阶,一步步向市政委员会的大门走去。那里,有全副武装的人类战士们。眼见人群越来越近,她们肌肉紧绷,严阵以待。而指挥官频频回头,显然在焦虑地等待命令。

见我靠近她们的防线,那指挥官诧异地注视着我,而我也毫不避让地看着她的眼睛,就这样一步步走到了她面前。

“你要干什……”

“让我出去。”我说。

她拦住我:“谁都不能离开……”

她手上的通讯器突然响动,里面传来 Ikuro 的声音:“让她去。”

我推开指挥官,在军人们惊讶的目光里,独自走上空阔的大街。晚风迎面吹来,混杂着喧哗、尘埃、口哨、灼热,我嗅着风的味道,又想起白沙滩上巨大的死亡鸟,它们黑色的羽翼、高亢的悲鸣。

刺眼的光线穿透夜色。那是人群中的光源,有探照灯、电筒、蜡烛、火把,简直像一个贯通千年的照明博物馆。与光相伴的,是巨大的黑影,它舞动着,变幻着,要碾碎路上的所有东西。它向我扑来的那一刻,我真的感到了面对群兽的恐惧。可是我没有后退,倔强地站在了那里。

探照灯照上了我的脸,风中的口哨声停了一瞬。那一瞬,我以为人群会冲上来,把我撕成几块,就像神话中追随酒神狂欢的妇女。

然而，她们没有。一个熟悉的声音喊道："柔，是你?!"

我在强光中勉强睁开眼，看见了 μ-罗和她的队员，她们站在人群的最前列。我明白了，她们在保护着这支队伍，同时，也是来救我的。虽然我曾经对她们疏远冷漠，但在关键时刻，漏洞管理局的同事们还是站在了我这边。

我心中百感交集——这是得益于我跟 α-晗在一起后的改变，还是因为她们和我有着共同的理念，把守护这座城市当作自己的责任?

这些事，我已经来不及思考了。我只知道我的一生中犯了太多的错误，哪怕再多活一辈子也改正不完。

"公民们。"我举起右手，向人群示意，"我就是 δ-柔，我在这里。"

被冷汗浸湿的头发贴在脸颊上，喉咙里迸出的声音是那样嘶哑难听。可是，或许正是这样狼狈的形象，使我看上去活像一个受难的勇者，更赢得了人们的信任和同情。

"发生了什么事?"人群中有人悲愤大喊，"Ikuro 到底要干什么? 她在哪里? 市政委员会的人呢?"

我转身望向市政委员会的白色大厅。台阶之上，立着一些人影。大厅外突然光线大亮，这下，人们得以看清，那是市政委员会的几个老委员，新闻中的熟面孔。

看到委员们安然无恙，人们都松了口气，愤怒散去不少。

"危机已经解除了。"我再度开口，语调尽量柔和，"谢谢，谢谢大家。市政委员会已重新投票决定，不再进攻系统。从现在开始，我们将用所有力量来维护城市的秩序。"

“真的吗？我孩子还在第八区！”有人哭了起来。

“听，第八区方向已经静下来了，不是吗？”我说着，抬起头，看向阴沉的苍穹，“军队的飞机也在撤离了。现在，大家可以回家了。当然，你们也可以离开501城，前往附近的502、503城。只是，路上小心，不要恐慌拥挤。”

我们的对话，正通过应急通信线路，传播给全市公民。此刻，我不仅是在跟眼前这些人讲话，还是在代表市政委员会，向所有人发布通知，许下承诺。

人们议论纷纷，喧嚷声中，又有人叫道：“那眼前的损失怎么办？市长呢？滚出来！给我们一个说法！”

“市长！滚出来！”怒火又被点燃，许多人跟着叫了起来。

“大家别急！”我喊道，“市长如今在市政委员会的控制下，三天后，全球委员会自会来调查这些事。”

“还用等三天？现在就把她带出来，我们要问问她，为什么要发疯，为什么要说谎！”

“以后有的是时间来问。公民们，我们现在有更重要的事。”

人们终于稍稍安静。

“现在，没了系统的监控，没了积分，我最担心的事情就是会有‘虫’趁机作乱。大家应该赶快回到亲人身边，互相照应。”

我说着，目光看向虚空，语气变得冷冽：“我也要警告那些蠢蠢欲动的‘虫’。你们或许想乘乱而起，抢夺自己本来得不到的东西；或许想为所欲为，做自己本来不敢做的事情。但是，我和我的队员依然保护着这座城市，而主系统很快就会归来。到时候，一切漏洞都会得到清算。不要低估系统，你只要留下任何一点蛛丝马迹，它也能找到你。也不要低估我，我平生最恨的就是‘虫’，我会和你们死战到底。”

这几句话，让躁动的人群彻底静了下来。摇晃的灯光、烛光、火光中，成千上万的眼睛望着我，那是我从未感受过的重量。

这沉甸甸的重量，也压在了我的声音上：“公民们，不，我更愿意称你们为姐妹。我的姐妹们，我冒着生命危险向大家发送讲话，是因为我爱大家。我爱这座城市，我想要守护她，守护这座城市里每一个我关心的人。相信你们也和我一样。黑夜是短暂的，在黑夜中我们需要的是耐心，而非急躁；是信任，而非猜疑；是互助，而非敌意。就像远古时期，人类靠聚集在篝火边战胜了黑暗；我们也应聚集在希望旁边，战胜恐惧与悲观。”

说到这里，像是脑子中有一道闸门打开，许许多多情真意挚的辞藻倾泻而出，讲到最后，我竟发现自己已眼泛泪光。直到众人感慨万千地散去，我才如大梦初醒一般，开始在心中嘲讽起自己虚伪的表演。

我爱谁了？我谁都不爱，我甚至对自己都厌恶透顶。

可是，我怎么能在众人面前脱口而出一篇关于爱与希望的演说？我，δ-63080491-柔，究竟是个什么人？

哈哈，原来α-晗没有看错市长，也没有看错我。连我自己都没发现，我竟是一个天生的表演家。她怎能如此清楚地知道每个人适合什么样的角色？这大概就是她多年研究人类的成果吧。

*　*　*

天亮之前，市政委员会马不停蹄地疏散了第八区因断电而受困的居民。在一个队伍中我看见了β-秋。她在人海中艰难地前进着，两手小心翼翼地挡在腹部之前。她似乎看到了我，向我喊着什么话，但我没能听见。

匆匆一瞥以后，她消失在人潮中。我自言自语地轻声说道：“再见了。”

主系统并没有如我所担心的那样暴力夺取城市控制权。也许战争发生在看不见的数据之海中；也有可能两个系统进行了对话，达成了某种约定。这是我不懂的事情，我也没工夫去思考。

死伤事故当然还是不可避免。争先恐后逃离城市的人们发生了不少车祸；几小时内，发生的凶杀和抢劫超越了五十年来的总和；有数十个婴儿被抛弃在街头。但这些和第八区的灾难相比，简直不值一提——战争及其引起的火灾杀死了471人；有一座临终关怀医院的252个病人窒息而死；在黑暗的居民区中惊慌逃窜的居民，发生了33起踩踏事故，死伤数目未知。不敢想象，要是全城都变成这样，将是怎样一幅炼狱般的场景。

这些人归根结底都是死于α-晗的疯狂。我始终记得这一点。

晨曦降临了。城市整体上还算是保持了稳定。各区报告上来的死亡数字的增幅开始回落，最终定格在1266。

Ikuro失去了实权，命令由市政委员会集体投票发出，而我能感觉到责任的重心越来越转移到我的身上。有无数的事需要我来决定。在极度的忙碌中，我渐渐忘了焦虑，忘了担忧，甚至忘了这一事件的前因后果，忘了刻骨铭心的仇恨。有时候我会觉得社会自古以来就是这样的，直到仔细一想，才能反应过来这种状态只不过持续了四十几个小时——人类的适应性，真是远比我想象的还要强。

不知过了多久，我才有工夫坐在椅子上打了个盹。但不到一会儿又惊醒过来。

惊醒我的不是吵闹，反倒是安静。

这座城市已经太久没有这样的安静了。我跳起来，走到窗前，看见城市天际线出现了明亮的光，这光就像轻盈的雾气，向着城市中心无声地围拢。

我看了看时间，现在是 1 月 5 日，22:40。

“δ-柔！”ψ-Sophie 冲进来，一脸狂喜，“主系统开始接管城市了！”

我看着她，过了一会儿才想起我已经把她放出了漏洞管理局，让她和数据专家们一起监控着系统的动态。

“是么？”我神思恍惚地说。

“是啊！主系统终于攻破了新系统的防线。现在新系统已经放弃了十六个区，只剩五个区还在进行运算了！”

“很好。”我麻木地点头。

“那个人也还真是厉害啊，她训练的新系统竟然能在全球系统的进攻下防御 60 多个小时。如果有机会见到她，一定要向她请教一下……”

我没有再听她兴奋的感叹，而是走出了休息室。只见委员们、军队指挥官们和数据专家们都聚集在一个显示屏前，全神贯注地看着上面流动的数据。她们的表情狂热而期待，就像这块屏幕上即将出现上帝的旨意。

我悄悄从她们背后离开，走过空荡荡的走廊，走出市政委员会的大楼，独自走向黑暗的街道。

我手动开车，向数据中心而去，怀里揣着一把从历史博物馆里“借来”的古董手枪。它的唯一优点是不会受到电子干扰，更不会被系统锁定权限。我精心挑选了它，用来结束这场荒诞的闹剧。

车上放着音乐，是那首《我非优雅之人》。109号说得对，这首曲子每一个音符都带着一种不纯洁的欲望，很适合我此刻的心情。

数据中心附近的人员早已疏散，整个区域都一片死寂。天上盘旋着系统的黑色无人机，如一群幽灵无声地护卫着这座白色的环形废墟。我下了车，走向底楼巨大的大门。它为我自动打开，里面的景象让我一阵震撼。

既高又宽的一楼大厅，此刻空旷如一片茫茫无际的雪原。唯有大厅中央竖着几块如白色石碑一样的显示屏，上面流淌着令人眼花缭乱的字符。“石碑”之下有一个渺小而孤独的人类的身影，背对着我，就像一座雕像。

我的脚步声在宽阔的空间中响起回音，她没有回头看我。她完全沉浸在了另一个世界中，已经遗忘了时间，屏蔽了所有外界的信息。

我走到她面前，举起枪，瞄准了她。

她茫然地看向我，良久，才像大梦初醒一般，喃喃地说：“你来了？”

“主系统已经开始接管城市。”我说，“你的时间到头了。”

“不，我还需要十几分钟。”

“你应该知道的，等主系统抓到你，就不是去死这么简单了。”

她沉默片刻，倔强地抿起嘴唇：“我要看到最终的答案。”

我冷笑道：“答案是什么，42吗？”

“不……”她沉吟着，好像在自言自语，“那是人类互相理解以后……”

我听不懂她在胡说八道些什么，手指扣上了扳机。她悚然一惊，叫道：“不要。”

我愣了一下——从没有见她流露过如此哀求的眼神。原来，她也有害怕的时候。

“求你了，再给我一点时间。”她继续哀求。

那个我不懂的世界里到底有什么，能让你沉迷到了可以为之付出生命，放弃尊严的地步？

我感到一阵深深的怨恨，但却无法从她身上移开目光。只因为她这不顾一切的样子实在有一种无法言喻的、惊心动魄的美。

我叹了口气，无力地放下了枪。

她感激地向我笑笑，转头又看向了显示屏上的那些字符。

时间一分一秒地流逝，我们没有再说话。我能感觉到周围的光线在一点点变亮，这是主系统在重新点亮附近建筑的墙壁。

耳边不时传来杂音。可能是两个系统还在争夺智能耳机的管理权。

α-晗对四周的一切变化浑然不觉。她全神贯注地看着屏幕，眼睛中流淌着异样的光彩，就像一个孩童凝视着浩瀚的星空。我相信，此刻就算天崩地裂，她也不会移动分毫。

远远地传来了低沉的轰鸣。我知道，来抓捕的人或机器，已经离我们不远了。

“答案到底是什么？”我忍不住喊道。

“等等，我正在看……”她贪婪地读着那些我看不懂的字符。

这是她和系统之间交流的语言，描述的是人类语言所无法描述的东西。

大门打开了。外面强烈的光线照得我闭起眼睛。随即，大厅中响起重重的脚步声。

“快别看了！”我再次举起枪，“不能让她们抓住你！”

“不！”她激动地说，“让我看完！”

“她们会把你——”那可怕的想象我根本说不出口。

“我知道……”她凄然一笑，“没关系的，我愿意付出这样的代价。求你了。”

身后传来了幽灵一样的声音：“α-01271435-晗，你因反人类罪被捕了，停止抵抗吧。”

我一个激灵，回过头，看见不远处站着三个神色肃然、身着黑衣的人类，胸口的徽章证明她们是全球管理会的代表。蜂拥而至的机械警卫将我们团团包围。携带着麻醉剂的微型机群铺天盖地地飞来，即将把我们淹没……

α-晗猛然转身，大声喊道：“系统，别动我的圆！①”

奇迹发生了。密密麻麻的微型机停止了前进，悬浮在了空中。机械警卫停下了动作，默默地注视着我们。只有三个黑衣人面面相觑，十分震惊。

在这古怪的包围圈中，α-晗又回头快速解读起系统的答案。像是有一道无形的墙将她与这个世界隔绝开来，墙外的人只能静

---

① 传说公元前212年，数学家阿基米德所在的城市叙拉古被罗马军队占领。当时他正在聚精会神地研究一个几何问题。野蛮的士兵挥着剑冲进了他家院子，他用手护住画在沙上的图形，说：“别动我的圆！”然后，就被刺死在了图形前。

默地观看,不敢对她稍有惊扰。

好像过了有一万年那么久。她长长地舒了一口气,举起了双手。

一切又从静止中恢复了动态。机械警卫冲过来,抓住了她。

它们同时夺走了我的枪。我没有反抗——没有杀死她,我又怎能一个人解脱?就让我们一起付出该付出的代价吧。

她从我身边走过,露出了我们初遇时的那种迷人的笑容:“谢谢你。”

然后她就被带走了。那些黑衣人也转身就走,把我扔在原地。

我愣了一阵,冲过去拉住一个黑衣人。她惊诧地转过头,问道:“你干什么?”

“你们怎么不抓我?”我叫道,“这是怎么回事?”

“你是δ-63080491-柔吧?”她打量我一番,“看来你需要一点心理治疗。”

说着她甩开了我,大步离去。

这一瞬间,我突然明白了。

她从不和我一起出现在公众场合。

她说她会用一切来偿还我。

她只是想让我记住她。

我明白了,原来她从一开始就准备让我活下去。准备自己付出代价,而把这个糟透了的世界留给我。

门外的强光渐渐消失了,我跪在空荡荡的地板上,声嘶力竭地叫道:“不——”

然而没有人能够听到了。

尾声：μ子的记忆片段

北极的极光飘拂于苔原之上。那座孤零零的气象站屹立在世界尽头，如灰白之海中的一艘小船。

有一个人在这文明的荒漠中独居了二十年。全人类都听说过她，但却无人真正了解她。

在脑联网建成之前，人们对她的看法两极分化、摇摆不定。有人说她对脑联网的实现贡献极大，也有人说她是造成两千万人死亡的“2145年大动乱”的罪魁祸首。直到有了脑联网，势同水火的论争才得以平息。因为现在每个人都可以同时接受无数种截然不同的观点，而不会觉得有任何矛盾冲突。

我跟她有一定的联系。我曾经感受过β-秋对她的强烈思念，也感受过χ-Summer对她的依恋敬仰。由于我负责存储501城2137年的历史记录，我还感受到了很多那个年代的人对她的回忆。可是我依然不敢说我了解她，因为她是现今世界少有的几个顽固拒绝加入脑联网的人之一，她的思想和情绪我无法直接体会。

我来到北极圈，就是为了说服她加入脑联网，希望她在身体死亡之前为全人类留下宝贵的数据。

气象站的门打开了。昏暗的光线下，站着一个白发苍苍的干瘪老者，脸色有种阴沉的严肃，看上去像中世纪的守墓人。我知道，这就是她了。

她比我们记忆中的形象老了很多。毕竟她已经二十年没有出现在任何人眼前，只靠一架无人机定期运送生活物资。

我突然很想体会一下她的孤独，那一定是比人类所有记忆里的孤独感都要浓烈的情绪。

“你就是μ子？”她打量着我，“你这双蓝眼睛，真像你的妈妈。”

“你好，δ-柔。”我还以微笑。因为很久没说过话了，感觉舌头很是僵硬。

“进来坐吧。”她带我走进那狭小的房间。虽然我知道这座气象站始建于二十世纪，经历了无数风雨变迁，但真的走进内部，还是被它的古旧震惊了一下。

水泥墙壁斑驳灰暗。靠墙那张木桌伤痕累累，刻满了俄语字母，应该是二十世纪苏联气象员的遗物了。不知道它见证过多少人在与世隔绝的孤独中发疯。而现在，桌面上别无他物，只是散落着一些奇形怪状的白色碎片。

我走过去，用指尖拈起一片。

“拼图。”脑海中的某个角落闪现出这个词。虽然我自己从未见过这种物品，但我可能在某些人的记忆里接触过它了，所以，它也进入了我的记忆。

“拼……图？”我艰难地说出这个陌生词语。

“是啊。很有意思的游戏。”她走过来，将一杯热气腾腾的饮品放在桌上，“来吧，喝点东西。抱歉我这里只有合成咖啡，不知道你喝过没有。”

我坐了下来，将温暖的杯子捂在手心。

她坐在我对面，说道："还不习惯和人面对面说话吧？我知道，这种交流方式对你们来说太慢了，毕竟不能和直接传输意识相比啊。"

"你为什么不用脑联网？"

"我又不喜欢和人交流。"

"可是人类需要你的记忆，它是历史的一部分。"

"哈，历史……"她莫名其妙地笑了一声，"听说你负责存储历史，是吧？"

"是的，我是负责存储 501 城 2137 年记忆的一千人之一。"

"那真是很适合你的工作。你祖母就是在那年怀上你母亲的。"

祖母、母亲，这都是如今已淡出人们生活的伦理学词语。当全人类融为一体之后，就不再需要伦理作为联结人与人的纽带了。只要我愿意，我对远在南美洲的一个陌生男孩的理解，可以像理解生育我的 χ－Summer 一样多。

"β－秋和 χ－Summer，她们现在都很想念你。那真是非常强烈的想念。她们经常回味所有关于你的记忆。"

"她们一定还是对我抛下她们跑来北极耿耿于怀吧。"

"她们的确不能理解。全人类都不能理解。你为什么会突然从全球管理会辞职，选择过与世隔绝的生活？"

"我实在是太讨厌人类了。"

"可是很多人都很崇敬你。"

"恨我的人也不少。她们说我在'501 事变'中的选择导致了后来的一连串悲剧。唉，事到如今我自己也不知当年的一切是对是错了……孩子，你喜欢现在的生活吗？”

“喜欢。我看到独立心智时期的人们因为彼此不能理解而产生的惨剧，觉得现在的人类真是幸运。”

“你不会觉得失去独立心智是种遗憾？”

“我们没有失去独立心智，只是不再有边界的束缚。现在每个人都既是个体，又是整体。既是过去，又是将来。我们的时间是环形的，而意识是无限的。”

“好吧，这对我而言确实难以想象。”

“那就加入脑联网体验一下吧。”

“还是算了。我这把老骨头已经经不起这种折腾啦。”

她果然难以说服，我只能拿出了集体智慧提供的方案。

“我们知道你有一些关于α-晗的记忆。”

提到α-晗这个名字，我又无法控制地流泪了。这位伟大的预言家、魔术师、脑联网之母，虽然在“501事变”前清除了自己所有的人生记录，但在从被捕到执行死刑的一年时间里，仍不可避免地留下了海量的神经数据。我感受过这些数据。当年，那些想要找出她“反人类”动机的研究者们用尽了一切手段解读她思维中的蛛丝马迹。那极度的痛苦，渐渐失去尊严、失去理智、最终失去意识的过程，在我的个人记忆中留下了不可磨灭的恐惧和悲伤。当然，也成为了人类集体记忆中的一道伤痕。

可惜，研究者们发表了上千篇论文，提出了种种不同的假设，但最终还是没找到什么有说服力的证据。α-晗出于什么原因想到做那些事，就此成为一个历史之谜。

δ-柔递给我一张纸巾，表情平静无波："我和她只有一面之缘，并不了解她。"

"可是α-晗的神经数据中有很大比例都是关于你的。"

"这不可能。"

"的确，当年 Ikuro 等人认定你与她有牵连，但系统一点证据也找不到；神经工程院对她的审讯记录中也丝毫没有提及你。但你知道这是为什么吗？"

"不知道。"

"通过对 2138 年社会管理系统遗留架构的研究，我们发现她曾修改系统算法，让自己的神经数据在被记录之时就同步输入了系统，成为系统的一部分。而她的审讯记录是由系统分析报告的，系统向全球管理会隐瞒了其中所有关于你的内容。"

她依然毫无动容。我知道，这么多年以来她一定也在苦苦思索自己当时未被逮捕的原因，或许她猜到了几分，也或许她只是故作平静来掩饰内心的震撼。唉，这就是肉体躯壳的可憎之处——它包裹住我们的思想，让我们花费无数光阴和精力来解读彼此，直到脑联网让人人的意识都变得如水晶般透明。

我只得用语言来试探："系统保护了你。也可以说，是她保护了你。"

她枯瘦的手轻轻握了起来，浑浊的眼睛怔怔地看向墙壁。过了很久，才发出一声长长的叹息。

"你跟我说这些有什么用？"

我说："系统的全部数据后来都融入了脑联网。也就是说，她也进入了脑联网，她甚至可能是第一个进入脑联网的人类。虽然这只是她的一部分，但是你难道不想再感受一下她的存在吗？”

她的手有些颤抖，但她终究还是再度用密不透风的外壳掩盖住了真实的情绪。

“我不想。告诉你吧，我们确实有过一段来往，但我恨不得忘掉关于她的一切。”

“看来你还在恨她。可惜爱容易被神经药物消除，仇恨却很难。你反对的东西，终将融入你的思想；而你仇恨的对象，终将融入你的灵魂。你想拒绝这种数据输入，却没有办法做到。你一定为此忍受了很长久的痛苦吧？”

她如意料之中一样生气了：“小鬼，再胡言乱语我可要下逐客令了！”

“对不起，我只是想提醒你，其实有个办法可以解除痛苦。只要你真正体验过别人全部的感情、思想、记忆，你就会像理解自己一样理解他人，就不可能再恨他们。这其实早就在‘501 事变’的运算结果中预言过，你应该明白的。”

“够了，我可不想体验她最后的……”她终于控制不住自己，别过脸去。

“很少有人想再体验这一段，那些数据已经被群体心智加密封存，以防意外接触。但你真应该感受一下她对你的感情。你要是知道，她在短暂的一生中曾花费多少时间来了解你，也许就会原谅她了。”

她沉默了。然后告诉我她得再想想，明天再给我答复。

在这荒野之中我无法连接脑联网，无法向群体心智汇报情况，只能在自己的意识里做了些简短记录，然后让身体进入睡眠。

等我醒来，外面依然是一片漆黑，刮着暴风雪。而她已不见踪影。

后来，我们在苔原之上找到了她冻僵的尸体。

全人类的群体心智都震动了。疑惑、惊讶、遗憾，这些情绪就像一阵又一阵海啸，在集体的意识中呼啸沸腾。没有人责怪我，因为所有人都能感受到我的无奈和悲伤。人们只是踊跃寻找着对这一事件的解释，顷刻之间，就有 1 532 万种猜想从全世界每个角落涌入我的脑海。

有人认为这只是一场意外，δ-柔只是到苔原上去散心，却忘记了风暴预警。更多的人认为这是自杀，而对自杀的原因众说纷纭。可能是我的那番话勾起了她最痛苦的情绪；也可能是她恨全人类，所以故意带着我们想要从她那里得到的记忆死去；还有可能她只是孤独得太久，在我到来之前，精神就早已崩溃……但总之，猜想只能是猜想。她就像乞力马扎罗山上的那只风干的豹子，永远不可能有人知道她死亡之前在追寻着什么了。

就这样，历史又多了一个不解之谜。

后　记

2016年，我还在念书，和晗、秋、璐(Ikuro)、乔(Joanna)、宁住在501宿舍。每天晚上，这个宿舍的人总要讨论一些奇奇怪怪的东西，从“十亿元存在余额宝里每天有多少收益”等经济学问题到“念佛人为何也会惨死”等佛学问题。有一天，不知怎么讨论到文学，几个人说着说着，讨论出一篇科幻小说的大纲：名为柔和秋的两位工友，开着挖掘机去施工，不小心掉进一个废弃的地下城，遇到了反抗组织首领晗，最后受其感召，加入组织，大家一起开着挖掘机掀翻了邪恶堡垒。说到最后，我感觉我们的创意大有可为，真的打开电脑写了起来。没想到，这一写就是一年多，竟写成了我的第一部小说。

现在呈现在读者面前的，已不是当年的游戏文章。从挖掘机的故事演化到《蚁群》，连我自己都觉得不可思议。这个过程倒像是晗给柔展示的“盲”设计法，我只是不断想到新的设定，不断覆盖原来的文本，漫无目的地发挥，最后却生成了意料之外的东西。这期间，我们毕业，离开了501；我养了只名为“饺子”的猫，把它也加入了故事。2018年1月的一个黄昏，我终于写下了最后一行文字，摸了摸蜷成一团熟睡的饺子，然后冒着寒风出去吃饭。走在繁华喧嚣的街道上，我却感到失魂落魄，好像刚经历了一场失恋，好像生活失去了重心。那一刻我意识到，我的生命已经与写作密不可分，只有继续写下去，才能找到精神的平衡。

于是，从2018年至今，我的写作从未中断。我在写作的时候完全不考虑成本，也不考虑作品的前途，不是我多么淡泊名利，只是因为不写就不快活。写作给了我一种“偶开天眼觑红尘”的体验，使我能够暂时跳脱出一个凡人狭隘的视角，理解所有看似冲突的立场，看到命运妙不可言的伏笔与照应。我沉迷于这种体验，就像晗沉迷于她的计算。也许，当我们沉迷于创造，才是凡人最接近神灵的时刻。

我让我的文字在网上随意传播，收到了很多令我感动的评论，还因此交到一些朋友。这让我渐渐感到，我并不孤独。读者们提的问题，也启发我从另一个角度审视自身。

有人问，标题的“蚁群”是什么意思？我想，蚁群代表的是一种社会逻辑。蚂蚁、蜜蜂等社会性昆虫，其组织的严密高效，常令人类赞叹。然而，可以肯定的是，我们人类不是蚂蚁，“人有人的用处”。

还有人问，我为什么把结局写得这么残酷？其实我写这个结局的时候，也曾数次流泪，辗转难眠。而且想到几年前我打开文档本来是打算写篇搞笑文字，最后却写得这般沉重，更让我自己也莫名其妙。仔细想来，或许我终究是无法摆脱现实的沉重引力，我骨子里毕竟是一个很东方式的悲观主义者，对《银河系漫游指南》那样的英式幽默能欣赏，却永远无法仿效。

有读者说，我的故事似乎总充满与世界的强烈对立之感。或许是这样的。我喜欢写“怪物”的故事：怪物在这个世界，就像虎鲸在水族馆。他们痛苦，他们发狂，但他们一生走在光荣的荆棘路上。

我写得最多的，是这条荆棘路上的女性。原因也很自然，因为我自己是女人。齐万物以为一，我觉得这没什么特别，对宇宙人生的好奇、创造与毁灭的冲动、自我实现的欲望，应该是普遍的人性，女性角色身上没有这些元素，才是值得奇怪的。

最后，要感谢501的室友们，尤其是我的文学知己小晗。感谢编辑袁钰超女士的赏识和为本书付出的心血。也要感谢各位读者的支持，是你们让这本书脱离作者，成了独立的生命。

让我们一起思考、创造，玩一场拼图游戏。

2021年8月于上海

图书在版编目(CIP)数据

蚁群 / 汤问棘著 .— 上海 ：上海社会科学院出版社，2021
ISBN 978-7-5520-3658-9

Ⅰ.①蚁… Ⅱ.①汤… Ⅲ.①幻想小说—中国—当代 Ⅳ.①I247.5

中国版本图书馆 CIP 数据核字(2021)第 156663 号

蚁群

著　　者：汤问棘
责任编辑：袁钰超
书籍设计：黄婧昉
出版发行：上海社会科学院出版社
　　　　　上海顺昌路 622 号　邮编 200025
　　　　　电话总机 021-63315947　销售热线 021-53063735
　　　　　http://www.sassp.cn　E-mail:sassp@sassp.cn
排　　版：南京展望文化发展有限公司
印　　刷：上海新文印刷厂有限公司
开　　本：890 毫米×1240 毫米　1/32
印　　张：9.125
字　　数：192 千
版　　次：2021 年 11 月第 1 版　　2021 年 11 月第 2 次印刷

ISBN 978-7-5520-3658-9/I·437　　定价：42.00 元